行過幽谷
紐約記疫

紐約華文作家協會文集

石文珊
李秀臻
———
合編

主編序　疫・有所思
──全球大流行病下紐約人的反思與回顧

石文珊

「我們作協已經出了三冊文集了，為什麼還要寫？」

「為了紀念疫情。」

「我都兩年沒出門了，能寫什麼─隔離、驚怕、中標、陣亡？來去轟鳴的救護車？醫院停車坪的停屍貨櫃車？哈特島上的萬人塚？只有驚悚悲傷的記憶！」

「但是紐約市沒有倒下，它始終沒有失去希望。這本文集是我們的集體記憶。」

　　2020年初，一種神祕的新型冠狀病毒開始在世界各地傳播，成為百年一遇的流行大瘟疫。兩年間疫情起伏不斷，至2022年5月初全球感染人數已經超過五億一千萬，死亡人數超過六百萬，人類的生活也發生了不可逆轉的巨變。尤其在紐約，我們的新鄉，當疫情橫掃，死傷無數時，全城就地避疫，形同遁世隱居。從這段驚怖、傷痛、險境環生的時期走來，頗有劫後餘生之感；這也是一段堅守自強的歲月，我們緬懷殤者，祝念蒼生。回顧這段日子，點點滴滴都值得我們以文學之筆，留下足跡和回聲。於是籲請會員們各自寫下疫情中個人的親身經驗、見聞感悟，集結成冊，成為本會自2018年以來出版的第四本文集。

　　相對而言，百年前的流感大瘟疫Spanish flu影響了全球五億人

口,造成兩千到五千萬人死亡,卻留下極少的個人紀錄,媒體報導也遠遠不足,很難了解如此大規模的災難對當代人的衝擊。今天,我們擁有比一世紀前的人類更高的文明優勢、基礎設施、科技媒介,能即時捕捉瞬息萬變的歷史,並有意識地紀錄個人親歷,來補充官方論述、科學研究和新聞報導之不足。

本文集中五個篇章的第一輯,「紀實與日誌」,就匯集了這類具歷史視角的文章。疫情伊始,多位文友便記載網誌,將疫情轉播出去。邱辛曄寫「疫情下的紐約散記」數十篇,紀錄了紐約進入「戰時」戒備狀態及後來的逐步解嚴,以詩人之筆,抒發心聲,更兼報導與評論。陳漱意、南希、唐簡也各自以生動、慈憫的聲口,紀錄這個巨潮湧動下,時而驚心動魄,時而荒謬突梯,時而孤立隔絕的生態環境。當居家令宣布,工作和學習改為遠距進行,與家人相守,將「非常」活成「日常」,應帆、李暐再現了疫情下的生活切片,讓人感到格外篤實、會心。史學家趙淑敏教授記述英國三百多年前黑死病之鄉Eyam村民的義勇之舉,自願封村將疫病杜絕,其犧牲小我保全大我的精神,在今日尤其啟發人心,令我嘆息為何美國有許多人連口罩也抗拒。

本書第二輯是「抗疫與療護」,紀錄了疫情下最緊迫的急救行動與生死交關。陳均怡、蘇彩菁、潘為湘以母親、同僚之筆,寫真醫護人員在第一線堅守崗位、浴血奮戰的情況,絲絲入扣,動人心弦。面對重症病房擠爆、防護裝備稀缺、人手嚴重不足、大量患者痛苦死亡,若非敬業精神和大愛胸懷,如何能日復一日承受如在煉獄中的煎熬?今年二月美國國會通過法案,提供醫護人員精神健康的訓練和防護,即因為疫情大爆發時他們的自殺和崩潰比率突增。以紀實之筆,顧月華追記重災期紐約市的浴血奮戰,曾慧燕寫疫苗施打後的副作用。李又寧教授更發揮史學家所長,從傳統醫學、哲學和文學典籍裡,鑽研華夏民族從遠古以來累積的抗疫防疫智慧,

總結出增進免疫力的養生強身法，適用於現代人，至為寶貴。

　　第三輯「哀歌輕輕唱」追思疫情期間過世的親友舊識，由於防疫未能以喪儀慎終，文友們藉著文字傳達懷念和哀思。麥子、鄭衣音等追記本會文友海鷗和曾令寧教授，他們在疫情隔絕下孤獨以終，令人憮然。因染新冠肺炎過世的小說家於梨華，由趙淑俠老師緬懷了兩人在七十年前少女時代結緣的經過，負笈海外後跨洲際的互動，並對照了兩人不同的文藝觀，顯現一代海外華人作家的蘊藉華采。陳九則追憶與鄰人湯姆叔叔的過從，更對他染疫去世不捨，讀來悲欣交集，筆觸靈動感人。黎庭月哀悼同事，蕭黛西痛別妹妹，都是至情至性之作。

　　兩年來疫情起伏不定，嚴峻後復緩和，直到下一個病毒的新株肆虐；人們在中間喘息，做小解封，本書第四輯「疫中尋逸趣」便透露了珍貴的片刻喘息。王渝去曼哈頓的西村酒吧，看到曾經熟悉的街市，和從隔離中出現在咖啡廳、餐館的人潮，猶如穿越時光隧道，內心激越歡愉，詩意盎然。劉墉在疫情的避居中見不起眼的野生植物薜荔，溯源為《九歌》中的香草，觀察其葳蕤的長勢，終得其韜光養晦的深意，短短篇章啟發讀者耐性度過疫情，成長精進。這種自強不息尤其印證在梅振才身上；他在宅家避疫的時光，完成了四部詩文集，實現夢想。此外，周勻之集郵、周興立譜詞作曲、李玉鳳會友、李秀臻行旅歐陸，都體現了心靈的充實和與外界的接軌。

　　最後一個篇章是「隔離相思慕」，獻給隔絕避疫的獨特經驗。章緣在台滬間來去，細寫下機後酒店隔離的真空歲月，以海派的細緻筆法和田野報導的素養，白描穿越國界的隔離時空，展現獨特的邊緣感性。劉馨蔓寫瘟疫中與丈夫隔離的雙城記，在微解封中奔赴對方，從平行宇宙中拉回單一時空，浩劫餘生的重逢，激動人心。賀婉青從居家避疫中回憶少年時代的另一種流離失所，亂世裡無所

庇護的艱苦成長，終蛻變成一個堅毅寬愛的母親。趙洛薇則代表從大都會出走、到鄉間避疫的紐約客之一，在大自然的清幽空寂中靜待重災期過去，隔絕中平安自處。

　　此外，海雲、趙俊邁和霏飛更藉著小說的模式，將疫情時期的雜音刻畫隱喻，讓讀者意識到瘟疫帶來的不只是健康方面的問題，更有其政治、社會、種族和媒體新聞真假難辨的複雜困局。疫情間美國發生許多重大事件，留下不可磨滅的影響，也仍在長久的發酵中。川普主政下社會分裂和亂象叢生；警力濫用而爆發了黑人的人權運動；亞裔被視為瘟疫源頭的諸多霸凌暴力行為；夾雜著抗拒施打新冠病毒疫苗、反對戴口罩和社交距離的干戈擾攘……我們居住的世界就像潘朵拉的盒子，一開不可收拾。

　　此刻，我們在疫情的嚴峻與舒緩之間存活，謹慎的重啟，逐漸的復甦。儘管美國的CDC已經警告，人們可能再回不去疫情之前的正常生活，然而，隨著疫苗的發明和積極注射，戴口罩、洗手消毒和社交距離的紀律，我們像一個新手駕駛，小心開車，大膽上路，慢慢適應「後疫情」的不完美世界。我們見證了紐約在幽谷中走過的歷史，以倖存者的心情寫出這一部屬於紐約的記疫書。正如李又寧教授在2021年本社主辦的「華美族移民文學獎」頒獎典禮上指出：「新冠疫情是全球危機，也是文學契機；它催生了普世文學，提高了文學的普世價值。這也印證了禍福相倚的信念。」

　　這本書能順利輯成，首先感謝會長李秀臻不遺餘力的指導和協助。並感念趙淑敏、陳九老師來者不拒為我參詳，予我鼓勵。黎庭月的專業校對素養，也使我們團隊效率高超。僅以這本書獻給每位來稿的寫手——你們動人的實錄是推動這本書完成的最大助力！

寫於2022年3月27日，5月5日改寫

會長序　不可磨滅的記「疫」

李秀臻

　　戴著口罩、乙烯基手套，被限制站在超市外面的長龍中等待進入、面對架上衛生紙和米糧被搶空的驚呆錯愕、倉皇在限時內將女兒從混亂的大學宿舍接回家、車水馬龍的曼哈頓變成荒涼死寂的空城、電視新聞裡不斷出現被搬出的黑色body bags……2020年3月新冠病毒橫空襲美，這些我從未想過會親歷或見到的片段，仍刻在我的腦海裡，無法散去。

　　在疫情籠罩的陰霾下生活，悠悠快兩年了。雖然疫苗已研發了，人們打了兩劑不夠又追加強劑，仍時有突破性的感染發生，不接種疫苗或施打不完全的族群更存在著高風險。病毒像打不死的敵人不斷變異、反撲，到現在還沒有銷聲匿跡，我們也還無法完全脫離戴口罩、噴酒精的日子……

　　據約翰・霍普金斯大學統計，美國因新冠病毒而死亡的人數在2021年2月突破五十萬，已超過在兩次世界大戰與越戰中的死亡人數總和。2021年12月達到了八十萬，2022年將直逼百萬；而目前全球累計確診數也已超過三億人。這場瘋狂的世紀之疫，挑戰人們身心的抵抗力、破壞人與人之間的距離、打亂原本按軌道運行的日常……回想種種，至今仍有不可思議的感覺。

　　起起伏伏的疫情中，紐約華文作家協會的會員們，在大蘋果的這一端，避疫防疫，保護身家，兼並相互砥礪打氣，施施行過晦暗的幽谷。很遺憾地我們痛失因疫而逝的三位優秀會員，也有會員痛失了至親好友……本書是大家用文字來記錄如何堅苦卓絕地度過這

兩年，在不可逆的磨難之下，對人生對天災等各方面有如何深刻的紀實以及所衍生的感悟。裡面有許多名家之筆，也有後起之秀的作品，希望讀者能從中找到共情或共鳴之處；此書也是本會自2018年開始每年出版會友文集的第四冊了，感謝各地讀者的關注與支持。

紐約華文作家協會是由熱愛寫作與文學的成員所組成的團體，成立已滿三十年。疫情期間我們的會務發展並未停止，包括建立一個網路新家，內容有本會簡史、活動消息、會員作品等等，提供會員們精神糧食，也方便外界對本會的資訊搜尋。本會並獲得熱心文化人士的捐款、成功舉辦以華美族移民經驗或疫情為主題的華美族移民文學獎；透過網路無遠弗屆的功能，由本會或友會持續舉辦的文學雲會，精彩紛呈，不僅增進文友間的交流與學習，也是疫情中緩解苦悶的良方。會員們居家創作不懈，在各報刊、網路平台等處踴躍發表、出版連連，更在多項的文學賽事中大放異彩，展現出對抗疫情的積極精神。

感謝石文珊教授在百忙中再度擔下共同主編的繁複工作。感謝趙淑敏教授、陳九老師的熱心指導，以及黎庭月的辛苦校對。謝謝每集賜稿的老師們，包括趙淑俠、王渝、趙淑敏、周勻之、梅振才、陳漱意、陳九、顧月華等等；還有在台灣的劉墉老師、趙俊邁前會長、以及上海的章緣。本集並榮幸邀到紐約聖若望大學亞研所所長李又寧教授、以及今年獲得海外華文著述獎小說類第一名的賀婉青的大作。這本書是集所有會友們心血共同完成的，也是一本不可磨滅的記疫書。

（2021年12月30日）

目次

輯三　哀歌輕輕唱

紀實與日誌

輯一

趙淑敏

作者簡介

　　趙淑敏，原東吳大學教授。15歲試筆投稿報刊，1962年正式以寫作為兼職副業。在台曾被選任婦女寫作協會、專欄作家協會、文藝協會等文學會社常務理事、理事，服文學義務職逾二十載。於學術專書論文外，寫散文、小說、劇本，以筆名「魯艾」闢專欄多處十數年。1979年以〈心海的迴航〉獲中興文藝獎散文獎、1986年以《松花江的浪》獲文藝協會小說獎，1988年再獲國家文藝獎。作品有小說集《歸根》、《驚夢》等，及散文集《在紐約的角落》、《終站之前》等共26本書。

忍不住會想念你們——馬普森先生夫人

　　年來，因為經常徹夜難眠，那每天不能算是晨間時分的早晨，起來的第一件事就是打開電腦，希望第一時間能在新聞網頁看到與昨日有所不同性質的資訊。但是常無意外的，沒有！！而往往是那位身高170CM的小老頭佛奇（A. Fauci）那一張皺皺巴巴的面孔和CDC三個大寫的字母雄據在頁面重要位置，發著警告或展現一些令人心驚的詞句。

　　很不喜歡這樣的現實狀況，但誰有什麼辦法呢？自從有人嚷著「岩洞小蝙蝠」、「先知吹哨者」、「華南海鮮市場」、「應急方艙醫院」等的熱門詞句，不管是驚怵的傳說還是勵志的暖心故事，都已成大眾必須留駐於記憶深層的符碼時，那有一個綽號叫COVID-19的新標籤不知何時已鋪天蓋地滿世界飛起；我領受到最早的資料是2019年11月22日，而到了2020年2月11日，世界衛生組織為了不傷某些人的感情不得罪誰；同時要制止那半報復半落井下石地對那首先不幸「蒙難」的族群未得鼓勵幫助且先遭怨恨的傷害，於是迅速確定了疫病的學名叫COVID-19。如此至少避免汙名化了某某腳下的無辜土地，給首先遭難者減少一些精神壓力。

　　我的想法是管他從哪兒開始的，這個比鬼還難纏的惡疾已然處處都在。應該做的是迅速用科學的與經驗的方法，有效地撲滅那不著形的魑魅魍魎。真怪了！WHO、CDC以及世界各國的頭頭與政府，似乎也都魔怔了，竟想不出一點更有用的辦法，釋地球人的萬民之困。要在古代……那皇帝君王是否早已沐浴齋戒去天壇敬香，太廟拜祭，下詔罪己，並張皇榜覓能人竭盡一切人間有效方法去疏解了，但現在的情況就是那樣輕飄飄地頒布幾項有利一己政績的法

令等人去遵循，每天由某大學、某機構發佈一些激勵的統計或警示的數字，就算疏民之苦的舉措在進行中了。也不能全怪那無能的執事者，這也許真是一個官不官民不民都忘了自己該做什麼，可試著能做什麼的時代。非常生氣哦！偏偏還有人在如此亂局中，於某些清流意欲疏己慰人於自囚禁閉困境的艱辛時刻，提供愛書人以好書推介、閱讀心得討論的情緒疏解的Zoom小集中，搖晃著那應該是也讀過聖賢書的糊塗腦袋，瞇著小眼大言不慚地說：「為什麼要打疫苗，我就不打！不打！不打！！」好個神氣！這樣的一個受過高等教育，於濁世廝混了數十年應能洞悉群己關係和處世道理的人，在這個節骨眼，竟也如知盲智盲者一樣說這種「混話」，怎不令在第一線冒著生命危險的醫護及各行業抗疫前哨的人士氣餒！？也幸虧他們沒有氣餒，仍秉真正的悲憫，忠誠地繼續努力服務於最前線。謝謝！

也還真有非常悲觀的人，認為這是天地不仁，宵小鬼魅當道，雖無人似張獻忠也忿忿地著人豎一個「七殺碑」譴責世道，卻派了一種小名兒叫「科惟十九」的到來懲罰不仁不義。我絕不認同這樣的說法！我們的困境絕非是中世紀時歐洲某些傢伙把瘟疫看做是「天譴」的那玩意兒。我絕不承認，不然那長年……每夜……為我誦念佛經保我平安的海鷗，和往日常極為謙沖地與我在電話中細敘內容討論他將要寄出作品的文質彬彬的蔚藍老兄，不會早早地就那麼悄悄隨疾遠去，那是兩位最溫和與人無害的文友啊；連我面對言語霸凌，有時忍不住，也還偶爾會適當地反應幾句還以顏色，他們卻總謙遜律己寧和處事對人，文文靜靜度日，怎麼譴也不該譴到他們頭上呀！

常聽人說：「怕你啦，惹不起還躲不起嗎？」表示對深沉傷害的無奈，可是對新冠病毒好像這句話不怎麼實用，因為自囚式的閃躲，有時並不能絕對閃避它們的侵門踏戶。但萬物之靈終究還是

有他靈的一面，無能為力的時候，至少會消極退讓抵抗，用各種的無為方式讓自己calm down，然後背幾句從基督教《聖經》上「剽竊」來的言語安慰鼓勵自己，是羅馬書吧：「患難生忍耐，忍耐生老練，老練生盼望……」來寬慰鼓勵自己，我沒讀過原文，中譯也似乎不怎麼雅馴，但涵義彷彿能觸摸到需要者的心境，這近二十個月來，我已真成了一名沒有火氣的忍者，在老練的等待中默默地盼望那「警報」終於解除的一日。

　　可是實在的……這樣自我禁閉的乾澀日子，真是把人要關瘋了，首先哪裡也去不了，每天在那數尺之方的廳室之地活動，把人的體能都壓縮到最小趨向於報廢的狀態，樓外世界處處、事事都在緊縮關閉，即使心未死思未絕，似乎也失去了原有的能量，就像一個有能耐的拳擊手揮拳出去的能量都是在和空氣摩擦，是一種純然的生命浪費。難怪大陸對付犯了鉅案的大貪官、名權臣在監舍裡原有的待遇享受並不縮水，僅讓他無事可為思想無用，關著他，晾著他，不用槍彈不給毒劑，關著關著就關死了。當我不得不自囚將二十個月後，那滋味的難忍就讓我體會到那些看似享受著舒服優待刑罰的要員，實際真是在受著情緒苛磨著的無期徒刑。伸頭望向窗外的藍天忍不住要問，美國的伍連德大夫在哪哩，美國的載灃怎不出聲，怎沒有一個肯聽勸，讓看似無作為的攝政王載灃，遵從那人人取笑缺姿少色的隆裕太后頒出的懿旨，准許伍連德用殺伐手段滅疫消災。日子不好過就什麼奇特意念都會冒上來……實在想問，這鬼打架的民主政治怎麼到了大事臨頭就不靈光了呢！？

　　日子真不好過，可是不能不過，更不能過得淒淒慘慘悲悲切切，總得給自己的生機尋一條路。正解魯迅筆下的阿Q精神很有作用，我真真不想坐這有期或無期的疫監，但再忍不住，念及全民應共同與疫病對抗的責任，我還是就乖乖忍住了。首先我警告自己：「你有嚴重戴上口罩呼吸障礙的毛病，你若不想行走在馬路上窒

息、嘔吐、軟癱、出冷汗最後難看地暈倒在大街上，被救護車當做急病患者送到醫院險區的急診處，就該情緒安恬地，不傷害自己不給人添麻煩，乖乖守在家裡。你不是還有個蠻舒適的家可安恬混日子嗎？」行了，最怕妨礙他人和當眾出醜，立刻靜下了僅僅想出去透一口氣那盲動的心。要保持真正的寧靜，還是得從心出發：隔一段時間，就要做這樣的自我情緒治療。

雖然也不斷按以往手術後來訪的復健護士所教的廚房運動，但還是覺得體能在大大退步；不是覺得，是真的消退。且除了因左眼黃斑部病變又不宜遠出檢查診治而視力銳弱，偏偏頭腦的運動卻因閒更靈活清明了起來，怎麼陷入這樣矛盾的困境？已經來到這個年程，一個不講究物質享受，只更重做人尊嚴；強調對人無欠；淡於展望未來，已無任何積極目的的人生計劃的敏感常人，在無可為的百無聊賴中，也只能做思維腦力的運動與鍛練。所以只好不停地告訴自己，打磨心智的胡亂消閒遊戲也是有趣的；也是維持生命力的方法。尤其再省思忖想，想到一個有親人晚輩貼身細膩照料生活起居大事小情的幸運者，此時此刻有什麼權利怨東怨西強說愁，更不該給自己在精神面增加不健康的壓力，削減了抵抗病原威脅的能量。於是一再跟自己說：「行了！好好待著，沒事兒還瞎『作』什麼！？安心抗疫！」

忍不住又找出了2012年在英國Eyam所拍的那本照片翻閱，看到那些觸目驚心的綠地白字釘在各家戶門楣或廊柱上的鐵牌，心馬上靜了。已度過一年多漫長的疫季，看似結束無期真是有點氣餒，惟每溫習那些綠牌子上的載錄，今日看來確實更有振聾發聵的警戒作用。Eyam今天已屬觀光勝地，固然這個小村鎮坐落在英格蘭山嶽區國家公園內，但他最著名流傳三百餘年的事跡，卻是因在1665-1666年成為黑死病之鄉。他們那裡在最高知識份子精神領袖年輕的馬普森牧師（William Mompesson），主持帶領之下，高

貴地選擇了自我犧牲的「封村」計劃。全村嚴守劃出的界限，自我封閉，共約將疫病撲滅在一村之內。四周鄰村，僅是有錢出錢有力出力支持了他們代購生活資源事務。這樣嚴格地前後隔絕了年餘，終讓那些想要保護的人倖免於難，未使疫病蔓延到鄰近他村，大家共同度過可怕的疫期。對！處境就是那樣的恐怖無情，那個裁縫Alexander Hadfield的糊塗助手George Viccars，明知倫敦已發生了嚴重傳染病，8月底還敢肆無忌憚地抖開寄自倫敦的包裹，造成了疫症的蔓延，9月7日他就死了，還拖拖拉拉連累親人親戚共十三人。而死亡最多的是Hawksworth家族親戚共二十五人，最終全村八百人死亡二百六十口，波及七十六戶。最不幸的是陪伴照顧村民抗疫的馬普森牧師夫婦之中的「牧師娘」Catherine，在疫情結束的前幾日，終也拋下捨命相伴共同服務鄉民的丈夫和交人送往村外委人代為照撫的五歲的喬治和四歲的伊莉莎白兩個幼兒，棄世而去。如今在教堂墓園她的靈柩上有四時不斷的美麗鮮花，顯然被她陪伴照料的村民後裔感恩不忘。但……但當年做這樣捨棄犧牲的時候，有誰能勻出心思陪她傷心讓她安心？我到她的墳前敬禮祭拜，仍忍不住要為她流淚，流淚！！同是母親的我，似乎也感到那份難捨的疼痛。現在，此刻，一室靜坐冥想，如今我們的社會如Mompesson夫婦那樣的知識份子已處處皆是，但足以讓我們仰望、信賴、倚靠走過黑暗，帶領泛民度過這場大災難的又有誰呀？

那一塊塊綠地白字釘在Eyam教堂街家戶屋宅門楣上的鐵牌，記錄著疫病的征服戰力，想想實在驚心動魄，但……也過去了，如今村裡到處都看見蘋果臉蛋兒生命力旺的洋娃娃。我們……似乎應不該失望吧，況且我們有疫苗，有先進的醫學醫生，生活中多了常識與理性，縱然少了William和Catherine可為精神依靠，按理說我們可以不難抗過去吧！？只是社會已「進步」到有己無人任性錯解自由的自私傢伙太多，奈何！奈何！？只能嘆口氣……做好自己吧，

至少我願遵規守律管好自己，心平氣和過好自己的日子，等待天明。

於是我面對這一室的空曠，先慶幸自己好運之餘，有了自娛自樂的心情，閱讀、衡文、評析、自我辯論、找出放不下的舊作改正一己之疏忽或手民之誤，查資料建立自己的「大數據」，用以糾正傳來新資訊的錯誤再肯定的回應；確實也並非無事可為啊，還唱歌給自己聽呢！從〈五月的鮮花〉唱到〈可愛的一朵玫瑰花〉；從「卡秋莎走在峭峻的岸上」，唱到「房後邊走下，親親啊一條小路」；從「月亮在我窗前徜徉」，到「月亮代表我的心」，從古詩〈木蘭詩〉、〈陽關三疊〉、〈清平調〉到現代詩胡適的〈上山〉、徐志摩的〈海韻〉、鍾梅音的〈當晚霞滿天〉。過耳不忘的精髓太多了；雖然輕柔歌喉已成「痰派」，至少歌詞未忘，確知哪個字、哪一處遭電視螢幕上哪個後生唱錯了。一直不怎麼滿意當年「中廣」與「央廣」所贈小說選播我的長篇小說《松花江的浪》的錄音CD，極想自己做一份。看來看去，想來想去，工程太浩大，況且還少了其他角色與錄音間設備的配合，別胡鬧了，停止癡心妄想！

重整心思，淡淡然，無妄念，紓懷、寬心，挺過這段艱辛，期望終能抬頭迎向災禍已過的瑰麗朝陽時，縱不能豪麗勁挺，至少不會如自己所怕的，真成了沒有一點活人味頹廢的半「廢品」。如此這般，拿過彥剛買回的全麥火雞三明治，泡一杯淡咖啡，伸長了雙腿，選一段真正專業的電視歌唱會，靠在「寶座」享受我的健康午餐。收拾了餐盤，拿過蕭弟特命代為「掃地」、「拾漏」的鴻文，一段又一段樂其可樂，共同一粲。對！享受的就是這樣簡單的安樂，如此而已。我終未懷憂喪志，肅此敬告過往諸神。哈利路亞，阿門！阿彌陀佛！

陳漱意

作者簡介

　　陳漱意，台灣台南人，紐約市立大學藝術系學士。曾任職於紐約中報社區記者，副刊編輯。著作有：長篇小說《無法超越的浪漫》（台灣皇冠出版社）、《上帝是我們的主宰》（皇冠出版社百萬小說佳作獎）、《蝴蝶自由飛》（中國時報百萬小說佳作獎）、《背叛婚姻之後》（九歌出版社），及《雙姝戀》（黃河出版傳媒集團陽光出版社）；以及散文集《別有心情》。

寫在疫情下：兩帖

紐約避疫雜記

　　3月20日星期五，我特別記下那一天，我們按州政府規定把員工暫時遣散，二兒子大川慷慨，雖然只是暫時遣散，照樣發給每個人一些遣散費，我們也覺得他做得很好。臨別，大家用當時防疫又不失熱情的碰臂方式，互道珍重，盼望這場類似第三次世界大戰的大瘟疫過後，可以劫後餘生的繼續在一起工作，他們之間一位頭髮有時染成藍色，有時染成綠色的白人女孩，因為咳嗽已經緊張的請假在家隔離。大家都清楚，眼前面對的戰爭，不是敵人轟炸機的掃射，不是隨時會從天上落下來的炸彈，很詭異的是一個握手，一個擁抱，一句寒暄，人跟人跟物跟空氣，最起碼的接觸——敵人是這樣陰森的借體還魂，我們正生活在一場無所不在卻無從捉摸、虛虛實實的慘烈戰爭之中。

　　次日星期六，平常這一天，我多半陪我的先生去紐約，他跟簿記小姐交代事情的時候，我出去來回走二十六條街，約五十分鐘，現在卻被告誡，華人在這次瘟疫中被指控為罪魁禍首，除非必要，不可在閒雜人等眾多的百老匯大道上走，恐怕會被欺負，就算只是被罵一句，「滾回你的國家去！」都犯不著。然而，這沒有打消我出去走路的念頭，外面華氏近五十度的氣溫，太陽當空，是走路最好的時段，我盡量快速走，希望可以出點汗。周圍並沒有惡意的眼光，比較憂心的是街上沒有人戴口罩，我自然也不敢戴，戴了口罩就宣告，自己是傳播病毒的中國人。

　　再看家裡儲藏了一堆黑豆、紅豆、白豆的罐頭，和沙丁魚、火腿、冷凍蔬菜，這些食物都是莫名所以跟著大夥買的，我們這一輩人沒有經歷戰亂，其實不清楚沒有食物意味什麼，大家只是人云亦云的一窩蜂。過兩天感到蔬菜罐頭儲存不夠，我再回市場，卻見擺放罐頭的架上多半空了，許多東西都有限量，包括一次只能買兩加侖水和兩包新鮮魚肉，連廚廚用的紙都不知為何只能買一包或兩包。食物因為被盲目搶購，真的短缺了，好像舉國上下都在喊，「我們快要斷糧了！日子快要沒法過了！」可那時候還沒有人戴口罩，雖然病毒已經在紐約一帶炸開。

　　打電話去小兒子大印家裡，他去檢測的新冠肺炎病毒的結果，至今還沒有出來。那是上個星期天的晚上，大印打電話來說他決定去醫院檢查，我們已經勸說了好幾次要他去檢查，他卻一拖再拖。他發燒了好幾天，看過醫生，給他開Advil退燒，吃後卻腹瀉，不久才知道對抗病毒要退燒，只能吃Tylenol。總之，所有疫情的症狀他都有，醫生卻愛莫能助。我也一籌莫展，打聽到水煮亞洲梨可以潤喉，水煮香菜可以潤肺潤腎什麼的，於是去韓國超市買好了，帶去他們在曼哈頓的家裡煮。大印關在臥室裡，小媳婦和一歲多點的孫女在客廳，他們都離我老遠，一個勁趕我走，我哪裡走得動？只好敞開門，替他們燒好了才離開。前前後後在那裡停留將近兩個小時，我們都戴著口罩，臨走，小媳婦把我隨手丟在一邊的手提包，用酒精擦拭過，我這才意識到，他們一家三口可能帶有病毒，我可能會失去他們，內心頓時空蕩蕩的，渾然忘卻究竟身處在宇宙時空裡的哪一段。

　　我和先生都戴著醫院給的口罩，他坐在空無一人的急診室裡面，我坐不住站到大門口，寧願在寒風裡等，這使我焦灼的心冷卻一點。這家醫院在地理上雖然屬於大紐約區，因為隔著哈德遜河而十分安靜，距離我們住家很近，有一次我告訴先生，如果不搬去紐

約的公寓，將來這家醫院就是我們人生的終站。我不像先生忌諱談生死，可是那一次他沒有反對。

我沒有等很久，就見一輛車子在黑地裡開著大燈駛近，大印從車裡下來先摘掉一副口罩，原來他戴兩副口罩，還留下一副，我強笑著，跟小媳婦和孫女揮手告別，然後跟在大印後面，沉默地進入急診室。他直接被帶入裡面的小診間，我隔著大玻璃窗看他回答問題，然後被送進更深的裡面，親屬不能進去。我想到他小時候有一次跟兩個哥哥玩，一隻手扭傷了哭得眼淚鼻涕，可是他小聲地哭，朋友們總是問我，你們三個兒子，為什麼家裡還這麼安靜？其實因為大哥把規矩訂好了，任何玩具玩起來都要長幼有序，小弟肯乖乖地遵守而已。那一次看他扭傷手，我們特別心疼，把他帶去醫院，他看到醫生，雖然還一臉淚水，病痛卻立刻好了。醫生讓他一隻手掛著淺藍色繃帶，笑嘻嘻地跟我們回家。我希望這一次也一樣。

我們等了一會，護士來通知，大印要住院兩三天，要我們回去。想到他已經兩天吃不下東西，住院可以吊點滴補充體力，也就放心地回家了。回家後剛上床不久，看到大印的傳訊，他剛回到紐約家裡，醫院不讓住，也不說明原因。猜想是症狀不夠嚴重？或者，反正無藥可救？反過來推測一下，如果他得的是肺炎疫情，先生每天跟他一起工作一起吃飯，至今並沒有症狀，還有他的妻女，不都安然無恙？甚至我，我們不都該中鏢躺下嗎？可見他多半沒有得此病。卻為什麼有一切症狀？顯然，他還是得到了。我們也都被感染了，上年紀的人感染病毒多半死路一條，「我們的遺囑怎麼樣？」我壓低聲問先生。那一夜就那樣昏亂的過去了。

大印第二天開始吃一點東西，接連的兩天食慾漸漸恢復，也開始工作，三個星期之後檢驗報告出來，結果是陽性反應，他感染病毒。那時候我們已經避疫在家，幾乎忘掉他生病的事。我每天忙碌地餵野貓，禁足令下達之後，來我家後院等飯吃的野貓一下增加了

三四隻，猜想鄰居們自顧不暇，把流浪在外的野貓忘了。我倒是備足了貓糧，除了兩大袋二十二磅重的乾糧，還有不計其數的罐頭，我總是把兩種混到一起餵它們，它們也心生感激，搶著偎到我腳邊摩擦，擠不上來的，則張著一雙雙淡綠的或琥珀色的眼睛望住我，眼裡清亮的光純淨極了。貓兒吃食簡單，容易料理，我從中悟出一種生活準則，三餐可以極簡，罐頭豆子和米飯外加冷凍蔬菜，就可以是色味皆佳的一餐。豆子加米飯是我們都喜歡的西班牙菜式，儲存容易加熱也容易，省去繁瑣的燒煮且營養不錯。這就是我們避疫期間的飲食，它將來也會像某一首動聽的老歌，代表我一段短暫的光陰和那一陣心情，而深刻的存留在我記憶的匣子裡。

　　媒體每天披露的盡是全美各地的死亡數據，抗病毒的專家Fauci預測，疫情到最嚴重的時候，全美會有十萬人死亡，之後，近5月了，又攀升到十五萬，而可以治療病毒的藥物還沒有出來。死亡最密集的城市就是紐約，大兒子大山聽我談起這些，讓我不必過分憂慮，只要不出門就安全，他說紐約特別嚴重，部分原因是無家可歸的浪民多，他們很淒慘的多半會感染，一感染就會死掉，政府也束手無策。法院關門後，監獄接著釋放囚徒，像大山一樣的刑事律師這時都賦閒在家，只要天氣好，大山每天下午等我們的兩個孫子上完課，父子三人就騎單車過來，在車庫前面跟我們遙望問候。不能擁抱孫子，不能熱烈的愛他們，令人感到空虛。

　　4月裡，我捨棄郵購的方式，再度去超市，發現工作的人和顧客都戴了口罩，有人甚至加上透明的面罩，那倒是個好辦法，據說多半的口罩無法阻擋病毒入侵，譬如我自己戴的，至多也就是一片安慰劑。市場裡的顧客沒有預期的多，空氣裡卻潛藏一種肅殺的氣氛，感覺出來人人自危，到處張貼著告示，請大家基於禮貌保持距離，任何排隊都要保持六呎的距離，原來限購的食品照樣在限購。人的內心真是無法言說，當他們稀稀鬆鬆不當一回事，禁不住的替

他們著急，現在大家全面戒備起來，又為戰爭鋪天蓋地的來而驚慌。我只能倉促的回家，如此，偶而出門一次，回家後就開始計算日子，一天兩天……平安無事的七天過後，於是慶幸這一趟大概沒有染上病毒。買菜最是辛苦，有些固然可以放置在車庫裡等病毒自然死去，多半還是需要擦拭消毒，而這些我都遠遠的做得不夠，更遑論回家立刻洗臉洗頭洗澡。聽一位大陸來的朋友說，這次的病毒跟以往在國內某種病毒很像，它們怕酸，所以出門戴口罩之前，先在鼻孔裡面抹一點白醋。我照做之外，還舉一反三的用白醋清洗新鮮的草莓黃瓜芹菜，蘋果梨則乾脆用洗潔精刷洗消毒，這些不需要煮沸的食物，我按慣列把它們通通丟入打果汁機裡，看它們嘩啦啦被千刀萬剮，如果上面還依附病毒，此時正紛紛被切斷，斬成碎片。

我郵購了魚肝油，買不到顆粒狀的，只能買液體的一匙一匙地喝，我告訴小兒子大印，我年幼的時候害過氣喘病，靠吃魚肝油治好。也許我只是吃太多零嘴營養不良，跟呼吸系統沒有直接關係，但，無論如何，曾經氣喘可是千真萬確。「你就每天空腹的時候，喝兩匙吧。」他答應了，這使我好過許多。我實在不知道能為他做什麼。

不久，醫院的一個附屬機構打電話來，他們要大印回去抽血化驗，為什麼他痊癒得那麼快？他的血液裡面肯定有某一種抗體，可以有效地對付病毒。我想，他們會不會在百忙中出錯？上百萬個案件在他們的化驗室裡，出錯是可能的吧？也許大印染上的只是流行性感冒，我們只是虛驚一場？總之，大印自然聽話地回去接受抽血化驗，外加捐了一袋血。他回家之後，在電話裡說，「以後我會常回醫院捐血，既然他們認為我的血是寶血。」我們一起笑了。

（原載於美國《世界日報》2020年6月2日）

口罩與接吻

　　義大利疫情嚴重的時候，在網上看到一段淒美的短片。片頭是醫院裡的亂象，眾生悽苦。一個女子在推車上被推趕著去搶救，顯然是新冠肺炎的患者，然後她被安排躺在病床上，好像還是有薄紗的帳內，也許，我只是催眠似的陷入那種攝影的幻覺裡。女子病得像一片枯葉，奄奄一息，身邊的男子絕望的守護她。最終，在她香消玉殞之際，男子斷然摘下口罩，伏下身擁抱親吻女子，兩人於是共赴黃泉。

　　看得出這是一段杜撰的小品，背景在義大利，是那對永恆的戀人羅密歐與茱麗葉的故鄉。這部影片用兩人的愛情引發我們去關懷，當時義大利病毒擴散的慘況，許多孤苦的病人倒在羅馬街頭、佛羅倫斯街頭……。而口罩就像那一個心碎的男子手裡的毒藥，生死在戴上口罩跟摘下口罩之間：戴上口罩是一種保留，留住生死兩茫茫的相思。去掉口罩則成就一場轟轟烈烈的愛情，不能同生但求共死。

　　口罩就這樣在我們的日常生活裡，扮演至關重要的角色，它除了代表基本禮貌，更關乎生死。第一次在美國看到全民戴口罩，紐約所有商家都關閉的時候，冷清的路上，只有幾個原來賣帽子、圍巾、手套的攤販，通通改賣口罩。口罩分明罩住大半張臉，每個人都蒙面了，還在乎美醜？然而，愛時尚的現代人就是有本事戴個口罩，也要在上面做文章。有的美美的滾上花邊，有的把口罩塗得五顏六色，除了單一色澤的黑色灰色、棗紅桃紅、深紫淺紫之外，還有畫花鳥蟲魚，或現代感十足的漫畫卡通幾何圖形。有的甚至搞笑的吐出粉紅舌頭、齜牙裂嘴等等。最近更推出，把個人的下半張臉印在口罩上，如此，只要複印一張笑臉，這一天再鬱悶不順，照樣

笑面迎人。

其實我上小學的時候，每個小學生隨身必備的除了一條手帕，再就是一副口罩。當時的口罩很簡單，只有兩種，一是紗布口罩隨洗隨換；一是咖啡色塑膠縫製，左右兩邊分別打三個小孔的口罩，裡邊墊紗布。那時候的口罩不為防病毒，而用在打掃教室的時候防塵土。口罩自是不可或缺，卻從來沒有大到將它用來聯想生死。而今6月了，2020年已經過去一半，第一波瘟疫還沒有退去，各方媒體又開始鼓動我們，為第二波更厲害的病毒預做準備，除了各種消毒水，還是手套跟口罩，每一個聲音都在警告我們：一定要戴口罩！

我準備好裝滿一個小籐籃的口罩，儘管如此，每一副口罩還要小心使用，深恐被浪費了。有一天在超市裡面，巧遇我的鄰居蘇珊，禁足令下達之後，已經兩個月不見了，藉著四目相對，還是一眼就互相認出來，歡喜得差點忘情地擁抱。我們都帶著最保險的N95的口罩，用力大聲說話，我從口罩裡面抽出一張薄薄的衛生紙，告訴蘇珊，回家以後丟掉衛生紙然後晾開口罩，還可再使用。蘇珊卻有更高明的辦法，「我每天把口罩放在院子裡曬太陽。」我們一起笑彎腰。回家後，我立刻拎起口罩掛到門口一棵小樹的枝枒上，盼望太陽再大一點，炎熱一點，可以曬死病毒。如此曬它幾個鐘頭，一副口罩至少可以使用兩三次才丟棄。口罩真是寶貝啊。

我的先生老是把口罩準確的蓋在口上，名副其實的口罩，我不時要提醒他拉上蓋住鼻子，可是才一轉身，再回頭看他，口罩又落下來了，理由是：「那樣不好呼吸。」我只好告訴他：「你如果感染病毒，我一定被你傳染，你會害得我跟你一起死掉。」這話起到很好的作用，他開始好好地戴口罩，為了不把病毒傳染給我。這是老夫老妻的愛情，溫熱而且實用。

進入6月中旬，紐約一帶騷動著解放禁足令，尤其經過George Floyd被白人員警壓頸致死，引爆種族衝突之後，全美各地一連串

的爆破和示威遊行，其中很多人早就摘掉口罩，根本忘了病毒這一碼事。

父親節那一日，多少人在全家聚餐的時候大聲吆喝，「已經超過華氏七十五度啦，快要達到八十度啦，夏天來嘍，病毒自動消滅了。」眾人嘩的一聲一起摘掉口罩，大獲解放的親吻擁抱成一團。以致幾天下來媒體又開始警告，再不維持社交距離，再不戴上口罩，疫情很快會再次失控。大盆冷水兜頭澆下，接著又是一連串疫情攀升的指數。

然而，疫情的威脅畢竟壓不過經濟效益，紐約市所有商家，在6月22日星期一這一天，解禁開張。惟顧客照樣要排隊進入店裡，照樣要保持社交距離，經營模式跟之前兩個多月的超市一樣。同樣的，餐館還是進不去，只能坐在戶外，紐約市的餐館哪有多少戶外空間？所謂餐館開張也就一半形同虛設了。

目前生意最好的，顯然是理髮業，我的先生三個月沒有理髮，長髮披面的他，一連兩天去理髮院觀望，每次看到長過一條街的長龍，又唉聲嘆氣的折返。我握著剪刀，催促他：「相信我的技術！」他卻因為已經堅持到這個程度了，寧願繼續堅持下去，榆木腦袋的不肯接受我的好意。

有一些商家盡責地在櫥窗上貼告示：「No Mask，No Entry.」沒有戴口罩，不准入內。是啊，沒有戴口罩是要共赴黃泉的，豈可不戴口罩？必須戴口罩，才能親吻擁抱這個花花世界，但戴著口罩如何親吻呢？人生要面對多少如此困頓的兩難啊。

（原載於《世界日報》2021年7月15日）

南　希

作者簡介

　　南希，美國華裔女作家，現居紐約，1978年在雜誌發表處女作，作品廣見於海內外報刊雜誌。出版作品包括長篇小說《娥眉月》和《足尖旋轉》。曾多次獲得獎項，如〈邂逅〉榮獲美國「華美族移民文學獎」短篇小說金獎，〈多汁的眼睛〉獲美國「漢新文學獎」短篇小說金獎，散文〈天禽如人〉獲美國「漢新文學獎」散文金獎等獎項，〈逃離〉獲2022文苑文學獎小說佳作獎。

風乍起

誰也沒想到，2020年春天，人類會不小心打開一本恐怖故事書。

我記得英國作家馬因・里德的小說《無頭騎士》裡，有一個恐怖的畫面，半夜時分，在美國南部德克薩斯大草原上，常常出現一個無頭騎士，騎著馬到處遊逛。

1918年曾經發生過一場幾乎滅絕人類的大流行病，一百年後它變成一隻無頭巨獸，滿血而歸，捲土重來——它就是新冠病毒。

平靜的3月

3月初的一天，我跟部門經理、義大利人米歇爾談工作。她一邊敲著電腦，一邊跟我聊工作和生活，一邊不失時機抓起桌上的蘋果，啃一口，放下，對我說：「剛才說的技術問題，你覺得應該怎麼處理？」

突然，她打了一個大噴嚏，我跳起來，退到門口，對她說，「你最好不是COVID-19！」

我做出誇張姿態，因為我曾跟她和老闆提出在家辦公好幾天了，但老闆不予考慮。

「你別緊張，我只是過敏，你知道，我每年都被這個過敏搞得亂七八糟的！啊！別緊張，COVID-19離我們遠著吶！」

我再一次強調：「我是認真的，我的家人正在中國居家抗疫，這絕不能兒戲，萬一封城，我們公司必須考慮一套居家辦公的方案。」

「哈哈，封城？笑話，不會封城的；咱們老闆是猶太人，猶太

人！就是封城，他不會關門讓我們在家辦公的。」

中午時間下樓買午餐，我順便想去看看曼哈頓的街頭怎麼樣。當我戴著口罩走進電梯間，第一個碰到我的，是一個高個子白人，他邁進電梯間瞥見我，嚇了一跳，為掩飾自己的慌張，他展開了一系列「友好」盤問：「你從哪兒來？你去什麼地方旅行過？你有什麼不舒服沒有？戴著口罩是不是很難受？」期間又有一群人擁進電梯間，其中有一個小個子白人，他看到我像見到鬼一樣，一步跳出了電梯間，站在那裡驚魂未定地回頭看著我，在過道裡等下一個電梯。

曼哈頓街頭行人稀少，旅遊者蹤跡全無。很多商店、餐館已關門，只有少數的速食店還開著，但是裡面食客寥寥無幾。一家新開張的麵包店已關門，椅子成堆地整齊地碼在桌子上。路過一家理髮店，平常都是圍著一堆客人，現在只有一個人在理髮。人們都躲在家裡，只有幽靈在空氣中飄蕩……

意外的電話

2020年3月20日早上，我正要去上班，突然接到了一個電話，公司通知：我和一些員工被解雇了，包括部門經理米歇爾，她剛離婚，還有一個八歲的女兒和一個老媽在家。當時政府還沒有宣佈任何對企業的補助，老闆把可預見的經濟損失先轉嫁到我們這些職工身上了。

接到這個電話，我並不吃驚。我當時下意識的反應，是為可能出現的「封城」做準備，於是我馬上出門採購。不能去中國人辦的大超市了，因為人多，我決定去附近幾家美國人、韓國人開的小店掃貨。我全副武裝出門，戴著雙層口罩，帽子加防護手套。在店裡，我遇見一個小個子韓國女人，她以滑冰速度潛行，手腳機敏，

手到貨到，像猴子摘桃子般靈敏，大約想速戰速決。我倆在窄小的貨架間狹路相逢，我進一步，她進一步，我退一步，她也向後跳開一步，因為怕離我太近。於是，我倆的動作又像跳街舞，又像打太極，你進我退，你拿我等，我走你追……以前完全無防護的店員，現在不少已經戴上了口罩，收銀員前面也新加裝了一道透明的防護隔板。

一場始料不及的、世紀性災難在威脅紐約，可怕的新聞輪番滾動讓人迷茫失措。在這天的電視新聞，我看到了美國NBC《今日秀》著名主持人霍達・科特，身穿一件藍色毛衣，右側胸前佩戴一個金色胸針，正在播放新冠疫情相關的新聞。面對鏡頭她突然當場失控，忍不住流淚痛哭失聲，以致無法繼續錄製節目。

當夜，我輾轉難眠，直到天明，順著臥室的窗戶看去，黎明的曙光從樓群後面升起。鄰居家房頂上結著薄薄的霜，看上去冷冰冰的。

孤獨的死亡

電視、電腦、網路上成天播放著新聞。一位ICU醫生說：死於冠狀病毒是一個孤獨的死亡。我的患者就像被單獨禁閉。有一次，我在病房外停下來，向裡望了一下。上年紀的女病患躺在床上，脖子上的導管拴在呼吸機上。她的丈夫坐在床邊的小塑膠椅子上，手放在腿上。我猶豫了一下，然後推門走進去。我通知他，醫院因空間擁擠改變了規則。所有的訪客必須離開病房，你現在需要向她道別。你不能再來看她了。

我看到他的臉變了。我的女病人頓時呼吸加快，呼吸機警報響了。她的丈夫迅速將手移到她的肩膀上，這時她的呼吸才緩慢下來。警報消失了——他知道如何使她平靜。因為他也是冠狀病毒的病人，他曾經歷過所有這一切——囊性纖維化、住院、手術、排斥

反應。當我們用呼吸機時，女病人發聲困難，只能由她丈夫為她說話。我真不知道這位老人離開病房後，他的妻子如何平靜。

我的另一位已經插管的男病人，獨自一人在自己的房間裡，與女兒一起在視頻通話軟件FaceTime上。這將是她看到的父親最後一張影像──在搖搖晃晃的電腦螢幕上，他的病號服上已沾滿了鮮血……

一位紐約重症病房的華人醫生說，她最難面對的一件事，是病人在急救切口插管的最後關頭，都想見一見家人，最後道一聲「再見」。他們只能在平板電腦上，對另一個空間的家人說話。她印象最深的是，一位老人他對太太說，「我是一個幸福的人，因為我娶了你！再見親愛的！」這是他們的最後一句話。

醫護人員是當前戰爭的唯一一支「軍隊」──但他們缺乏口罩和防護物資，只能自己想辦法。護士們穿上了用黑色垃圾袋做的臨時防護服，沒有頭罩和其它防護就匆忙上陣了。即使有一些醫生得到防護服，他們一邊救人，一邊擔心著自己和家人的安全。我看到一個新聞視頻，看見穿著藍色工作服的爸爸回家了，小兒子張開胳膊像展開一雙翅膀的小鳥，跑來擁抱爸爸。

爸爸無意中舉起手，對他大喝一聲，不！

小孩嚇得止步，縮到門庭的一角，屋裡鴉雀無聲，爸爸無力地跪下，把本能伸出擁抱兒子的手收回來，用手抱著頭，無聲地哭泣。

疲累的春天

一天，天氣很好，我冒險出門散步。我興致勃勃地貪婪地呼吸著新鮮空氣，那些迎春花、櫻花和玉蘭花們早已勃然綻放。今日花正好，昨日花已老。當我看到它們時，我看到的是一個疲累的春天。

我們的地球怎麼了？為什麼幾年就來一次大流行病？一個英國

孩子問媽媽說，地球是不是累了！

　　是的，地球累了，人類病了，一切都停下了。我們被隔離了。動物、植物也遭殃了。據報導，被隔離的世界各國，野生動物開始「入侵」城市！馬德里埃爾雷蒂羅公園的孔雀，開始上街遊走；而在巴塞隆那，上演著「野豬進城記」；在西班牙的阿爾巴塞特，山羊在古鎮裡散步；在日本的奈良，小鹿跑出公園覓食。

　　上千隻狐狸在倫敦各區奔走，甚至大搖大擺地出現在取款機前，夾在排隊的人流裡；在美國舊金山大街上還出現了土狼；在泰國華富里府景點三峰塔，因為沒有了遊客的餵食，饑腸轆轆的猴子跑上了大街覓食。

　　我對著花朵和樹木喃喃自語，一棵樹一枝花都不放過，好像跟它們道別。我想起一個患失憶症母親在火車上，向窗外一閃而過的河流、街道、樹木和站牌子，叫出它們的名字，包括廣告牌，她女兒說，母親知道自己得了失憶症，她大聲念是為了記住它們的名字。

　　城市變成一片寂寥後，將出現人們從未見過的一派景象。我想記住今天的花朵，默念著它們的名字。我羨慕它們可以昂首站到明天，而我，只能把今天的美景，點綴在明天視窗——把一個疲累的春天，遙掛於窗外，與我隔窗相望。

黑雲壓城

　　每天目睹眼淚和驚人的死亡數據，使我失眠的毛病越來越嚴重。每天吃安眠藥才能入睡的我，劑量從1.5加到5，有時一夜要吃幾次安眠藥。我在半夢半醒之間，夢到一個電影裡的場面——神祕外星生物用一個巨大吸管伸進人群，去挑選那些老弱病殘的人做為晚餐。這個場面太殘忍了，很像現在新冠病毒專門襲擊老弱病殘。這個電影叫《明日邊緣》，由湯姆‧克魯斯主演。

　　電影裡少校比爾‧凱奇首次出戰就慘烈犧牲，但他卻由於某種不明原因重獲新生，在一次一次的生死循環中，比爾越來越明瞭制敵方法，最終走向勝利。我印象最深刻的是，他被外星生物一遍又一遍地殺死，又一遍又一遍地活過來，就是為了找到殺死神祕外星生物的致勝武器。我想，這個致勝武器，就是疫苗啊！

　　為了身體和平復情緒，我開始在家裡做瑜伽。當初我選擇瑜伽，是出於一種奇怪的憂患意識。萬一我被關在一個狹小的空間，我怎麼辦？如何保持樂觀保持體力？由於這種想法，我選擇非娛樂性、非集體性的健身活動，而專注於可在狹小空間、不需要設備的個人健身項目，比如說瑜伽。我為可能出現的困境做準備。沒想到這一天到來了。更沒想到的，我還要忍受物資的短缺和那些壞消息的轟炸。

　　我無法集中精力閱讀已打開的書。我著魔似的看著新聞，同一篇文章反覆讀好幾遍，但不理解我看到了什麼。我喪失了語言和感知的能力。就好像被人迎面一記重拳，打得我面部麻木，六神無主。

　　我關掉了電視，我不再看新聞，不再看感染和死亡人數，不要讓它每天轟炸。天黑了，我也要睡了。可是夜裡，我又一次從惡夢中驚醒，趕快找一張小紙頭，用一首小詩記下我的夢──〈無頭怪獸〉：

　　　　你像一隻無頭怪獸，在曼哈頓的大街上蹓躂，
　　　　安靜地等待，伺機捕抓獵物，
　　　　你柔軟的爪子蜷著，藏著尖利的指甲，
　　　　它落地無聲；我們連連後退，慌不擇路，
　　　　拖著疲憊的腳步，地上有死去親人的血跡。
　　　　像一百年前那只流行病毒獸的孫子，
　　　　你滿血回歸，

叱著獠牙。
我們手無寸鐵，
沒有工具，
彈夾空了，
一群白鴿從曼哈頓廣場騰空飛起，
你把病毒噴向牠們。

紐約街道，空無一人，
只憑一個空曠的信號，你集合起獅子大灰狼和野貓的隊伍，
迅速占領了城市。
從沒有人煙的曼哈頓出發，
你們呼朋喚友，
邊走邊晃動著尾巴，
向天空亮出獠牙，
發出「嘶嘶」的聲音……

寫完，天已漸明，窗外日光熹微，春意漸濃。一切似真似幻。

巨變的十天

2020年3月30日，全美失業大軍將近一千萬人了！

2008年經濟大衰退的情景又重現了！僅十天，我被這個颶風捲到谷底。再也沒有比現在更黑暗的時刻了。

這一天全美確診總數163,676，新增確診20,972。死亡總數3,146，新增死亡502（是迄今單日死亡最多的一天）。

僅僅十天，從3月20日到3月30日，全美確診總數從18,853人，上升至163,676人；死亡總數從233人上升至3,146人。

細思極恐。我覺得不是死了3,146人（至截稿之日，美國死亡人數超過16,000人），而是一個人悲慘死去，重複了3,146遍！就像電影《明天邊緣》裡悲慘鏡頭的重現。

政客們有氣無力的聲音從在電視上傳來：接下來是美國最受考驗的兩個星期，尤其紐約、新澤西和加州的確診人數和死亡人數將達到高峰。

終於，美國政府「正在考慮」要求民眾戴口罩。CDC主任終於承認無症狀患者對疫情擴散的巨大影響，勸告大家要戴口罩。

一艘核航母艦有100多名美軍士兵被感染，艦長向美國海軍求救隔離，避免死亡。

國防部正在奉命生產10萬屍體袋。

3月初時日子是平靜的，直到那天我被解雇，我還來不及憂愁。其後第一天至第十天，憂愁一天一天地加厚，一天又一天地積累，憂愁以越來越大的面積、體積和重量向我們壓下來。

僅僅十天，紐約在哭泣！當年的911，震驚世界。曼哈頓下城部分地區，曾因此封鎖數月之久。儘管所有人都倍感傷痛，但其他地區依舊正常運轉。可眼下這場疫情，正將整座城市拖入癱瘓。

隨著冠狀病毒危機的進一步惡化，紐約很多商家都已果斷關門，而且用厚厚的木質夾板牆嚴嚴實實封住整個大門以及玻璃，以抵禦可能到來的全城暴動。這源於市區警方本週的一則「聲明」：五分之一左右的員警難以到崗。病毒摧毀了紐約市警察局。警方甚至都得不到像樣的裝備。終於出現了病故的警官！皮埃爾·莫伊斯中尉等警官死於冠狀病毒。紐約警員死於疫情的人數增至10人，紐約警察局局長特倫斯·莫納漢向白宮發出了一封絕望的電子郵件，請求白宮主人恩准提供更多的防護裝備給他的警官們。否則他們將沒有辦法維持這個城市的正常秩序。

一位護士近乎崩潰地哭著對朋友說，她從來沒有見過這樣的景

象：人的屍體被裝進腥黃色的觸目驚心的屍體袋中，草草地扔進冷藏車，上面只是貼一張白紙，填寫著死者的姓名，沒有親人相送。從昨天夜裡到今天白天，屍體一卡車一卡車地往外拉。

一位醫生朋友說，實際感染人數遠大於公佈的人數，我們要做好最終被感染的準備，「只是老天保佑，不要變成那20%。」

我在夜色中獨自悲傷……

僅僅十天，我們被從現實世界打到它的反面──荒誕世界。

在這一個荒誕世界裡，紐約變成了荒城──為了居家隔離，我自己好像變成了一隻老鼠，從漏水孔鑽進暗無天日的地下水道。憂愁變成下水道那刻著字的金屬蓋子壓著我們。

在這一個荒誕世界裡，紐約變成了愁城──失業者、等候救濟的人、停薪留職的人，算計著糧食罐子上的刻度，計算著小孩兒的尿布、奶粉、冰箱裡的疏菜夠不夠……萬家燈火的孤獨，憂愁變成了憂傷。

在這一個荒誕世界裡，紐約變成了死城──在黑洞裡，我們的視覺退化了，除了電視就是手機，我們的眼睛成天盯在疫情上；我們的聽覺變得靈敏了，刺耳的救護車警鈴整日響徹街頭；我們的嗅覺萎縮了，忘記了風的味道和花草的薰香。外面的華麗世界恍如隔世，宏偉的依然聳立，閃耀的依然絢爛。春天的花蕊依然在孤獨中，不顧一切地勃然怒放。

在這一個荒誕世界裡，紐約變成一座空城──婚禮沒有公開的儀式，臨終沒有神父的禱告。寂靜荒涼的曼哈頓上空，陰雲密佈：曾經熱鬧的時代廣場，空空蕩蕩，悲愴而清冷。曾經人頭攢動的SoHo步行街，變得死氣沉沉。挨家挨戶的木板壁壘，用木板封住的櫥窗，使這個曾經的不夜城，變成了一個戰區。

在這一個荒誕世界裡，紐約變成一座鬼城──城市像一頭怪獸，當它突然中止喧囂，陷入無聲沉寂，反而讓人毛骨悚然。獅

子、豺狼和野貓們正在黑暗中奔跑集結，占領城市……

3月狼煙，4月黑洞。

紐約這個美國最繁華的大都市，正掙扎在生存和死亡的邊緣，上演著慘烈的世紀性災難。現在它已變成了一座荒城，狼煙滾滾，濃霧深鎖。今夜又要有上百個無辜的冤魂在大街上遊蕩。在一片海水背景下，憂傷變成紐約上空凝聚著的慘澹陰霾，飄向大西洋……

它向世界示警：

雙子塔著火了！

（原載於香港《文綜》雜誌2020年夏季刊）

邱辛曄

作者簡介

　　邱辛曄，字冰寒，80年代畢業於復旦大學中文系。留學美國，獲得碩士學位，涉及東亞研究、世界現代史、圖書館與資訊等專業。擔任法拉盛圖書館副館長15年，曾獲得美國國會、紐約市議會、紐約市主計長嘉獎。是法拉盛詩歌節執行委員、紐約海外華文作家筆會副會長。撰寫、合寫、主編各類著作包括《顧雅明傳》、《法拉盛傳》、《法拉盛故事》、《詩夜星遊集》、《解語落花》、《深洞》、《紐約不眨眼睛》等。散文獲26屆漢新文學獎散文組第一名。

到了第七十天
——疫情下的紐約散記之三十一

前言

2020年3月，從圖書館撤退後，持續寫〈疫情隨筆〉。大約八十天中，得三十五篇。之後陸續有十多篇〈疫情後記〉。從兩天左右一篇的節奏，可推想當時的氣氛和心情。大致而言，我和許多文友一樣，寫作首先是紓解心情，調整心理的一種方式，其次才是類似新聞報導和評述的文字——確實有熟悉的朋友期待和關注每一篇，並被定期轉發在《華夏文摘》。而所謂〈後記〉，八個月才得十篇，則略見心情從「戰時」逐漸走出，從容了，筆鋒也轉了。

2021年5月末，曾和王渝、嚴力，作一遠程「訪談」，整理的文字，擬為計畫中的個人疫情隨筆代序。書名是嚴力起的《矯正人類行為的地球課》，序以「獲取和判斷多元資訊，做獨立思考者」為題。

也許是「資訊」和「獨立思考者」所啟示的，編完書稿後，我有些猶豫了；當時急迫情境下，幾乎不作修改而直接發布的文字，是否沉澱一下更好。也許，潤色和刪削也是必要的，雖未必是常例——〈到了第七十天〉，即一字未改。此外胡志誠主編《致人生》、嚴力、王渝和我主編的《2020！疫情散文隨筆集》選用的若干篇，也算是「原汁原味」。

2021年末的今日，稱已經在「後疫情時代」，也許未必有足夠的信息來作判斷。但疫苗和藥物，確實提供了一線光明。而這些詞在去年3月後的八十天中，尚未真正出現。這也許是回顧「第七十

天」的些微價值吧！李澤厚先生曾說，「四大皆空還得活」。對活著而言，思考、文字，都是奢侈品。

　　從3月16日那天，在匆忙和倉促中撤離，開始宅家的日子，看日曆，至今整整七十天──不知為何，突然想到了《聖經》創世紀第二章第三節中的第七日：「神賜福給第七日，定為聖日，因為在這日神歇了他一切創造的工，就安息了。」

　　這是美國歷史上最為窘迫的七十天，沒有硝煙的戰爭，仗打得時進時退，在混亂中壓住陣地，以求生存。眼看明天就是國殤節了。美國夏天的開始了，5月最後一個星期一，以後院燒烤放大聲音樂為特徵。今年是否照舊？答案是是否否。我家隔壁，一戶韓裔年輕人，把一年沒有用過的烤爐清洗乾淨，看來明天必有派對；另一戶，西裔，等不及了，下午開始放音樂，過去一看，後院搬來了沙發，甚至在牆上掛了一個平面電視。到了晚上，音樂歌舞，似乎還帶了醉調。其中還傳來一陣陣煙火鞭炮之巨響。迫不及待，忍無可忍．這是我想到的成語。

　　但想起來，華人更守規則，不敢輕舉妄動（這也是華人染病較少的原因吧），朋友間遙望一番，還是各自宅著。我寫了一幅杜甫懷李白的詩，發給朋友，很快，老友宇生兄以此兩句起詩，寫了一首詩發來：

　　　　寂寞書齋裡，終日獨爾思。
　　　　顏氏書正楷，懷素狂草字。
　　　　紅花瓣春日，青梅酒溫時。
　　　　疫後相抱擁，舉杯與君知。

　　詩中「紅花」句，指我坐在院子中的照片，眼巴巴望著朋友

相聚，卻徒喚奈何奈何。希望6月中，圖書館「復工」，大家也可「規模有限」地相聚。

紐約疫情確實在下降，過了平台期，處於跌落之勢。根據報導：

紐約州長葛謨5月24日週日召開新聞發表會稱，截止5月24日中午：

紐約州
確診新增：1,589例
總確診：361,515例
死亡新增：109例
總死亡：23,388例
檢測新增：47,765人
總檢測：1,699,826人

紐約市
總確診：202,658例

美國因疫情死亡人數達到了十萬。《紐約時報》在其週日版頭版，整整一個版面，編輯、列印刊登在各地報紙訃告欄中一千死者的名字（百分之一啊），以示哀悼。那麼，十萬人，就是《紐約時報》一百頁的厚度，而讀一遍，要多少時間？又等於這些人生命的幾個生命百分點？

我想起十九年前，紐約世貿中心毀於恐怖份子攻擊，次日，《紐約時報》頭版是雙子樓熊熊燃燒的畫面，依稀記得標題是：America Attacked！在國殤節前一天，列出每一個被新冠病毒奪去生命的美國人的名字，其中的意味，我想，不是僅僅做一個吸睛的版面而已。從歷史推測，我認為這是一個信號：被病毒奪取生命的美國人，不是死於和平時代，至少是準戰爭的受害者，其一；美國政府，從總統到國會，對平民受害者負責，追究責任，是其職責。如果沒有反應，將在美國歷史上被紀錄為「千古罪人」。

　　歷史從來不是單色的。正當美國在找責任人的時候，國際上一百二十個國家也在那麼想。這些國家代表了人民，而最終的目的是為人類的災難，找到能代表這個時代人類的正義聲音。我注意到幾個巧合：那邊在開立法大會，確定國家的方向；某種法律突然提案，受到全球關注，劇烈反響，兩種文明的交鋒，處於聚光燈之下；美國國家安全事務顧問稱，新冠疫情被隱瞞，堪比前蘇聯車諾比核電站事故；所謂大Ｖ白雲先生發表驚人之語，指美國死者逾百萬，被冰凍、製成熱狗漢堡出售。比照、研讀這些資訊，我覺得，人類正在分裂為不同的種類，摩拳擦掌，箭在弦上了。

　　有輿論擔憂華人的處境。也是根據人類文明歷史推測，在這樣的大格局中，華人還是其他族裔，不再是重要因素。從人類文明善惡之分的角度，族裔因素如孫悟空手中的金箍棒，被行者吹一口氣：小、小、小！我們不必太自戀，老想著華人處於舉足輕重的位置，被哪一方盯著。在文明社會中佔一席之地的方式，毋寧是開拓視野和心胸。我認為，2020年後的半個世紀，世界將分為兩個營盤：文明的人類和反文明的。因此，站在順應人類文明一方的華人，不必對反人類的那部分華人的言行負責——不管居住於哪一國哪一片土地。這個光景，對於其他族裔也是如此。國家的界線，實在不夠用來分別人類的。

　　疫情開始後，我們抱著對歷史負責的態度，相信個人的歷史是時代、國家、人類歷史的不可缺部分，開始寫日記等文字，紀錄疫情事件。七十天之後的今天，很多文字，黏滯於疫情者，漸漸減少；取代以疫情中的生活，展示更為廣闊的思維。比如我自己，關注數字少了；總統和州長的兩會少看或不聽了。隔二、三天寫的散記，有的甚至沒有一字疫情。倒是接著寫作，充實一天的生活。也許，這是符合兩個多月來心態和心境的。假如不是寫作，沒有通過遠程方式做文化節目、與朋友溝通，心理健康一定走下坡。

今天，還是在社區散步。邦恩公園不遠處，有一個教會建立的小花園，主題是紀念911犧牲的員警、消防隊員。華人員警劉文健的紀念銘牌也在列紀念碑。國殤日前，花園中插滿了小國旗，旗桿上的國旗也降下一半（應該和美國總統下令全國下半旗哀悼新冠死者碰到了一起吧）。

邦恩是法拉盛最早的英國移民，在法拉盛留下了重要的歷史蹤跡。法拉盛圖書館不遠處，有邦恩故居，是建於17世紀的舊建築，是國家保護的歷史古蹟。此時此刻，漫步在美輪美奐的北法拉盛，緬懷早期移民，瞻仰為美國犧牲的英雄，對美國華人能夠在此立足、生存、養育後代，得以呼吸自由的空氣，「得大自在」，實在感慨萬千。

文潮兄一早就開車遠行，去了紐約七十英里外的賓夕法尼亞州響石公園（Ring Rocks Park）。那是一個奇特的地理現象，一百多英畝土地上，鋪滿了大小不一的石頭，據說是冰川時代的痕跡（有人考察，石頭陣的厚度達八到十米）。那些石頭含有鐵質，用錘子擊打，皆能發出叮咚鏗鏘之音，如古之磬盤。我戲說文潮可率七堂去開一個獨特的音樂會，以自然天籟之音，相應琴簫之聲。

文潮說，那邊幾乎到了找不到停車位的擁擠。宅得太久了，只爭朝夕。何況疫情在下降、控制中。再不開封，那樣悶著，因為心理健康、憂慮成疾和其他疾病而損害的人數，恐怕會超過新冠病毒的病人了。得失的平衡，是政府決策者，也是每個個人、家庭，面對的難題。也許，到七十天，改變要開啟了。

（本文寫於2020年5月24日。是作者《矯正人類行為的地球課》
（易文出版社，2022年5月）其中的一篇。）

李　曄

作者簡介

　　李曄，北京人，中國古典文學碩士，當代文學博士。1997年赴美後居住於紐約長島。在紐約期間曾任長島《郊點雜誌》的中文記者兩年，後在紐約州立石溪大學（Stony Brook University）教授中國語言和文學七年。現居南卡羅萊納州，任科克大學（Coker University）中文副教授。曾與師兄合著《邊塞詩派選集》，並曾主編《移民美國——海外華裔青年佳作選》。業餘時間愛好文學創作，在海內外的中文雜誌上發表散文四十餘篇，數篇散文入選文集。現為紐約華文作家協會會員。

疫情下的這一年

　　2020年註定是要寫入歷史的。一場大瘟疫改變了世界，也改變了人們的生活方式。身為華裔美國人，這一年有著更為獨特的體驗。

　　1、2月份，在美國其他族裔的人還僅將中國武漢的疫情做為茶餘飯後的談資時，海外華人已經積極參與到了母國的抗疫戰爭之中。當時各地的華人團體紛紛通過各種管道募捐支援中國武漢。我的一個在加州的朋友參加了一個非營利組織，他們發起了「呼吸機救援行動」，通過在江蘇一家醫療器械廠購買呼吸機、製氧機、霧化器、吸引器等設備發往武漢和周邊城市的醫院以解那裡的燃眉之急。為了搶時間，最初是靠他們的個人捐款和借貸來購買這些醫療物資的。他們的募款消息在微信群中擴散，一張張感人的照片在微信好友中掀起波瀾：2月14日，武漢市漢陽醫院，2月18日武漢市第一醫院，2月19日武漢中西醫綜合醫院、武漢金銀潭醫院……後面幾乎每一天都有醫院收到醫用器材，醫生們接受饋贈時與高高疊起的物資箱的合影、醫院將醫療設備安裝用於患者的照片、一張張蓋有紅章的醫院的感謝信，甚至還有這些器材在江蘇出廠成批裝車的場面。從聯繫江蘇廠家到武漢各家醫院的每個環節都在爭分奪秒，救援隊的成員夜以繼日地工作著。他們人手少，又與國內有時差，資金與時間上都異常窘迫。

　　在他們感到幾乎支撐不住的時候，越來越多的人加入了「呼吸機救援行動」：有的在武漢的親友擔當起聯繫當地醫院的責任；有的不僅自己捐款，同時幫助募款。我們教會集資參與了捐款，同時一個姐妹聯繫到了她的大學同學——一位校友會負責人正在校友中籌款欲支援武漢。於是我和我的加州朋友與教會的姐妹和她的校友

拉起了一個群。原本沒關係的兩方人連夜在這個新群裡討論。校友會的一方要捐款的數目不小，自然謹慎，以致於商討沒有結果，最後大家都困倦地下線了。沒想到第二天晚上朋友跟我說，她已經和校友會一方達成協議，由他們直接和廠家聯繫付款，其他事宜由救援隊協助。幾天後，在我們四人的群裡看到了校友會捐贈的十幾台呼吸機和其他設備到達武漢兩家醫院的照片，我一時幾乎落了淚。

　　在海外華人每日心牽武漢疫情時，大多數其他美國人對於地球另一端發生的事卻知之甚少。我所任教的私立大學只有我一個全職中文教師，當時我正在教兩門中國文化課，學生們自然與我探討與疫情有關的問題。同事中也不時有人來詢問我在國內的親友是否平安。我來美國已二十多年且早已是美國公民了，卻從未像此時這樣意識到自己的華裔身分，並感受到了這一身分所帶來的某種責任感。就學生的提問，我向他們介紹了我所瞭解的武漢疫情的情況，並不諱言疫情的大爆發曝露了一個國家所存在的種種問題，但也同時強調中國傳統的「國大於家」的倫理觀、英雄觀以及中華民族的凝聚力在抗擊疫情中所起的重要作用。我給學生放了一個美國人實地拍攝的有關馳援武漢的醫護人員的視頻，那些日夜奮戰的身穿防護服的醫生、護士們利用僅有的休息時間並排倒地而臥的畫面令學生們動容。我更以第一手資料向他們講述了「呼吸機救援行動」。下課後，幾個學生感動地過來輪流跟我擁抱。那時，我們怎麼也沒想到在隨後的不到一個月的時間疫情會在美國蔓延。

　　3月初放春假乘飛機去加州探望在矽谷科技公司就職的先生。旅途中完全沒見有人戴口罩。從北卡飛加州要五個多小時。登機後我拿出了消毒紙巾小心地把兩側的扶手和小桌板擦了，心裡還有些擔心鄰座的乘客是否覺得我多事。旁邊的那位女士只是善意地朝我笑了笑。過道的另一側是一對年輕夫婦帶了個粉嫩漂亮的小Baby。小孩兒一路都沒哭鬧，不時向逗她的父母展開花兒一般的笑容。一

路我忍不住頻頻轉頭看那親子互動的美好一幕。這普通的場景在今天讓我覺得格外珍貴動人;我注視著他們,內心祈望這樣安寧、祥和的日子能一直伴隨著每個人。

　　一路風平浪靜,不想到了加州的第二天就出現了重感冒的症狀,渾身酸痛,咳嗽不止;第三天就完全躺倒了。「是不是得了新冠?」先生和我都緊張起來。好在沒有發燒、胸悶,心中略感寬慰。這一個星期的春假就在養病中度過。及至返程日,其它病症已經消失,只是嗓子還不舒服,依然時常咳嗽。返回的一路,在機場、飛機上戴口罩的只是幾個如我一樣亞裔面孔的人。最後一次轉機乘坐的是小飛機。因為前面飛機晚點,所以,一路小跑才趕上最後一個登機;而我的座位又是機尾的最後一排。我這個飛機上唯一戴著口罩的華裔在眾目睽睽下匆匆衝到自己的座位。也許是跑得太急,也許是小飛機機艙的空氣不好,我一坐下,就止不住咳起來,引來了周遭異樣的目光。不過略感安慰的是我這一行是單個座位的,並排的另兩個座位與我間隔了一個過道。但即使這樣,過道另一側的一個女人一臉嫌棄地看著我,拿起提包站起身去尋找前面的空座位去了。我連忙打開風扇旋鈕,有新鮮空氣進來,咳嗽也就止住了。我不奇怪他人的側目。現在紐約的疫情已經引起廣泛關注,像我這樣戴著口罩不住咳嗽的華裔帶給他人什麼樣的聯想不難理解。

　　返校後,學校要求春假離開本州的師生都要在網上填表登記,有不適症狀的需特別說明。我填了表沒多久,院長就打來電話詢問情況。我如實報告並說已經約了去醫院檢查。剛放下院長的電話,學校醫務室就來電話,說醫院的護士馬上過來幫一些填表的師生檢測。過了幾天,校醫給我打電話說,新冠結果是陰性的,但確有流感病毒。我總算鬆了一口氣。

　　學校對控制新冠的反應很快,在全州還沒有頒發居家令之前,就已經宣佈全部改為網上教學。那幾天,電子郵箱中天天有學校

的IT部門發來的教網課的技術資料。一切來得太突然，學校原本有Blackboard Ultra 網路教學平台，然而平時只有少數教網課的老師熟悉，像我們這些從不教網課的教授只能一面學習技術知識，一面摸索著上路。第一天上網課就有學生進錯課堂的，好不容易通過郵件聯繫都回來了；分組討論時，又發生了一組學生進了「Break Room（隔間）」，返回不到「Main Room（主堂）」的。焦急、尷尬，最後決定放棄Blackboard Ultra，改用Zoom。當時還有一部分學生留在學校。他們終日待在宿舍，就連吃飯也是拿回宿舍吃。不久，州政府就頒布了居家令，這些學生也只好回家了。這時發現有的學生無法按時上線上課：有的國際學生有時差，有的貧困學生家裡沒有Wi-Fi。要照顧這些學生，就得錄教學視頻發給他們。現場教學的視頻往往效果不盡人意，所以，又每每課後單獨錄製，工作量超過平時的一倍。

這兩個多月的時間，新冠疫情勢不可擋地在美國蔓延。學校一位教授轉發了當地兩家醫院防護設備告緊的求助信。我遂聯繫了那位加州的朋友，他們的「呼吸機救援行動」從3月底更名為「北美醫療防護用品捐贈行動」。他們找到國內有長期出口歷史的老牌廠家，購買他們得到FDA認證的醫療產品運往美加的醫院。在我們教會的協助下，我們把五百個面罩分送給了這兩家當地醫院，同時也給紐約的其他醫院捐贈了三百個。在學校一向低調的我這次給全校教職工發郵件報告了這次捐贈行動，在郵件中我強調這個在美華人的機構募捐的款項不僅僅來自華裔美國人，有一半捐款來自中國本土。動情的文字加上當地醫院接受贈品的照片，這份郵件在這個幾乎沒有華人的學校激起反響：「太不可思議了！」、「難以置信的故事！」、「英雄的壯舉！」、「讓我們攜手共同抗疫！」我一日間收到了數不清的回覆。當「中國病毒」將中國人汙名化的時候，我只盼望我們華人能為自己正名。

　　2020真是多事之秋，新冠病毒並沒有因為居家令得到抑制，「黑人的命也是命」的運動又席捲全國，緊接著是總統大選之爭。每天看到社交平台上的各種爭論，真的覺得乏了，倦了。正在這時，先生從加州過來了。居家工作的模式讓我們分居兩地的夫妻反而能聚在一起了。

　　數月來，日日蟄伏在家，常常白天連百葉窗都懶得打開。先生一來，打開家裡所有的百葉窗，甚至把我書桌對面的那扇窗的窗簾拉到了頂端。外面陽光明媚，窗外的一棵大樹上爬著一隻小松鼠，牠踩著根細細的橫枝像走鋼絲一樣，然後一躍到另一側的密密的藤條上。一會兒牠又跳了回來；這一次更是高空雜技，牠躍到了那根橫枝下，爪子摟著樹枝，三兩下地又跳回到了樹上。我忍俊不禁。忽然意識到有多久沒有好好欣賞自然，尋找一份內心的寧靜？從那一天開始的整個下半年，我找到了疫情下生活的新模式。

　　工作的時候我和先生兩人一個樓上一個樓下各自對著電腦，在我遠程教課時，他在參加公司的視頻會議。閑暇時我們拾起了自己的愛好，寫作、唱歌、彈琴，去湖邊打太極……平日，我們喜歡去「船塢」，那是屬於我們學校的一片湖水園林，離主校園偏遠，卻離我的寓所很近。疫情期間對外關閉了，本校的也鮮有人過來，這裡於是成為我們的世外桃源。我們在湖邊的小木亭打太極，面對著水天一色的清境，體會著天人合一的和諧。接近自然的人，心也變得更加安閑、細膩起來。看，木亭前面的一塊水域總見一個黑點兒，忽隱忽現的，原來是一隻烏龜。想來烏龜也有固定的棲息處，這不，後來每次來木亭時都能見到牠在附近浮游。我們又注意到一隻特別愛唱歌的鳥，總喜歡站在一棵樹的某一橫枝上高歌。有一次，先生用手機錄下了牠的歌聲，然後播放，牠立刻安靜了，彷彿是愣住了。我們一路走，牠一路聽著手機中的鳥鳴聲跟隨著我們，並開始不時地啾啾回應著牠自己的錄音。在「船塢」與外界「隔

離」的日子並不寂寞，反而因為親近自然而感到內心澄澈充盈。

　　疫情還在繼續，世界依然紛擾，但我尋找到了內心的安寧。相信這份平靜安穩的力量會成為我前行的定力，不管外界的潮起潮落。

　　　　　　（註：原文發表於《海淀文藝》2021年第二期。

　　　　　　　　此文在原文的基礎上略有修改。）

唐　簡

作者簡介

　　唐簡，法律背景，工作之餘寫作。作品曾發表於《青年作家》、《文綜》、北美《漢新》、紐約《僑報》、《世界日報》等。曾獲《漢新》文學徵文比賽小說金獎、詩歌和散文佳作獎。

自由和聲音：最想要的是什麼？

男人和狗

　　整整一週沒出門，蜷縮在蝸居中，每天被各種聲音包圍，在心底，直升機、救護車、警車的噪音被關在那裡，只覺得肩和背脊一天比一天緊。九點十二分，天色似乎格外的黑，有個牽狗的人走過，他的狗汪汪叫，就在大樓對面的人行道上，那時暖氣正發出源源不斷的嘶嘶聲，那是一種奇怪的組合。他走過的時候，那群人還在不遠處聊天。儘管不冷，暖氣足足的，暖氣將按照某個co-op（合作公寓）的規定一直開到5月，這無疑增加了我耳朵的負擔，我的耳朵必須在壓力之下追蹤那隻狗。狗是隻吉娃娃，這聽得出來。也許是黑色的，是夜晚的顏色。狗的主人是誰已經無關緊要，狗的主人從哪裡來，要到哪裡去？這麼晚了他為什麼在外面走？他會不會是那群人中的一個，才剛剛跟他們道了別？沒有員警來，一個都沒有。他們還在聊，並不因為一個人的缺席而散去，由此可以判斷他不是。狗叫聲一聲比一聲小，一人一狗漸漸走遠了，消失在聽力範圍之外。這時又傳來警報聲，短促、尖銳的警報，發出這警報的車速度很快，像閃電那樣，在風馳電掣間，完成聲音由近及遠的遞減和消失。

（4月18日）

去塔里敦

週日去塔里敦（Tarrytown），離常去的那家希臘餐館大約半英里，也就是從餐館正對的岔路往上坡的方向開上去，轉兩道彎，再順坡而下，即看見湖、山。湖在左斜前方林間的開闊地露出一小塊，小道在右斜前方山林的入口處順地勢向遠處隱隱約約地延展。拐進岔道後僅一分多鐘，景致前後的驟變讓人有近乎暈眩的感覺。家附近的Fort Tryon Park（崔恩堡公園）是我的最愛——應該說極美，可惜人比這地方的多，某次在地圖上逛發現了這地方，上週來勘查後心裡是喜歡的，便想著今天再來。當然還是要「全副武裝」，著口罩、手套、雨衣、雨靴。

不大的停車場停滿了車，路邊也停遍了，人比上回多，但目測不會妨礙自己固守與他人六英尺的距離。注意到多數人在小道上散步、跑步、騎車，少數人沿湖邊的小路繞著湖走，基本都戴口罩。沒有一個人爬山。也許是因為半山腰的一排樹上貼著「學校產業，不得踰越」的黃色告示，這是上次來時發現的。4月了，看起來是晚秋的景象，山上、湖邊鋪滿落葉，它們和樹林的大部分都是褐色，甚至夾雜著枯黃，奇妙的是，這一切竟有一種說不出的美。天藍藍的，和風吹來，一陣陣透進雨衣，尤為舒爽，心裡盼著風一刻也別停，吹，不停地吹，讓雨衣像帆鼓起來。看見第一隻鳥的時候，自由跟牠一起，輕靈地搧動翅膀，飛上枝頭。

（4月20日）

新到了一批食材

出遊後，心情舒暢。門口堆著新到的食材，照例處理了。取了郵件（今天的少），一份移民局的收據，一份客戶寄來的材料，略用酒精噴了噴，放進一個新塑膠袋擱到一邊。

昨天那篇《紐約時報》上，專家說不必太擔心郵件和包裹上帶有病毒，因為機率極小，也不用擔心在超市和藥店病毒會跑到衣服上、頭髮上，我們移動的速度遠不能攝住病毒使其附著在表面。至於鞋子，醫務工作者的鞋底檢測出病毒是預料中的事。從這些資訊來看，只需用酒精噴鞋子。女兒也讀了。這多少讓人鬆一口氣，不用再噴遍郵件和包裹，把它們扔進乾淨的塑膠袋放幾天就好，也不用噴衣服和褲子，只要沒在外面近距離接觸什麼人。

酒精不多了，酒精總是比預料的消耗得快，別的防疫物資也是。發現First-Aid-Product.com似乎還有貨，下了訂單，也不知能不能收到。上一次，電話打過去那女的說不確定，等了一個多月，以為收不到了，又到了，三分之二的是99%度，三分之一的才是70%度，但已經相當的幸運。漂白劑也是等了一個多月才收到。在亞馬遜上早已買不到什麼，3月14日那次訂的酒精，訂的是70%度，到貨時變成了50%度。給傑夫·貝索斯發了郵件，直接發到jeff@amazon.com的，兩天後他的客服助理倒是打來電話（正好錯過），又寫了郵件，就是表達遺憾、致歉及退款之類的，問可以幫什麼忙，絕望之下，明知他也沒辦法，忍不住回郵更加理直氣壯地要求亞馬遜換成有用的酒精，果然他說無能為力，指引我去看WHO的網站關於新冠病毒的資訊。

晚餐是蜜汁胡蘿蔔豬肉排，乖女做的，用蜂蜜、辣椒、醬油把兩樣東西醃一會兒，像做牛排一樣烹製，味道極好。

接下來的一週就簡單了：早餐有雞蛋、麵包、麥片、豆奶、牛奶、果汁和上好的咖啡豆，白煮蛋、煎蛋、蛋餅、鬆餅、麥片粥、法式土司，怎麼都好，咖啡由乖女現磨現做；中餐隨便；晚餐，兩包三文魚得先吃，週一、週三各一包，週二把一盒火雞肉末做成番茄圓子湯和哨子麵，週二吃圓子湯，週四吃哨子麵，週五燒魚香茄子、麻婆豆腐、蘑菇湯。每天配適當的蔬菜，外加水果、果脯、果仁，豐富而奢侈。食品全都是有機的，連原糖也是。

想把一半的衣服送人。

（4月22日）

自由和聲音：最想要的是什麼？

朋友打電話來那天，我們說起最想要的是什麼。

那天，我為父親的生日發了一篇文，文章的語言是可以的（這沒必要謙虛），內容有些瑣碎（這我知道，這裡頭牽涉到了「下意識」的層面），父親讀了很高興，但在第二天說有哪幾處可以改進，母親在第三天表達了類似的看法（這我在發文之前已經預料到了）。

朋友說，看到你寫的文章了。我說，是啊，有點兒瑣碎。

朋友笑，你自己知道了，看你寫的文字有些瑣碎，壓力大吧？我說，是，壓力大，覺得像世界末日一樣。

朋友問，做些什麼呢？我說，有時碼字，有時回憶過去。

朋友說，回憶是七老八十的事，看來你真的感覺是世界末日。

對，有一點兒。世界完全變了，再也回不去。

天南海北聊了聊，我問，你最想要的是什麼？

沉思幾秒後，朋友說了兩個字。

　　我說了一個字。

（4月27日）

王渝老師

　　讀《紐約一行詩刊》的公眾號，王渝老師有則妙文叫做〈奇跡〉，燦爛的陽光吸引她到窗邊，「街邊樹的新綠抹上我的眼瞳，處處春天。」她入迷地看著一方街景，看路人走過，看躍入眼簾的物事，心在無邊無際的時空漫遊，「過去、現在、未來，聚焦成此時此地。」正胡思亂想間，一個沒戴口罩的年輕女人出現在街對面的大樓前，女人本來在四下張望，不知為何逕自笑了，給她帶來一種震撼。「幸福感浸漫全身」，王渝老師寫道，「在這不自然設限隔離的時空，她展示出的無所遮掩微笑的臉，落入我眼裡，分明就是一個奇跡。」

　　可憐的王渝老師，熱愛自由、熱鬧和咖啡的王渝老師，「新綠抹上我的眼瞳」，眼珠快要掉了的感覺，羨煞了吧？無奈只能困在寓所，想東想西，被一個微笑擊中。

　　假如你有過類似為小小的美好而感動的經歷，那一刻，你也是幸福的。當然，幸福還有不同的定義。

　　這樣的經歷，我有過無數次，包括這一次。

（4月28日）

應　帆

作者簡介

　　應帆，江蘇淮安人，1998年中國科大自動化系研究生畢業，同年赴美，2000年獲康乃爾大學機械和航太工程專業碩士學位。現為金融行業IT人士。2003年出版長篇小說《有女知秋》，近年來散文則常見於《人民日報海外版》、北美《世界日報》、美國《僑報》、北美《漢新》月刊和《新語絲》等報刊雜誌。

一個平常週日的日常和非常

算起來，這已經是在家上班的第三個星期天。

本來，每個星期天都是忙碌不堪的中年生活。一早八點多就得把兩個男生送去上籃球課，等他們上籃球課的一個多小時裡，我會在同一棟建築樓上的一家健身館做一點運動。

這個星期天早上，因為八點半的籃球課取消，健身館也響應州政府的號召而暫時關閉，我的運動時間變成了睡懶覺時間。但還想再懶一會兒的時候，就被太太催促著起床出門，因她計畫了更重要的事情。

買槍

自從美國疫情爆發，在美華人的焦慮更甚一層，那就是對於疫情可能帶來的動亂和搶劫，很多華人家庭備有槍支，這兩週裡各地還組織起各種SOS微信群，目的就是互助互救。

美國的槍支文化盛行，近年來大型槍殺案屢有發生，因此控槍問題歷來也是各路政治家爭論的焦點。我們對槍並不感冒，一來對打獵或者純粹的射擊遊戲沒有興趣，二來也當然是因為從沒覺得所居環境不安全到需要配備槍支的程度。

但這次疫情爆發以來，華人社區害怕疫情引發動亂，更怕因為新冠病毒首先在中國流行而引起反華情緒，許多人未雨綢繆地買槍囤子彈，怕的是萬一需要用極端方式保衛家人和財產安全。

我是無知者無畏，因為不怎麼認識有槍人士，並不覺得危機近在眼前。太太認識幾個有槍的朋友，於是天天心有戚戚。上個週

末，她一人跑到附近的槍店去打探，卻聽說槍支早已售罄的消息，焦慮的心思因此更深一層。後來經她朋友的介紹，這個星期說有人可以轉讓一把不需要申請執照的散彈槍給我們，但必須去槍行做過戶手續。

吃過早飯，我們就出門去東邊鎮上的槍行。今天大街上的車輛要比往日稀少，想來因為今晚八點紐約全州實行居家令，很多人已經開始「按兵不動」了。大路兩邊的商家也多是門前冷落鞍馬稀，以前去過的一家超市的停車場上還有些車流，緊鄰著的一個徒步公園入口處也幾乎停滿車輛。一路上看到電子牌告示，紛紛寫著「在家隔離，停止傳播，拯救生命，平緩曲線」之類的良言警句，想去多少應該有一些觸目驚心的效果。

不一會兒到了鄰鎮，太太說槍行到了。我舉頭一看，並不見明顯的圖形或者文字標誌。按著她的所指，看見這家店的招牌，居然是叫「營地運動商店」（Camp-Site Sport Shop），可以說很有迷惑性。槍店門口有五六個人排著鬆散的隊伍，保持著政府建議的社交距離。有十幾個車位的停車場也幾乎滿滿當當，一輛大卡出來，我們才能見縫插針地停下車。

下了車環顧四周，排隊的人多是不戴口罩的老外，也有一個戴了口罩的年輕亞裔排在隊尾。和我們接洽的法蘭克（化名）走過來，打了招呼：非常時期，大家只是隔著三四部的距離點頭、微笑和寒暄。法蘭克指著槍店門口的粉筆寫的告示牌，提醒我們槍店已經暫時終止了槍支過戶手續的業務。

一位年輕的工作人員拿著小本本在門口和新來的客人交談，大約是提前問詢他們此行的目的等等。我問法蘭克槍店早已售罄為什麼還有人在門口排隊，法蘭克說這些人很可能早就定了槍支或者子彈，現在只是來取貨。

我們又跟那位工作人員求證了黑板上的消息，小哥說確實如

此，至於何時再開過戶業務，目前尚無定論。我們攤手嘆氣，一籌莫展。要在平時，我倒想進槍店看看到底是什麼樣的光景。今天看門口這架勢，自然是不可能了。我們謝了法蘭克，各自上車。離開時候，又看見兩個亞裔開車進來。

買菜

　　回來路上，因想起一週不曾買菜，我們就討論去哪裡買菜問題。因為新冠肺炎最早在中國爆發，我們近期已經有意識地避免去華人聚集的法拉盛以及相關超市。但現在新冠病毒在紐約州遍地開花，連我們只有130多萬人口的拿騷郡也已經有1,900例確診（截至3月22日中午），高達千分之一點五的比例，實在是讓人心惶惶。唯一讓人稍微安心的是我們學區小鎮，目前只有兩例相關確診，因此華人都說本地的一家叫「最好市場」的超市或許最安全。

　　「最好市場」離我們家很近，我有時直接散步過去買一些麵包之類。但上個週五去時，超市裡卻大排長龍，讓我計畫的20分鐘購物時間足足拖了將近一個小時，想起來還心有顧慮。另一個問題就是「最好市場」畢竟是老外超市，一來沒有很多中國菜蔬食品，二來顧客裡美國人居多，而美國人不戴口罩還是當前常態。因聽說稍遠一點的華人超市收銀員都已經戴上口罩和護目鏡，我們最終決定捨近求遠，去這家華人超市做紐約停擺前的一次購物。

　　這家華人超市看上去還不錯，停車場上車輛頗多，門口特別提示大家使用商場提供的一次性手套，另外又特別說明疫情期間超市不接受退貨以減少交叉感染的機率。超市裡物品豐富，少數菜蔬價格感覺比平常略貴，但也有降價的商品。

　　超市裡的顧客大多數是華裔。人流絡繹，但大家有意識地保持著距離。每個人的眼神都嚴肅而又警惕：因為大部分都戴著口罩，

很難觀察到每個人的全貌表情。偶爾有一兩個熟人相遇,停下來說話,但遠遠不是平常超市裡人聲嘈雜的狀態。魚肉的櫃台前面,大家也自覺排隊,同時保持著一定的距離。

出口地方,放了不少口罩、酒精消毒液等。因為家裡口罩不多,我拿了一盒口罩看看,太太卻說「看上去是三無產品的一次性口罩」,而且一盒需要45美元(目測不到50個),我也只好作罷。

網課

中午是簡易午餐,因為孩子們下午一點半就要開始中文學校的網課。海外華人二代的中文教育是個大課題,也是個大難題。有人說全球海外華人家庭週末兩天都有半天是貢獻給了中文學校和中文學習,還有人進一步吐槽說:「而且,學習的效果很差!」此屬題外話,暫且不表。

孩子們中文學校的網課也進入第三週。在武漢還是世界疫情中心的時候,紐約這邊的華人已經風聲鶴唳,中文學校也十分小心地停課兩三次,連原定的慶祝春節的活動也取消,並試驗了一次網上教學。

不想一個月過去,大家的神經剛剛有點小放鬆,歐洲的壞消息就不斷傳來,然後紐約在過去的兩週也飛快成為世界疫情的新戰場。中文學校在實體教室上了兩次課之後,也只好再一次全面進入網課模式。

進入網課模式的不僅是中文學校,三個孩子的繪畫、鋼琴和小提琴課程也與時俱進,採用網上教學模式,以避免人際傳播或者感染病毒的風險。只有他們的籃球課、網球課和游泳課等運動項目,暫時進入全面休止狀態。可惜的是老大所在的年級籃球隊本已進入學區聯盟的季後賽,卻因為疫情爆發嘎然而止。老二的小學網課伊

始，體育老師倒是給了一張單子，讓小朋友紀錄自己每天做了什麼運動，諸如騎車、散步、俯臥撐之類，要求一個星期得有兩個小時的運動。

我們家三個小孩都在中文學校讀書。好在是週末，我在家不需要上班，家中電腦、學校配備的電腦和手機等等，加起來也還夠用，每人一個房間也多少能減少一點干擾。我則不免要跑來跑去，保證每個人至少能學一點東西。尤其是不到五歲的妹妹，一轉眼，她就離開手機螢幕，去跟自己的洋娃娃說話了。

晚餐

今天的晚飯我負責。因為害怕超市關門，我在一週前訂了一家網購，他們在週五就把東西送過來了。他們和其他網購不同的地方在於：根據客戶需要送兩到三餐的食材和菜譜，讓客戶可以在三十分鐘到一小時內準備好一頓看上去還不錯、營養也頗豐盛的晚餐。

九歲的小兒子對做飯感興趣，前天幫我按照菜譜做了義大利麵條，今天更對菜譜上的墨西哥豬肉捲表達了垂涎欲滴的期盼。他幫我打下手，把一顆青椒切成碎粒。我本來有心按照菜譜一步一步做，漸漸不耐煩，最後把豬肉末、西紅柿、洋蔥、青椒和cheese等等一起放在鍋裡，且燒且炒了一大盤。

十二個墨西哥捲餅，小兒子最終吃了四個半，還咂舌抹嘴地表示可以再吃點。快五歲的妹妹看見盤中的洋蔥，眼淚就吧嗒吧嗒地掉下來，以絕食威脅。我們勸也沒用，哄也沒用。

我最後惱羞成怒，威脅要她出門罰站，又說「現在外面可是有新冠病毒的哦！」這下子不得了，她抽抽噎噎，哭得更是梨花帶雨，叫我又心疼又愧疚，只好又摟著她賠不是。姥姥看不下去，又給她單獨做了海帶絲裹著榨菜的米飯捲。

看碟

等到晚上十點多鐘，三個小孩都已經睡下了，自己想起來兩週前從圖書館借回來的碟片《使女的故事（第二季）》還沒有看完。白天他們網課後，倒是忙裡偷閒地看了第一集，原來是講述「佛雷德家的」（Offred）怎麼暫時逃出吉列德（Gilead）政權的各種魔爪掌控的故事。幾乎算有趣的是，發明「人民的希望」瑞德西韋（Remdesivir）的製藥公司也叫這個名字，大概源於這個詞在《聖經》裡的原意。

《使女的故事（第二季）》第二集開始，聚焦於另一個派生的女角、女同性戀者艾米莉被貶為Unwoman之後在有毒工場的勞動場景，並閃回她的前世今生。去年讀了《使女的故事》原著小說，今年買了續集《見證》（The Testaments），但到現在也還只是看了開頭幾章。

瑪格麗特・阿特伍德的這本小說充滿驚心動魄的想像，被某些評論家歸類為「社會科幻小說」（Social Science Fiction）。讀原著，看改編的電視劇，常常遭遇觸目驚心的文字細節和因此衍生的圖像與畫面。

第二季第一集裡面，一群使女因為「佛雷德家的」逃走而受懲罰，在大雨中跪在地上祈禱，不停地感恩「他」。從上而下的鏡頭裡，白色大雨如箭般射向白帽紅衣的使女們圍成的、逐漸遠到渺小的人圈，藝術的感染力就又冷又硬地穿透人心。

作者阿特伍德曾經提到：小說裡的每一個事件都曾在人類歷史上某時某地某些人群中發生。在這個動盪的世界和時期，想及華人社群面對疫情和其他後果的擔憂乃至恐懼，我們往往也只能準備心懷最壞的恐懼，而同時抱有最好的期望。

　　因疫情肆虐而在家上班的日子裡，省下來的通勤時間，也許我至少可以實現看完一本書和一部電視劇的簡單願望吧。

蕭康民

作者簡介

　　蕭康民，江蘇金壇人，1949年隨父母遷台。國立政治大學新聞系畢業，美國奧克拉荷馬大學大眾傳播碩士。曾任中華電視公司新聞部編導，大成報總經理。1973年婚後移民紐約，加入長兄「夏威夷凱餐飲集團」的經營。退休後於2007年參加紐約文薈教室和華文作家協會。平日喜愛文藝，旅遊和淘寶。

天行健，君子以自強不息
——新冠肺炎抗疫

楔子

　　大學畢業時，新聞系王洪鈞主任送給我們一句話：「忍耐、樂觀、奮鬥。」我得幸一生都奉它為努力的圭臬。

　　奇怪得很，歷史上每逢庚子，總是流年不利，不是天災就是人禍。2020年也難逃噩運，中國武漢爆發了流行性新冠肺炎（COVID-19），據說是由動物果子狸或蝙蝠將病毒傳染給人類，其後就如野火燎原，很快由亞洲傳至歐洲，以至禍害全世界，這是十四世紀黑死病疫後又一大浩劫。全球迄今已逾三億人確診，超過三百萬人死亡，而美國又不幸在上述指標上，榮為世界之冠。泱泱大國，面對寰宇，情何以堪？這確是令人悲痛，又有些諷刺的實況。

　　世衛（WHO）在去年3月21日宣佈，新冠病毒已進入全球流行。美國防疫在時間上，似乎慢了半拍，突來巨變，全美都面臨醫療用品不足，醫務人員，醫院設備，以及病牀都缺乏的情況下，各州一片愁雲慘霧，尤以紐約州受害最大，疫情幾乎完全失控，確診和死亡人數，都速成全美第一，真是談虎色變，人人自危。

居家避疫

　　紐約市華人主要集中在曼哈頓下城、皇后區的法拉盛、布魯克林本森赫斯特一帶。由於疫情始自中國武漢，血濃於水，消息傳

來，莫不驚嘆並寄予深度同情，因此即時提高防疫警覺。許多回國探親的僑胞，都火急回美，我的四弟妹恰在2019年底回南京探親，農曆年間，她聽說繼武漢封城之後，許多大都市也會跟進，以阻絕大幅病毒擴散，她匆忙在除夕前夜，驚惶搭火車出走上海，又花了不少錢，才買到回紐約機票，飽受虛驚一場。2020年初，華人已開始緊張起來，自動減少出門，許多大小集會也紛紛取消，眼見法拉盛繁忙的街市人潮明顯減少，因恐懼病毒室內傳染，許多餐館都門可羅雀。政府主管機構隨後也正式發佈了緊急應變及衛生防疫命令，許多非必要商業性活動立即停止，全民進行「居家避疫」，人人必須戴口罩出門，嚴格保持社交距離，提醒行人和鄰居加強防疫。

各企業公司開始施行遠距在家工作，運用各類電訊科技設備和聯絡工具去執行，以代替傳統朝九晚五上下班模式。許多商店、超市、商場（shopping centers），都依令關起大門，放無薪假。全美失業人數劇增，政府也急忙延長失業金期限，加強社會經濟紓困。但在百業蕭條之中，唯獨網上購物和外賣行業，如Amazon，以及Zoom等電訊商務，異軍興起，並發展神速，連有名的網路召車公司優步（Uber），也乘機加入外送業務，而且業績斐然，真乃時勢造英雄，但又是幾家歡樂幾家愁呢？

個人生活首先面對的難題，要去那裡買口罩？我們第一時間，立刻跑去CVS、Walgreens等大小藥房，想買一些來應急，但均已缺貨，實在無可奈何。所幸當時我到長島ProHealth診所，有個專科檢查，那裡有一些口罩備用，真是喜出望外，就厚起臉皮多討了幾個，算是擋下了病疫危機的頭陣。後來鳳凰城的姪兒知曉，上網買了50個口罩寄來，真是雪中送炭。為了準備長期抗疫，又各處搜購了不少食物和家庭日用品，除了一些衛生項目外，各店貨物倒是供應無缺，只是價錢稍微貴點。

活用三寶

退休之後，生活早已簡單化，本來就出門不多，避疫限制，對我們影響不大。電腦、《世界日報》和電視是家中三寶，疫中更為依賴，CNN台整日開著，以瞭解疫情狀況。川普總統和一些高級衛生官員常舉行新聞簡報會，詳述全美疫情及抗疫措施，但杯水車薪，進展並不理想。白宮新冠病毒專案小組成員之一的免疫學專家佛奇博士，判斷和主張深受專業敬重，卻不被總統重視，這種矛盾現象，層出不窮。反倒是紐約州長葛謨，簡報以圖表、數字做扼要說明及應變措施，一目瞭然，贏得州民共識和普遍讚揚，借民意即時向白宮施壓，為紐約州爭取到不少應急經費和醫療物資。

《世界日報》1970年中期在紐約創刊，立刻成為我家不可缺少的生活良伴。除帶來各處新聞和家鄉訊息，其副刊和週刊，都涵有豐富的文藝寶藏，我尤愛它的專欄，文筆洗鍊又能啟發民智，讀者能產生共鳴而回味無窮。開始訂閱時靠郵寄到家，隔天才看到報紙，現已和《紐約時報》合作多年，風雨無阻，每早準時送達。即使現在已能上線看報，但多年的閱報習慣，很難改變，每天唯有一報在手，才能感到踏實親切。

電腦帶給我最大好處，是訊息快速，咫尺天涯。又可利用掃描方式，傳送照片和檔案。許多舊友新知，疫中更常利用Email相互交流，益者三友，盡在其中。近年因聽力減退，與人說話和討論，常落得一知半解，成難言之隱，因此特別喜歡用依媚兒寫信，可不受拘束。退休經年，已習慣網上下單交易股票。而多年前須假經紀中間過手，付傭金不說，股市上下急盪時，連電話都打不進去，成了熱鍋上的螞蟻。股票行業一向競爭大，去年間，爭先廢除傭金制度，客戶人數因此而增長，交易量也日日提升，雙方各得其利。平

日有空，總愛上電腦股市觀盤，做功課。久而久之，已能用平常心看待每日波動。投資是長期的事，不必爭一日短長，買低賣高或長線操作，都只是技術問題，勝敗乃兵家常事，重點在於趣味藏在過程之中。我玩股第一原則，絕不貸款買帽子（Option），急功近利難為大道，天下絕對沒有白吃的午餐。

自得其樂

由於疫情，減少了許多活動，只能自己多找樂子。我家後院，原種了不少花草，依季節綻放，飄香處處，自然就成為我常去的賞心樂園。今年雨水多，陽光足，花開得茂盛，但野草生長得也快，清理如未斷根，春風吹又生，真很煩人。往年都是利用樹皮鋪地，以防野草叢生，但成效欠佳。今年夏天下定決心，多使些力氣，去Home Depot買了幾十袋碎石回來鋪陳，雖然辛苦些，盼能斧底抽薪，一勞永逸。

2019年開始，一對麻雀夫婦，在小玫瑰花叢裡築巢，生了三個可愛小寶寶。來者是客，我先以家中小米餵食，那知牠們的朋友愈來愈多，除了成群的麻雀、大小鴿子、漂亮藍身知更鳥，甚而松鼠、黃狸都常能見到。去年到Petco店，買了大包野鳥混合穀料，每天分早、午二次放食。動物也有靈性，相處日久，似能靈犀互通。鳥兒冬季很早就會排在枝頭等候，夏天則說不準，晚來些的，就只能碰運氣吃自助餐了。偶而我也會遲到，機靈的鳥兒，常會飛來二樓窗前的電線，上下擺動催人，等我一開車房門，立刻像導航員般，急飛後院；這種聰敏舉動，常引起我會心一笑。

疫情前我常趁週末，到shopping center或跳蚤市場閒逛，集樂趣和運動為一體，如今這些地點都成禁區，運動量日減。去年9月，喜見《世界週刊》上有推銷日本電動按摩椅的廣告，說它可依各人

需要，設定電腦程式，自由選擇運動方式和時間啟動按摩，當即跑去法拉盛展示廳試用，頓感輕鬆愉快。一年多使用下來，每天早晚做幾十分鐘，感到血脈暢動，神爽氣通，真樂而忘憂了，尤其高興是，多年後背脊間突出毛病，也大有改善。

我愛曬太陽，尤其是在和煦的晨間和黃昏。灑水澆花之後，悠閒坐看天空雲捲雲舒，美麗的變幻，恰似人生無常態，心想世人若能在無常之中，盡人事而聽天命，隨遇而安，這不就會如天空的白雲一般，快樂自在嗎？夕陽西下，總見天際映照漫天紅霞，景色可餐。「夕陽無限好，只是近黃昏」，這良辰美景，怎能不多加珍惜？

荒漠甘泉

新冠病毒讓整個世界，瞬間變成一片風暴沙漠，受苦的人們，都在困境中盼望，能快有綠洲泉水出現，解決危機和病苦。皇天不負苦心人，就在2020年12月間，荒漠中終現甘泉。美國兩個大藥廠，輝瑞（Pfizer）和莫德納（Moderna）幾乎同時宣佈，研發出抵抗新冠病毒的有效疫苗，每人需注射兩劑，間隔3、4週即可。許多朋友在今年初就上網登記，我們在4月間，才分別注射完畢，終能安心不少。由於施打疫苗人數速增，民間確診、住院及死亡人數也相對降低，政府隨之逐步放鬆管制，希望生活及經濟能回歸正常。我們心境也變得輕鬆，開始和一些朋友喝咖啡、小聚、或餐敘。7月間還乘興坐Metro-North火車，去了哈德遜河邊，到紐約州最美小城Cold Spring踏青。當日天高氣爽，能盡情欣賞河岸美景，又享用義大利美食，隨意走訪好幾家古董店，久違的景物，還是那般親切可人，當然我也不會忘記帶回幾樣珍選的寶貝。

天有不測風雲，近來又傳出新型變種——Delta、Mu以及R.I.特殊病毒來犯，全美確診及死亡人數再急速增加，9月中有報導，美

國單日新冠肺炎病歿人數又增達二千人，刷新七個月來紀錄。我有一位在醫院工作朋友，暑期不幸染得Delta變種肺炎，不數日功夫即病歿而去，由是可見其殺傷力確實驚人。許多企業因之不得不再度延遲回歸辦公室時間，政府也增加管制新規定，要求一些公眾場所必須查閱接種證明，才能放行。由於變種疾病急速蔓延，未來施打第三針補強已屬必要，完稿前得悉，FDA批准Pfizer和Moderna均可優先施打65歲以上長者及受長照（Long-term Care）人員。現各地學校均開學，得悉公共衛生又成大難題。佛奇說，十二歲以下兒童，今秋也可打疫苗，此必有助防堵病毒傳播中的漏洞。

雖然新冠病毒已近強弩之末，但新變種又頻頻出現，切不可掉以輕心，欣悉華人眾多的法拉盛已經有99%居民打了疫苗。但今美國完全接種人口，仍有18州未過半，主要是不少人心存偏激，借宗教、倫理、或政治意識形態之由，極力反對強制個人接種及佩戴口罩政策，指責它妨害受憲法保障的個人自由。這種論調，是何其荒謬錯誤，事實証明，肺炎病毒傳播世界，危害巨大，深涉生存國安問題，不可不慎。我們絕對支持維護人權和個人自由，但不能以小我私心和任何歪理拒打疫苗，妨害公眾衛生；個人自由必以不妨害他人自由和安全為限度。

一個良好的政府，終應實施民有，民治，民享。也就是常說的「民之所欲」常在我心；今後國家施政，務必以全民衛生、綠化環保、保障人類生命安全為首要，至於以往列強在軍事、經濟、政治的爭霸心態，也要改弦易轍，從互惠共利上著眼，方為上策。世間天災人禍在所難免，要臨危不亂，莊敬自強，遵從社會秩序和規範，凡事以大局為重，患難與共。古有言，「天行健，君子以自強不息」，如能以此共勉共勵，則大道可行，太平同享。

王劭文

作者簡介

　　王劭文，生於台灣台北，本就讀法律，最初於民權組織工作，後來赴美深造，成為紐約州律師，並獲頒亞美商業發展中心第二十屆50大傑出亞裔企業家獎。王劭文看到對社會有意義的事，經常就一頭栽進，包括2018年起率先協助當時尚沒沒無聞的亞裔企業領袖楊安澤（Andrew Yang）推動全民基本收入的理念，並於2019年起出任公民英雄國際基金會（Citizen Heroes International Foundation）執行董事。她感激一路來照顧她的每一位親友和生命過客。

新健康慢活？

從都市叢林到鄉村湖畔

我是這波全球疫情下的幸運兒之一。主要原因是在台北都會出生長大、在紐約市任執業律師的我於六年前遠離了人口密集的大城市，搬到山間湖畔。

全然欠缺在自然界生存的能力，我是一名城市鄉巴佬，仰賴的是先生在鄉間成長的經驗作為我這幾年在山林中生活的護身符。搬家後，我平均一週會通勤到紐約市三、四天，其餘時候在家工作，面對著湖光山色，很是療癒。而無論是辦公室或是自己的住家工作空間，我都偏向簡約、優雅的室內擺設，我相信視覺舒爽的環境有助提高工作品質，並給予工作者被肯定及呵護的幸福感。

過去在紐約市與客戶開會時，我經常在會議室連番會談六、七個小時，午餐不吃，晚餐也拖延，餓壞也嚇壞全程跟隨的同事；這是我在紐約市感到最有效率的工作安排──不斷地開會。但開會前所需的諸多相關研究、策略思考，我則傾向在家中進行，或許因為我的居家環境比辦公室的更符合人性對美的追求，幫助心靈感到澄淨和啟發，讓我的思路更加清晰。

2020年1月下旬起，由於預期疫情會在紐約都會區爆發，我開始避免到人口眾多的紐約市，更避免搭乘空氣不太流通的公共交通工具，工作多數都改在家中進行，過去面對面的會議轉為線上視訊。而3月份紐約州出現超級感染源，全州封城跟著多州封城，我也就更少進紐約市。多年來本來就已經一部分遠距工作的我，不太

需要多所調適，而客戶中，不少是封城後才開始學習新的開會方式，也有選擇等待解除封城令後再和我們面對面會談的，而這一等就是好幾個月。

疫情下，我的公益慢活

因親友都是來自防疫表現卓越的台灣，加上我向來有參與公益的習慣，因此我參與了幾個團體採購台灣防疫口罩等物資捐贈美國社區的慈善活動。活動發起人向我們募款後，在疫情災區穿梭贈送口罩，給第一線防疫人員或是老人院所。我和先生另外捐了一點錢，幫助美國西南部原住民部落民眾，得以購置基本生活物資和防疫物資；在資訊和資源有限的情況下，不少貧困的美國原住民社區染疫率極高，卻得不到應有的重視，因此我們這群小額捐款人希望拋磚引玉、聚沙成塔，幫助強化這些原住民的生存機會。

疫情期間，我和先生充分落實減少工作量、每日做瑜伽的健康慢活；我的先生熱愛園藝，2020年我也有較多時間伴隨他，一起設計並照顧後花園。接觸花草的感覺很棒，從家中看台望去可同時欣賞花園和湖色，相當怡人也有些成就感；解除封城令後，偶然有朋友造訪，大家一起觀賞美景，感覺也很舒暢。2020年秋季，在當地友人的鼓勵下，我上了幾堂馬術課，我的馬術教練重視馬匹的心理學，我受益良多；自幼沒有運動習慣的我，發現騎馬是很適合我的健身運動，透過與馬匹的互動，我對自己也意外地有了很不同的認識。可惜時間上和成本上，我無法頻繁從事騎馬運動，因此瑜伽還是我身心健康的依託，我期待未來還能偶爾騎騎馬，回味那深刻的自我探索體驗。

受邀剖析疫情對美國社會的衝擊

2020年4月份，收到台灣「新世紀文教基金會」副執行長來函邀稿，希望我幫助台灣民眾瞭解疫情對美國社會的衝擊。我因此寫了一篇八千字的半學術性論文，刊在《新世紀智庫論壇》第九十期（2020年6月），文章說明疫情如何惡化了社會內部長期諸多既存的矛盾（貧富之間、種族之間、右翼和左翼價值衝突之間），封城如何為美國經濟增添了前所未有的變數，並預測新冠病毒為美國人民的生活和互動方式可能帶來長期的變化。

我的論文力求深入淺出，目的是讓通華文的民眾能較清楚體會美國社會的處境，後來聽說文章廣受好評，令我感到相當欣慰，因為雖說台灣人看似對美國有高度的熟悉度，但是即使我在台灣大學有修過美國憲法等課程，當我真正到了美國就讀公共政策，並在美國生活後（加上我先生是道地美國人），我才認識到台灣留美歸國的高知識分子整體對美國社會瞭解不足（畢竟多數留美研究生在美國也只是短暫待個幾年，對此地語言和文化都難有深入準確的掌握）；用心且專職研究者都如此了，更何況是一般民眾？因此「新世紀文教基金會」此番邀稿，巧合實現了我自己的一份心願──提供精華資訊和基本工具，助益海外民眾有一個解讀美國社會真實樣貌的基礎。

生命尊嚴和生活品質

實在話，我並不懷念過去在紐約市連番開會的日子，別說餓到一同與會的同事，我自己的腸胃也會抱怨；這麼折磨自己，單純因為我不喜歡在紐約市外食──垃圾食物偏多，形同是花錢虐待自己

的身體，因此我當時總是撐到回家才吃飯（雖說大半天餓著肚子也是虐待自己，但起碼不花錢）。去年集中在家工作後，我總算開始善待自己的身體、按時在家進餐，自然感到幸福不少。

　　工作和身體本來就應該要兼顧，在家工作為主、出門工作為輔的安排幫助我得以兼顧兩者。因此復工後，我視個案狀況鼓勵客戶繼續採用線上會議，和同事也都遠距溝通。我認識的資深同行中，有人甚至至今尚未回紐約市辦公室一趟。接著，新聞不斷報導很多企業商家徵聘不到人手；原本擔心疫情會導致經濟蕭條，很多人會失業，如今卻顯現企業主急著徵人、民眾還未打算返回職場的奇特現象。諸多分析指出，主因是民眾在防疫封城期間的慢活經驗，令他們體悟到簡約生活的美好，開始省思人生意義，希望接下來的工作能讓他們感受到尊重並保障生活品質，否則何必委屈自己的身心，為五斗米折腰？

　　美國確實是個工時長、勞工薪資成長被壓抑、且貧富差距過大的社會，或許透過這個類似「集體倦勤」的狀態，勞工族能向雇主爭取到較好的工作環境和條件，得以維繫某程度的慢活好品質？也或許這只是一個暫時的現象，民眾最終還是得委屈謀生？我無法預知未來，但我希望一個社會的有效生產力是建立在人民能夠健康生活和智慧思考的基礎之上；我們不需要搶著做最強大但卻貧富差距懸殊的國家，我們需要的是保障尊嚴生活、祥和共處、經濟足夠穩健的社會。

（寫於2021年深秋）

抗疫與療護

輯二

李又寧

作者簡介

　　李又寧，本會資深會員，資深美國高等教育工作者，台灣大學歷史系畢業，美國紐約哥倫比亞大學歷史學博士。

萬年病毒　生死搏鬥

前言

　　自2019年底或2020年初以來，疫情一波又一波，從Covid-19到Delta到Omicron，一直是全球關注的一個重點。它影響世界各地、各行各業、男女老少等等。防疫抗疫成為第一要務，大家都在積極地探詢研究防疫抗疫的全面知識或技能。

　　然而，瘟疫不是新鮮事。各種各樣的瘟疫在人類史中發生過無數次，形形色色的藥方和食方層出不窮。絕對有效的防疫法雖有待未來，日常生活準則卻是簡易可行的。

　　從現在職場的觀點來看，防疫抗疫也許不是我的本業。但是，這有關我的生命，也有關多少人的生命，能有什麼比它更重要的知識嗎？何況中華傳統醫學本就是中華傳統文化的一部分。中華文化的核心觀念可濃縮為四個字，即：天人合一，宇宙萬物的構成和人體組織的原理是一致的。西方的醫學或哲學，不將人與天地合一。在西人眼裡，天地代表自然；人與自然常是對立的，相信科技可以克服自然。醫學是科技的一部分，西人認為是可以克服疾病的。

　　筆者平生有一微願，名為「捕捉進行中的歷史」。怎麼說呢？試以數語簡釋，因這與本文有點關係。

　　日常生活中，常有些突發事件，人們有時不以為意。筆者以素願留心新聞報導，見到有延續發展性的題目，就會開始設法搜集資訊，並追尋歷史根源。去年，2021年，石文珊教授知我關心世事，囑我寫一篇有關疫情的文章，納入她在為紐約華文作家協會編輯的

一本文集，她給我一個機會，向作家們做個讀書報告，含有敦促努力的美意。乃有此番試筆之舉。

病毒與細胞　億年共舞

據微生物學研究，三十億年前，細胞誕生了。它是第一個碳基生命的始祖。了不得的開始。從此，細胞經歷一個漫長的演化過程。它多才多能，靈活善變。它是一個有機體，能新陳代謝，能自我複製，能反應外界的刺激或攻擊。

細胞發展的同時，出現了種種病毒；細胞與病毒不斷地競賽、鬥爭、戰爭，也協同進化。因此，數十億萬年中，人類體內存在種種病毒。人體之外，病毒也寄生在其它的動物體內，進行種種變化，再進入人體之內，又發生變異。因此，生命和疾病是難解難分。

探究生命的奧祕

敬重生命的永續發展是華夏民族的一大特點。自遠古，就研發了一套哲學和醫學。略述如下。

據說，始祖黃帝仰觀天象，宏視大地，洞察宇宙萬物的奧祕。什麼是最大的奧祕？生命的奧祕。既然是奧祕，不會是白紙黑字，也不會是1+1=2。然而，生命既是可見可觸的有機體，放之四海而皆準的存在和發展，必定有基本的規律——變中有不變，不變中有萬變。簡言之，即陰陽二字，陰陽互抗互補，難解難分。「一陰一陽之謂道」，就是生命的本質。人體自身及人與自然之間的陰陽五行關係能夠協調，能夠互補，身心健康和樂，陽氣普照；倘不然，面帶憂色，病氣不邀自來。

「疫」字的出現

殷商時的甲骨文中，就有「疾年」一詞的出現，指疾病多發的年份。

周朝的《禮記》指出氣候的反常可以導致疾病，如：

> 「孟春行秋令，則民大疫。」
> 「季春行夏令，則民多疾疫。」
> 「果實早成，民殃於疫。」

古人也觀察到，災荒飢餓也可能導致疾病，如東漢王充（27-97 A.D.），在《論衡》一書中提出：「飢饉之歲，餓者滿道，溫氣疫癘，千戶滅門。」

東漢許慎（30-124 A.D.）在《說文解字》中為「疫」字下了定義：「疫，民皆疾也。」這是「疫」字的最早的文字解釋，說「疫」是廣泛性的生病。

曹植（192-232 A.D.），東漢末年的著名文學家，曾著〈說疫氣〉一文，說：「建安二十二年，癘氣流行，家家有僵屍之痛，室室有號泣之哀，或闔門而殪，或覆族而喪。或以為『疫者，鬼神所作。』人罹此者，悉被褐茹藿之子，荊室蓬戶之人耳！若夫殿處鼎食之家，重貂累蓐之門，若是者鮮焉。此乃陰陽失位，寒暑錯時，是故生疫。而愚民懸符厭之，亦可笑也。」

以上這些文章，均未明確指出疫病具有傳染病這一特點。可以想見，傳染病這一概念在當時尚未形成。

《黃帝內經》關於疫病的記載

此書是中華醫學的祖宗。雖冠以黃帝之名，卻非黃帝之作。成書何時？作者是誰？眾說紛紜。爭論中存在著一點共識，即：此書是集體著作，出於多人，歷代積聚。即明代醫學家呂復之所說：「乃觀其旨意，殆非一時之言，其所撰述，亦非一人之手。」

《黃帝內經》的體裁，類似很多中華經典之作，即對話體，由黃帝與他的六個傳說中的大臣的對話組成。其中黃帝與岐伯是主角。談話的題目非常廣泛，如：宇宙、自然、生物、生命、環境、生活習慣、身心健康、環境與病症、治療及預防等等。

《黃帝內經》分四大部分：〈素問〉、〈靈樞〉、〈太素〉、〈明堂〉。〈素問〉偏重人體生理、病理、疾病治療原理原則，以及人與自然的關係。〈靈樞〉偏重人體解剖、臟腑經絡、腧穴針灸。

《黃帝內經》提倡疾病預防，並強調早期治療。防病於未然的觀念是中華民族對人類醫學一大貢獻。這觀念在《黃帝內經》中有重要的闡述，深遠影響後世。

在中醫學典籍中，首先提出溫病、疫病有關內容的，可以說是《黃帝內經》，其中〈素問、生氣通天論〉說：「冬傷於寒，春必病溫。」意指：「冬天外感寒邪，到春天發生溫病。」

〈素問、六元正紀大論〉說：「民善暴死……遠近咸若」，意思是：民眾死亡率甚高，遠近都差不多。

從上文可見，此病有遠近傳播的特性，可以說是符合疫病的一些特點。

《黃帝內經》中的〈刺法論〉有一段關於疫病的記載，非常重要，現以白話演譯如下：「黃帝說：聽說五疫到來，都互相傳染。不管大人、小孩、病狀相似。要想不等發病就施救，要防止互相傳

染該怎麼辦？」

　　「歧伯（黃帝的一個大臣）說：不互相傳染的，是因為正氣存在體內、邪氣不能侵入。另外還要避聞毒氣，從鼻孔傳入的，從鼻孔排出。讓正氣從頭腦發散出去，就不會受邪氣干擾。正氣從頭腦發出，就是靠近病人居室前，想像自己的心如紅日。要進入疫室前，先想青氣從肝冒出，左行向東，化作林木；其次想白氣從肺冒出，右行向西，化作戈甲；想赤氣從心冒出，南行向上，化作火焰；想黑氣從腎冒出，北行向下化作水；想黃氣從脾冒出，留作中央，化作土。五氣護身完畢，再想頭上如北斗星照耀，然後可進入疫室。還有一種方法，就是在春分這一天的日出之前吐出胃中所存。或在雨水日後，進行三次藥浴以泄汗，或服小金丹，製法是：用二兩辰砂，一兩水磨雄黃，一兩葉子雌黃，半兩紫金，一起裝入盒中，外面密封，挖地一尺築成地穴，不用火爐，不用對藥材進行炮製，用二十斤炭火燒七天，等冷卻七天後取出，第二天從盒子裡取出藥，埋在地下七天後取出，天天研磨，三天後煉白砂蜜團為丸，和梧桐子大小。每天面向東方吸一口精華之氣，用冰水服下一粒，調和呼吸咽下去。服用十粒後，就沒有疫氣侵襲了。」（引自：陳飛松、于雅婷主編，《黃帝內經圖解》，南京：江蘇鳳凰科學技術出版社，2018年9月初版，第374-375頁。）

　　這段文字值得注意，它不僅提出了「疫病」之名，並且指出疫病不僅一種，而是有「五疫」（木、火、土、金、水）；而且，明確指出：疫病有「皆相染易」的傳染性。又指出疫病的毒氣是「天牝從來」，「天牝」是指「鼻」，也就是說，「疾病的傳播途徑是由呼吸道侵入人體」。這是《黃帝內經》中對疫病論述最為清晰的一段文字。（引自：劉寧、劉景源著，《中醫千年抗疫史》，北京：中國中醫藥出版社，2020年4月初版，第6頁）

《難經》

這也是中醫的經典之作,較《黃帝內經》稍晚。它把一切外感
熱病統稱為「傷寒」,「溫病」列入「傷寒」,以為病因是「冬傷
於寒」。

《傷寒論》

東漢末年,張機(150-219 A.D.),字仲景,所著的《傷寒雜
病論》,曾記下當時治療「傷寒」的一些藥方。此書後毀於戰火,
經西晉太醫王修補改編,稱為《傷寒論》。這是一本重要典籍。書
中的〈陰陽大論〉說:「……中而即病者,名曰傷寒,不即病者,
寒毒藏於肌膚,至春變為溫病,至夏變為暑病。暑病者,熱極重於
溫也。是以辛苦之人,春夏多溫熱病者,皆由冬時觸寒所致,非時
行之氣也。」

文中指出,溫病的發生,除冬季感寒,至春、夏發病外,還有
一類是因為氣候反常,「非其時而有其氣」而產生的「時行之氣」
致病。文中說:「凡時行者,春時應暖,而反大寒;夏時應熱,而
反大涼;秋時應涼,而反大熱;秋時應涼,而反大熱;冬時應寒,
而反大溫。此非其時而有其氣,是以一歲之中,長幼之病,多相似
者。」所謂「多相似者」,就是傳染性、流行性。

春暖、夏熱、秋涼、冬寒,是四時正氣;非如此,人會感染疫
病,故稱之為「時行疫氣」。時行,是指有季節性的流行;疫氣,
是指導致時行的病因。

《傷寒論》中還指出:「從春分以後,至秋分節前,天有暴寒
者,皆為時行寒疫也……其病與溫病及暑病相似,但治有殊耳。」

（引自《中醫千年抗疫史》，第8頁）

因為《傷寒論》是經典著作，被歷代醫家所尊崇，所以從它問世以後一直到公元1200年左右這一千多年的時間，人們對溫病的認識始終不能跳出《傷害論》的框框，不僅認為溫病是伏寒化溫而致病，而且認為《傷寒論》的治法也包括了溫病的治法。宋代以前，溫病學說一直徘徊不前，沒有大的進展。

《傷寒論》的歷史背景

由上可見，華夏民族自古就知道氣候異常是致病的一個主要原因。但是，人的健康良好時，即使氣候異常，也不會感染疫病；身體虛弱時，「邪氣」、「陰風」就會乘虛而入。氣候異常，反映四時季節的紊亂。至於什麼是「寒」？什麼是「風」？什麼是「邪」？古人沒有具體的界說。

張仲景生活在東漢末年。那時代，漢室沒落，天下群雄並起，三國鼎立，戰亂連年。人民流離失所，到處亂竄。飢寒交迫，談什麼衛生、健康！？身體虛弱，寒氣易侵，疫病肆虐，不絕於書。例如：

（1）馬援（公元前14年-公元49年）南征

東漢建武18年（西元42年）春，南方交趾農民造反，先後攻下嶺南六十餘城。光武帝派遣馬援率軍二十萬南征。當時漢軍有大小戰船兩千餘艘，沿途開山千餘里，最後征服了叛軍，馬援因此得到「伏波將軍」之美稱。

在防疫史上，馬援南征應記上一筆。漢時的交趾（即今嶺南）是待開發的邊疆，潮濕多瘴氣。北方人到那地方，很多人水土不服，染上疫病。據說，馬援軍隊居然不為瘴癘之氣所苦，是因為他

們吃當地人常吃的薏苡（薏米）。他回軍洛陽時，帶了滿滿一車的薏苡子，想移植於北方，成了後代的號稱「藥玉米」。明代李時珍著《本草綱目》說薏苡有這樣的功能：「久服，輕身益氣，除筋骨中邪氣不仁，利腸胃，消水腫，令人能食。」並說：「薏苡仁粥，治久風濕痺，補正氣，利腸胃，消水腫，除胸中邪氣。」

然而，薏苡不是對所有的疫病具有療效。建武25年（公元49年）馬援奉命到湖南武陵山區平定原住民叛變，時屆三月，已悶熱，大軍染疫病，迅速傳播開，主帥馬援也不能免，隨即去世。東漢軍隊只能停止征伐，改採招降政策。

（2）赤壁之戰

建安13年（公元208年）曹操率二十萬大軍自北方來到赤壁。孫權和劉備聯軍五萬隔江準備抵抗。這時，曹軍中發生了大疫，兵士發燒、腹瀉、虛弱、死亡。這麼多病人，各躺在許多小船中，盪搖不定，不利患病者。因此有人建議把眾多小船用鐵鍊鎖成一片，就平穩得多，便利病者。豈知這情況給諸葛亮創造一計，那就是「借東風，火燒連環船」，在中國歷史上無人不知。

（3）諸葛亮入雲貴

公元225年春，諸葛亮親率大軍自川蜀進入現在的雲貴地區。他早聽說，那地方瘴氣濃重，若三或四月入滇，很容易感染疫病，症狀是胸悶而吐。他選擇了五月渡過瀘水。但是，五月中，瘧疾流行，士兵染疫者很多。《三國演義》這樣描寫：「夜夜只聞水邊鬼哭神號，自黃昏直至天明，瘴煙之內，陰魂無數。」慘哉。

結語

從上可見，華夏民族從遠古就認識瘟疫是可怕可畏的大敵，用養生健身種種方法與之搏鬥不絕，其英勇及恆毅，令後人肅然起敬，並無任同情而落淚。

在尋求藥方的同時，古人也採取了心理養生強身法。心中有正氣，頭上有太陽，會產生正能量，增強免疫力，時至今日，中西醫仍深信不疑。人體內的免疫機制，就是古人和中醫所謂的「正氣」，可以擊敗體內及外來的病毒。

古人早知道，鼻孔是瘟疫傳染的一個主要通道。

古人早知道，飲生水容易致病，高溫將水煮開可以消毒殺菌，所以中藥是煎熬而成，要熱的喝。煮藥和烹調道理相同，將各種材料煮在一起，多種性味聚集而相生相剋。

寒與濕常是致病之源，薑和醋是元氣之本。

養生之說，筆者久感興趣，但直到最近兩、三年，才認真閱讀數本經典醫藥古籍，開始發現其中的寶藏很多。就舉一項親歷為例。20世紀後半的留美學生和學人，普遍喜讀金庸先生之作，佩服他的想像力。最近才發現：金庸先生從古籍中吸收了很多靈感、理念、形象和語言，例如：《易經》、《黃帝內經》、《本草綱目》、《三國演義》。

從以上，我們可以聯想到兩個問題：一、華夏民族怎麼會成為十四億人口？（依據美國政府人口統計局資料：https://www.census.gov/popclock/world/ch，這是保守的統計，中國大陸以外的人口不算在內）。二、根據世界衛生組織WHO的資料（https://covid19.who.int/），自2020年以來，中國大陸因疫情而死亡的人數，遠比美國要少得多。一般說來，美國的公共衛生環境及醫藥治療條件比

中國大陸的要好，甚至有人認為好得多。而美國因疫情而失去的
生命數在96萬以上（依據美國約翰霍普金斯大學疫情資源中心的資
料，https://coronavirus.jhu.edu/），為什麼？

　　筆者覺得，這兩個問題和這兩個國家人民的人生哲學和生命科
學有關。更具體一點說，這和飲食、烹調方法有關。

　　當前美國各級政府強制人民戴口罩防疫的規定已經取消，以便
利貿易、旅遊和民生經濟，有利各政黨今（2022）年底取得更多選
票。然而事實上，疫情仍未消失，在歐洲還有上百萬的難民，聚集
而居，飢寒交迫。希望不會引起另一波的疫情。

　　眾所周知，世事難料，保命重要。我們的祖先留下大量的養生
保健的知識和智慧，本文提到的，不過滄海一粟，聊供參考。

　　大家保重。

2022年3月7日

顧月華

作者簡介

　　80年代移居美國，主要作品：散文集《半張信箋》、《走出前世》、《依花煨酒》。傳記文學《上戲情緣》等。作品入選主要文集如《采玉華章》、《芳草萋萋》、《世界美如斯》、《雙城記》、《食緣》、《花旗夢》、《紐約客閒話》、《紐約風情》、《絲路之旅》、《情與美的絃晉》等二十餘種，獲各種獎項二十餘項。上海戲劇學院舞台美術系學士、海外華文女作家協會終身會員、紐約華文作家協會會員、紐約華文女作家協會終身名譽會長。極光文學系列講座策劃者與創辦人。

紐約疫情的戰時狀態

　　人們至今難以相信，地球上近40億人已受到不同程度的封鎖令限制，不得不留在家中。這一數字占了人類總數的一半，原因是2020年世界上出現了被命名為新冠肺炎（COVID-19）的流行病，至格林威治時間4月5日零時，全球確診病例突破120萬例，累計死亡64,678例。

　　當中國疫情發生後不久，美國的航空公司便宣佈停止與中國通航。

　　但是病毒卻並未株守原地，不久便在全球竄起，以最詭異的方式、最快的速度傳播，無遠弗屆。

　　中美停航後，我以美國公民的身分，穩妥回到紐約，自我隔離14天，正好趕上紐約疫情瘋狂竄升。

　　這兩個國家的重要的區別在哪裡？口罩！我在中國必須佩戴口罩出門，到紐約機場便摘下口罩，此後一場新冠疫情隨著戴不戴口罩的戰爭開始了，而且還在進行中。

　　今天，4月5日，美國的新冠疫情將進入最艱難的時刻，川普總統再次強調希望美國經濟盡快恢復運轉，呼籲要求成立第二個冠狀病毒工作隊，重點是重新開放美國經濟。美國確診病例已超過30萬，8千多人死亡；疫情最嚴重的紐約州確診病例為113,704人，死亡人數已達3,565人。

　　當新冠病毒在美國出現時，美國總統和各州的領導人，顯然有些輕敵，浪費了時間，沒有像韓國所有效做到的那樣，迅速在全國範圍內部署可靠的核酸檢測、隔離病例、追蹤並遏制病毒的傳播，同時製造並在全國範圍內分配稀缺的醫療用品。

　　美國領導人囿於想極力維護經濟穩定的主導思想，輕忽怠慢了疫情的嚴峻。未能就疫情中心的現狀及解決方案發出清晰、連貫、科學合理的資訊，安撫恐懼的公眾，並為各城市和州提供穩定的指導意見。

　　此後數星期內，病疫已遍佈全國。很快，美國感染人數躍居世界之首。

　　到3月中旬，疫情在美國全國指數式蔓延，而美國多數人處在完全的黑暗之中。

　　在這期間，川普總統屢次宣佈輕鬆言論，直到3月11日晚上，那天白天美股暴跌，道瓊斯指數跌了一千多點，這一天，川普才向全國人民講話，承認疫情的嚴重性，宣佈美國政府將嚴肅對待，努力抗疫。

　　美國政府開始建議、要求民眾戴口罩。

　　詭異的是，美國市場上已買不到口罩——許多已被華人搜購寄回中國應急。

　　3月13日，美國政府採取了歷史上最大規模的「戰時措施」：禁止來自兩大洲的旅客入境；讓貿易幾乎陷入停滯；動用「國防生產法」緊急製造醫療設備；要求2億3千萬美國人待在家中。

　　3月22日8時，紐約宣佈進入重災狀況，封城、學校停課、商店關門、公司停工，除了必要的交通及超市藥店，市民基本都要足不出戶。

　　隨著確診病例暴增，急需的呼吸機、口罩、醫用防護服、藥物立即成了灼人眼球的急救物資，再次顯示出官員們履職中各種遲鈍、麻木，最後還是迅速地作出了改變和措施。

　　紐約需要三萬台呼吸機，但是州長葛謨向聯邦伸手後，僅得到了兩千台，4月初，中國送的一千台呼吸機抵達，同時還有10萬個口罩和80萬噸物資。

　　3月25日，參議院和白宮對2兆美元經濟刺激計劃達成一致，4月6日開始，公民、綠卡、外國人在美有報稅紀錄的都有份，凡收入在某個程度以下者，政府會將紓困金以支票形式寄到納稅人報稅登記的地址。5千億美元，將投放於被疫情影響的行業，如航空公司，酒店、旅遊業等。2千5百億美元將作為失業救濟金、最高可領39週。還有超過一千億美元的援助，用於支持醫院、以及相關物資生產。

　　在保護老弱方面，紐約一向做得很好，亞馬遜總裁傑夫・貝索斯向美國食品銀行捐款一億美元，以幫助他們養活越來越多的在新冠病毒大流行期間失業的美國人。

　　紐約市隨即安排四百處免費發放三餐給任何有需要的市民，在網路連結中打入郵編號碼即可顯示附近發放地點。運用全世界的語言：這是長期抗戰，請節約用餐，多關心身邊老人、殘障及困難人士，真正體現了移民國家的公平和仁慈。

　　在短短的12天裡，美國的科學家更新了6代新冠病毒檢測方法，速度提高了，但是準確率沒有降低，均大於95%。Abbott的5分鐘新型檢測器只有6磅重，美國食品藥品監督管理局（FDA）還批准了一個10分鐘就能測辨抗體的檢測試劑盒，這種戰時效率的更新，無疑增加了人們戰勝病毒的信心。FDA批准快速新冠病毒檢測法、抗體檢測法和治療新冠肺炎的藥物。

　　紐約州長安德魯・葛謨數度平靜而有條理地向民眾發表講話，博得了兩個政黨不同的讚譽與批評，發布會是在由賈維茨會議中心（Javits Center）改造的野戰醫院（field hospital）裡召開的。州長的發布會至少處理了三件事情。一是壓平曲線（flatten the curve）減緩疾病的傳播速度，和增加醫院容量（increase hospital capacity）。禁止非必要工作（non-essential work）、保持社交距離（social distancing）、關閉酒吧、餐館、健身房等設施。州長讓數字說話，

清晰地列出醫院床位、ICU、各種醫療資源的所需數量、現有數量、缺口、聯邦政府援助量，然後指出將分別通過什麼途徑來獲得。

在由賈維茨中心改造的醫院裡，州長葛謨也向國民警衛隊作了歷史性發言，國民警衛隊包含空軍和陸軍，目前共有47萬人，將陸續積極參與全美疫情工作。目前國民警衛隊已入駐華盛頓和紐約，協助搭建野戰醫院。

州長葛謨最後說：我的朋友們，讓我們一起行動，把新冠病毒幹掉。我們要一起拯救生命，紐約將會感謝你們所做的一切。上帝保佑你們每一個人。這是一場有科學、有措施、有溫度的發布會，讓處於恐慌和焦慮中的紐約人看到了曙光。而穿著軍服的美軍工程兵司令，一句廢話沒有，幾十秒鐘把任務說清：1.各州政府給我指定建築物（酒店，大學），把合同跟業主簽好；2.工程兵進駐把房間改成負壓ICU病房；3.工程兵設備安裝；4.政府負責醫護人員配置。先從紐約開始。

奮戰在醫院裡的醫生和護士們，其中不乏為此付出生命的代價。而七萬名志願援助紐約的醫護人員，由JetBlue航空公司免費運送，並由Hertz租車公司免費提供車輛，將這些無名英雄送到紐約，免費入住在四季酒店等多家旅館裡。此外，還有Boeing公司免費運送醫療物資，服務社會大眾。

每週7天為抗擊疫情奔忙的，從總統、州長、市長到全國基層的政府官員。紐約每天持續上班的，有郵遞員、售貨員、飯店員工，還有社區為居家隔離者送飯的廣大義工，及開足馬力日夜生產醫療用品的工人和研發人員。

關於口罩的故事也多了起來，隨著新冠病毒感染的人數不斷飆升，紐約市長白思豪終於呼籲公眾外出遮掩口鼻，佩戴口罩。N95口罩短缺逐漸得到緩解；各行各業都把自己手裡的N95口罩捐給了醫院，美國聯邦政府緊急救援，紐約州政府四處購買，3M和

Honeywell公司也加速生產。

俄亥俄州一家研究機構發明了消毒N95口罩的設備，每天可以消毒12萬個，一個口罩可以重複利用20次，該發明已經被FDA批准使用，首批三台分別送往紐約、西雅圖、首府華盛頓使用。有這麼多支持，希望我們前線的英雄們有足夠的醫療保護用品了。

在4月3日的白宮疫情簡報會上，川普表示，將根據「國防生產法」來限制國內急需的口罩等醫療物資出口。白宮要求全球N95口罩主要生產商美國3M公司不要將產品出口到加拿大及拉美地區。川普總統甚至攔截了一架裝有口罩的飛機，哈哈。

3月30日，美國醫療艦隊安慰號Comfort順利抵達紐約，準備接納非新冠病人的手術治療，它的出現一方面喚醒了人們對第二次世界大戰的記憶，另一方面也給大家心理上很大安慰。

美國的醫藥技術是世界上最先進的，但美國的全民醫療系統卻近於第三世界國家水準。為什麼？因為美國普通人的生命和健康，從來就不是醫療健保工業最感興趣的事情。大眾的健康無法直接兌換成醫療保險公司持股人的利潤。終於政府部門表示，將會負責所有新冠病毒患者的醫藥費。

3月20日，紐約州確診破萬，過了一週，紐約州確診翻了5倍，達到驚人的53,520例，紐約市更翻了5.5倍半，確診30,765人。紐約的屍體都得用冷凍車來裝，卡車拉走，在每個醫院的前門和後門都能看見，疫情越嚴重，民主黨就越能抨擊白宮疫情防控不力，借此阻撓川普連任，這是最終目的。

川普在前面嚴重失職，被痛罵為雙手沾滿了人民的鮮血，但是百姓們眼看這位年逾古稀的老人，天天站在電視機前，不躲閃，不畏縮，面對全面失控的場面，既要解決及答覆所有問題，也要給百姓信心，提高士氣，他也盡力了。大家看著兩黨在鬥爭中摸索著爭吵著往前走，權衡著是非得失。

　　美國歷史上遇到過各類突發情況，根據不同級別的突發事件，會相應授權聯邦的對應的權利。這讓聯邦政府在緊急狀態下，可以迅速變成一個集權政府，包括對軍隊的指揮、對美聯儲的影響力、對民營企業的指揮，有機會遇上了美國的戰時狀態，值得我紀錄這些日子的浮光掠影。

　　無症狀感染者傳播病毒使美國新冠防疫政策急轉彎：由不提倡民眾戴口罩到建議戴口罩。川普倡導自願戴口罩，但是他表示自己不會在白宮戴著口罩，他的話音剛落，他的夫人梅拉尼婭在社交媒體發消息說：「美國人應該認真戴口罩。隨著週末的臨近，我要求每個人都保持社交距離，並戴好口罩。」

　　近日，一方面死亡人數激增，一方面不戴口罩蹓步街頭依然不少見，傳染管道未堵，拐點何日可期？

　　1月21日，美國宣佈第一例新冠肺炎病例確診，總統淡化了風險，並堅稱一切都在控制之中。而且公開表示不主張戴口罩的防護措施，紐約市長白思豪親自出現在擁擠的地鐵人群中，這個場景出現在華文女作家紐約藍藍的《疫情中的紐約人》第一天日記中：

> 「回家看新聞讀到一條讓我啼笑皆非的消息：紐約市長白斯豪以身作則，親身體驗不戴口罩坐地鐵，宣傳美國官方的戴口罩無用論，給廣大市民定驚。如果他真的染上了新冠那紐約人估計就都戴口罩了。畢竟四年了沒有一點亮眼的政績，如果為疫情犧牲了，他肯定能被人民記住！」

（寫於2020年4月紐約，原刊登於香港《明報》2020第五期）

曾慧燕

作者簡介

　　曾慧燕，資深媒體人，紐約華文作家協會會員、海外華文女作家協會創會會員。曾先後任職港台和北美七家大報共38年，發表二千多萬字報導。其文章為海內外各大報刊廣泛轉載，並收錄在《中國當代新聞文學選》等數十本出版書籍。

　　1983年獲「香港最佳記者」、「最佳特寫作者」、「最佳一般性新聞寫作」三個大獎，打破歷屆得獎紀錄；1984年當選「香港十大傑出青年」；1985年當選「世界十大傑出青年」。2006年入選「全球百位華人公共知識分子」。2017年獲美國中國戲劇工作坊「跨文化傳媒貢獻獎」。2018年獲美國聖若望大學亞洲研究所華美族研究會「卓越貢獻獎」。2021年獲華美族移民文學佳作獎，以及海外華文著述獎新聞寫作評論佳作獎。

餘生與過敏共存？

　　餘生與過敏共存？這標題是否有點嚇人？但恐怕事實的確如此，我習慣了凡事往最好處努力，往最壞處設想。

　　現在大家都議論紛紛，在接種兩劑新冠疫苗後，要打第三劑加強針，我在徵求家庭醫生意見時，她叫我做了一個抗體檢測，哇！我的天，想像不到吧？我自今年（2021）3月4日接種第一劑疫苗、4月1日接種第二劑疫苗以來，迄今七個多月，居然抗體數值仍有2207。一般人接種第二劑疫苗後隔兩週檢測，抗體數值也不過400至1000多，我算是超高了！

　　到底需要多少抗體，人體才能具備免疫力，提供自身保護能力？對此，尚缺少檢測界值（即標準），但比較接種同樣疫苗的人來說，醫生說我屬於「抗體滿滿」這類。

　　凡事都有雙刃劍。據德國多特蒙德工業大學（TU Dortmund）萊布尼茲研究所免疫學家瓦茨爾（Carsten Watzl）指出，抗體多的人很可能有效抵抗冠狀病毒，數值越多越有幫助；但也間接證實我一直以來的懷疑，這可能就是導致我接種疫苗後皮膚過敏的主因！原來醫生對此不認同，現在也不得不承認有此可能了。

　　如上所述，3月4日我接種第一劑莫德納（Moderna）疫苗，當晚就突如其來手心腳底發癢，睡覺也癢得雙腳互搓撓癢，當時心裡泛起「不祥之感」。

　　我忍了幾天，過敏情況有增無感，晚上睡覺手掌心手指腳底腳趾仍然癢得難受。最初沒紅沒腫，就是莫名其妙的癢，但看不出任何症狀，而且一般在晚間發作，時好時壞。

　　接著渾身上下開始不定時不分日夜、不分部位，隨時隨地出現

紅疹、風疹、蕁麻疹；有時什麼表面症狀都沒有，手心腳底癢得像螞蟻從心裡爬一樣難受。一抓更嚴重，蔓延到全身都是，家庭醫生給我開了過敏藥，我順便問藥劑師，其他人是否有我這種過敏反應？

藥劑師告說，他的伯母接種疫苗後也過敏，身上起紅疹，一週後自動消失，不藥而癒。

我在微信好友群中說了過敏情況，問別人是否有此症狀？兩位朋友告說有過敏跡象，也是雙腳發癢不停對搓，胳膊也起紅疹，但分別是兩天和兩週後就自動消失。

誇張的是，另一朋友發了一張照片到群裡，說這是她的一位朋友打疫苗後的過敏反應，我一看，嘩！活脫脫像是一隻「德國鹹豬手」，當時心裡還慶幸自己沒那麼嚴重。

可是，我高興得太早了，接下來的日子，皮膚過敏得厲害，經常後背、腰圍、臀部、大腿、手臂等，不由分說就起紅疹，有時蔓延得全身都是，無處不在。幸虧老天爺還可憐見，沒讓我的一張臉出紅疹，否則真的不敢見人了。

又有一位朋友告說，她的六十三歲女友打了莫德納疫苗第一劑後，第二天全身出現紅斑和血泡，過幾天舌頭裡面都有血泡，喝水都痛，而且血小板指數降低。

接著，我看到一篇文章，題目怪嚇人的——〈致命警報！打完輝瑞10分鐘 人被送進ICU！〉，主要內容報導：一名無任何過敏史的中年女性，剛剛接種完一劑輝瑞疫苗，不到10分鐘，竟出現危及生命的嚴重反應！

這名女子在打疫苗前還談笑風生，打完疫苗後，還沒來得及離開注射室，就開始呼吸急促，心率加快，臉上、身體上，瞬間冒出密密麻麻的皮疹，症狀十分危急！幸好命懸一線之際，女子被火速轉入ICU重症病房搶救。不幸中的萬幸，該女子接種地點就在一家醫院內，因此才有機會得到最迅速搶救，否則後果不堪設想。

這起令人心驚的疫苗不良反應事件，發生在美國阿拉斯加朱諾市（Juneau），並迅速引發公眾關注。該報導並指出，實際上，接種輝瑞疫苗後出現嚴重過敏反應的情況，在英國已有「前車之鑑」。

報導指出，英國兩名醫療工作者在接種第一劑輝瑞疫苗後，也都像這名阿拉斯加女子一樣，出現嚴重過敏反應並住院。這兩人都有過敏史，其中一名是49歲女性，對雞蛋過敏；另一名是40歲女性，曾對幾種藥物過敏。

我在4月1日接種第二劑疫苗之前，將上述文章轉發家庭醫生參考，徵求其意見：我過敏這樣厲害，是否還要接種第二劑？她認為仍需繼續完成。我再問另外一位皮膚科醫生，也是建議我打。於是，我遵醫囑乖乖接種了第二劑疫苗，除了最初兩天，打針的左胳膊腫痛外，反應不大厲害，沒想到隨之而來的皮膚過敏卻日趨嚴重。

4月14日，我在家庭醫生診所做了抽血檢查過敏源，順便測試抗體。報告顯示，我對任何食物藥物都不會過敏，包括進食魚蝦蟹等海鮮類食物也無事。但驗血報告顯示我的EOS（eosinophilia）嗜酸性粒細胞增多。這是什麼玩意？我上網Google了一下，原來與下列症狀有關：即過敏性疾病，包括藥物過敏、蕁麻疹、食物過敏、血管神經性水腫、血清病等。我問醫生：我的EOS增多，與皮膚過敏是否有關？醫生認為有可能。

家庭醫生換了兩種過敏藥給我服食，也未見好轉。到了5月中旬，家庭醫生看我過敏情況越來越嚴重，便推介我去看過敏專科醫生，做了皮膚劃刺等過敏源測試，用來檢測對空氣中的過敏原（例如花粉）、食物、昆蟲毒液，或藥物的過敏測試，仍找不到確實原因，測試結果和我過去的健康狀況均顯示，我對任何食物和藥物都不過敏。我問是否接種疫苗引致？這位醫生持否定態度。

不過，他說我可能患有鼻炎，對灰塵過敏，給我開了噴鼻藥水

及繼續服食過敏藥。可是,我從來沒覺得自己鼻子有鼻塞之類的問題?灰塵過敏?見鬼啦!我以前生活在塵土飛揚的環境,從來沒有過敏,現在生活環境是窗明几淨,算那門子事?何況我既不經常打噴嚏,也不大流鼻水,毫無鼻炎症狀。

倒是檢測報告沒有測試到,我一向對衣服領子上的標籤過敏,經常剪掉上衣和內衣標明衣服尺碼的商標,我甚至不能穿蕾絲的內衣褲和胸罩,否則後頸皮膚易痕癢,而這次過敏,我敢肯定不是這些原因。

我唯一一次接觸性皮炎過敏,是大約兩年多前,曾經在削山藥時沒戴手套,對黏液裡含的植物鹼過敏,刺痛發癢,但沒起紅疹。

我的過敏史要追溯至十二、三歲時,因「家庭成分」問題(黑五類子女),被城裡學校拒之門外,被迫反其道而行之,從城裡經水口渡搭船過江渡河到對岸農村(麥屋小學)求學,數九寒天在江邊等候木船時,由於吃不飽,穿不暖,沒有毛衣外套圍巾之類的禦寒衣物,只穿一件單衣瑟瑟發抖在寒風中等候,風一吹,我的面部、脖子、腿和手臂等部位,就出現紅色斑點,然後紅點成凸起的疹塊。醫生說是蕁麻疹,但不久自動消失。

沒想到距今半世紀,已遠離我記憶的蕁麻疹,居然死灰復燃,而且來勢洶洶,嚴重影響我正常的生活作息和寫作。

接著又過了一個月,我的過敏不但沒有減輕,反而日趨嚴重。經常無緣無故就會發出一塊塊紅疹,以前不大癢,現在癢得難受。手掌心腳底表面看不到任何症狀,不紅不腫,但也癢得要命。接著是胸前後背不約而同起紅疹,癢得半夜睡不著覺。

專科醫生要我繼續服食過敏藥,並新開一種過敏止癢藥,說可止癢,但有安眠副作用,最好晚上睡前服用。我每次吃了這種止癢藥,本來平時一到夜晚就精神抖擻、從不打呵欠,現在一吃藥就懨懨欲睡,呵欠連串,再也不能熬夜了,以致一個不小心,就讓好

端端一篇剛完成的稿子不翼而飛（我用iPad或手機寫稿，沒有自動儲存功能）。此藥另一副作用是，有時睡到日上三竿，仍覺睡眼惺忪，睜不開眼睛。

到了8月中旬，家庭醫生眼見我的病情沒有起色，而且專科醫生開的藥，跟她開的並沒兩樣，她建議我去看另一位專科醫生，多聽聽其他醫生意見。

這位專科醫生是女的，我問她過敏原因？她告訴我，很多過敏都查不出原因，她安慰我說，我的症狀不算嚴重，她有的病人終生與過敏為伍，病情嚴重時痛不欲生，甚至連想死的心都有，「恨不得跳樓」。

而這七個多月來，我每天不定時被皮膚過敏困擾，身受其害，苦不堪言，有時癢起來，手心腳掌好像有螞蟻在裡面爬一樣，難受得要命；有時則渾身上下不規則不定時不固定，身體某個部位，突然就發生狀況，症狀表現像蕁麻疹，特色是「紅、腫、癢」，說來就來，有時忍不住用手撓癢，卻是「抓到哪裡、癢到哪裡」，而且很快會在搔抓處產生另外一個斑塊；有時胸或背部好像被人用巴掌打過一樣，出現一個個巴掌大小的手指印⋯⋯

凡患過皮膚過敏的人都深有體會，過敏症狀雖然一般不會要你的命，但發作起來非常難受，服藥只能止於一時，甚至完全無效。我看了幾位醫生都說與接種疫苗無關，但做了所有測試都找不出過敏原因。我相信是疫苗引致，畢竟它是「新鮮事物」，因應新冠病毒發明，過去並無臨床紀錄。

女醫生坦言，她不敢肯定也不能否認我的過敏與接種疫苗有關，因為目前還沒有相關醫學數據佐證。她安慰我說，就像我們目前只能與病毒共存一樣，也要學會與過敏共存，說不定那天它就突然消失了，但同時也要接受過敏不可能根治，恐緊緊相隨一輩子的事實。

據瞭解，受皮膚過敏困擾的名人便有宋氏兩姐妹宋慶齡和宋美齡，一生飽受蕁麻疹折磨，其中大姐宋慶齡生前遍訪名醫治療也沒有顯著效果，蕁麻疹折磨一直持續到她逝世。蔣夫人宋美齡也因蕁麻疹而苦惱大半生。每當蕁麻疹發作，她便全身抓撓，紅腫不止，坐立難安，心煩意亂。直到晚年定居美國得到專業醫師細緻治療，最終得到根治。

看來，我要做好餘生與過敏共存的心理建設了！

陳均怡

作者簡介

　　陳均怡，上海華東師範大學外語系法語專業畢業，美國肯塔基大學法國文學碩士。曾任職於上海外貿職工大學、紐約市立圖書館，最後任教於紐約市高中近30載；現已歸隱書齋，安度時日。世界華文女作家協會終身會員；紐約華文作家協會會員；出版了散文和詩歌十餘種。

陽光，穿越腥風血雨而來

2020年初，新冠病毒開始爆發，從世界的那頭蔓延到歐洲，再大舉進攻美國，進而肆虐全球。那是一段慘痛得令人泣血的時日！

在長達20年的越戰中，美軍犧牲了5萬8千多名將士；而這回，截止於2022年2月6日，新冠病毒卻已經奪走了90多萬條美國人的性命，而在全球範圍內，因此喪生的人數已超過570多萬！觸目驚心的數字啊！一個已經太多！因為一個逝者就是一個破碎的家庭，就是許多顆破碎的心。痛上加痛的是，當親人離開時，愛他的人卻不能陪伴在側，任他們在孤苦中告別人世。

3月，那場狂風暴雨侵襲紐約，這裡轉眼就成為重災區，全美國三分之一的病例都聚集於此。霎時間，天昏地暗，淒淒慘慘。

醫院門口排著等待檢測的長龍，裡面急診室和隔離病房的每個角落都被擠癱；隨著令人驚駭的死亡人數急速上升，巨型冷凍卡車接替了停屍房無法承受的壓力；淒厲的救護車聲此起彼伏，把人們的心揪成一團……

在絕望中，幾行滿懷祈求的文字從我悲苦的心中迸出：

祈禱
我竭誠祈禱
祈求老天把世人
擁入祂的懷抱
安撫他們的哭嚎
賜他們靜如湖水的安好

願湖水靜靜流淌

吸收眼淚和憂傷

願回流到世人心上的

是滲透著暖陽的波光

祈禱

我竭誠祈禱！

在彷若世界末日的淒風苦雨中，咱家兩個孩子如同兩棵小樹在風雨中淒惶地搖曳，因為他們倆都在抗疫第一線浴血奮戰，一個在醫院的急診室，另一個在ICU重症病房，他們每天都直面一波又一波新增的和離世的病人。

丫頭服務的急診室裡的醫生們多多少少都有不同程度的感染症狀，她也如此，但是大家都齊心變成了鴕鳥，特意不去檢測是否感染，只要不發高燒就繼續拼搏。實在難為這些醫生啊！他們每天都在病毒的包圍中苦戰，還因為覺得自己渾身是毒而不敢隨意摘下口罩和護目鏡，所以在8至12小時的工作期間，時常滴水不沾，粒米不進，全憑意志強撐著診治洶湧而來的患者。敬業奉獻等美妙的詞彙，不再屬於虛無縹緲的象牙塔，而是在眼前真實地演繹。

每次10個小時左右的廝殺後，丫頭的臉上留下了口罩和護目鏡的深深印痕，口罩上的鉛絲擠進鼻樑上的皮膚，血跡斑斑；哪個做娘的看了不心痛，不流淚！但是，我跟孩子他爸的唯一選擇是全力支持孩子的人道奉獻，只祈求老天賜他們平安。我們頻繁地出入被視為雷區的超市，大肆採購，大舉燒煮，把吃的喝的送去丫頭家，希望解決一點後顧之憂，遞送一份溫暖慰藉。

激戰初期，醫療物資極度短缺，連最最起碼的醫用口罩都無法保證；當我聽說一個佈滿細菌病毒的口罩需要維持一週時，幾近崩

潰，眼淚止不住地流淌；萬不得已，生平最怕麻煩人的我不得不去微信的朋友圈拋頭露面，請求支援。

在接下來的分分秒秒裡，我的心被熾熱的情意燒得滾燙！消息發出後，朋友、學生、親戚的關懷從世界各地洶湧而至，紛紛提供援助；有的提議貢獻家裡的存貨，有的願意從自己有限的數量中勻出幾個，有的立刻去聯絡貨源，實在沒有的，也送上關愛。整個晚上我都被手機上四面八方湧來的短信、電話包圍，連半夜三更也被電話喚醒。雖然這些資源都不是合適的醫用口罩，但是我的心卻被巨大的熱流溫暖著，感動著。

這股暖流一直持續奔騰到抗疫物資充沛時才緩和。其間，有的設法從遠方寄來了口罩，有的通過各種途徑尋找貨源，所有的努力都令我感動淚垂！這些善良人的善意，將長長久久地在我心中溫暖地瀰漫……

哀鴻遍野，但是在苦難中掙扎的人們的心卻依然散發著人性的光芒。丫頭醫院附近的那些餐館因為關閉而面臨著破產的危機，但是他們卻每天做了大量的食物送去醫院，慰問在那裡苦戰的醫護人員。一天，居民們還自發地組織了一場汽車大遊行，幾十輛車排成長龍，在醫院周圍繞行，大家舉著自製的牌子，上面寫著感謝和鼓勵的話。急診室大門口聚集著醫院的工作人員，接受車隊的致意；車子經過時，喇叭長鳴，掌聲致謝聲四起。

那陣子，每週五晚上七點，眾多的紐約市民湧向自己住家的視窗或陽台，「敲鍋打蓋」、或熱情鼓掌，為奮鬥在抗疫前線的醫護工作者和其他行業的人員加油。

這些義舉實在叫人動容！他們都是普普通通的民眾啊，沒有任何人要求他們如此付出，但是他們自發地以這些最質樸的行動來傳遞心中滿溢的感動和感激。

在那段時間裡，我極其地無助，因為病毒隨時隨地都有可能擊

中兩個孩子，甚至擊垮他們，而他們卻無處躲避。所以，我必須下跪，竭誠感謝老天的護佑，保全了他們的平安。也感謝老天護佑了我們的周全，因為每天被病毒圍困的兒子日日夜夜都在我們身邊穿梭，而我們也躲過了間接的槍林彈雨。

在蕭殺的封城期間，我依然每日出門運動；那日，森林公園裡細雨中的景色又觸動了我的心：

天上的雨滴
溶入了人間的哭泣
淅淅瀝瀝
悲悲淒淒

大地慈愛地張開雙臂
把世人的苦難擁入懷裡
輕柔地應許
每一顆淚珠都會催生
春天裡的一片綠意

我靜靜地佇立
我深深地凝視
努力把這片生機
移植到蒼涼的心底

我堅定地告訴自己
哦
生命
必將穿越淚雨的藩籬

在綠色的原野上
透迤

在悲情中，最最叫人感激涕零的是，在如此的腥風血雨中，一個嶄新的生命在丫頭的體內孕育。媽媽拖著妊娠反應厲害的軀體，帶著他在前線努力作戰。那天，一位年長的女病人見到丫頭碩大的肚子時，眼淚嘩嘩，脫口而出：妳應該在家裡歇著啊！另一天，在上班途中，丫頭的車子躲避不及而撞上一頭突然橫穿馬路的鹿，車子大毀至無法駕駛，但是感謝老天保佑，母子奇蹟般地無恙，而那頭鹿也奇蹟般地挺了下身子，一溜煙地跑了。

一個健康美麗的孩子，衝破艱難險阻，在愛的包圍中，於今年初誕生在這個動盪卻依然美好的世界，連醫生原先擔心的由於基因問題可能需要給孩子輸血甚至換血的險情也未出現；何等地令人欣喜安慰！必須跪謝天地！

一年多過去了，這期間世界經歷了太多太多！世人的心也被搓揉得百感交集。如今雖然新冠病毒依然陰魂不散，但是死亡率卻不再排山倒海，人們多了從容，少了驚慌；而疫苗的發明和逐漸普及更帶來了一份安穩。

疫情爆發前，我們幾乎每月都去世界某地流浪一回，險峻的時局迫使大部分國家在大門上貼了封條；但是我們勤動的步履已成慣性，所以只能在美國境內折騰。在風聲鶴唳中，我們依然一意孤行地親近了阿拉斯加、夏威夷、新墨西哥以及南達科達。壯麗的山山水水，給我帶來了莫大的感動和安慰……

在受限的行走中，我們還滿懷期待地訂下了南極、格陵蘭、非洲、俄羅斯、南美等地的行程，盼望著世界早日回歸正常。

　　去年4月，在鋪天蓋地的淒慘中，華人超市紛紛用木板封店，一派世界末日的景象；而如今榮景早已再現，超市裡食物充足豐盈，五彩繽紛，除了人們臉上多了一個口罩外，曾經的惶恐已銷聲匿跡；華人集居的法拉盛街頭，也早已回到摩肩接踵的舊日好時光。

　　天色已亮，儘管還有幾朵烏雲飄忽；全心祈盼陽光普照的那一天！

　　回望那段腥風血雨的時日，我的心中滿是感懷，沉痛地傷感於被病毒摧殘的生命，萬分萬分地感恩於老天賜予的深厚福澤，並竭誠祈盼靜好的日子，歲歲年年⋯⋯

2021年9月26日於紐約

蘇彩菁

作者簡介

　　蘇彩菁，成長於台灣，移居美國後，一直在美國紐約市立醫院從事護理工作。從未想過將寫作列入人生選項。但在紐約市布朗士南區，以高犯罪率，高失業率的貧民區工作多年後，看著社會底層一群被摒棄的小人物，如何在貧困，生老病死交加中，努力掙扎求生存的故事，觸動我用筆將這些故事紀錄下來。從此就停不下筆了。

破繭而出的希拉蕊

　　希拉蕊從對街向我奔來，我倆不約而同的伸開手臂，緊緊擁抱著對方，確切感覺到對方的體溫，才安下心來，感謝彼此真實的存在。僅一年多未見，卻恍如隔世。

　　我和希拉蕊在同一家醫院工作。她是急診室夜班護士，我在門診上白班。兩條平行線的人，因緣際會成了好朋友。我們常在她走出醫院和我走進醫院的交會處，抓緊時間分享工作上的小趣事、小挫折，紓解壓力，相互打氣。

　　剛認識希拉蕊時，她剛出校門，滿腔熱血，幹勁十足，急欲施展白衣天使的理想和抱負，選擇了工作繁重，挑戰性大的急診室。但菜鳥的她，常遭老鳥的欺壓，將最難最累的工作丟給她，有時還要背黑鍋，她常向我訴苦所遭受的不公平對待，我試著安慰鼓勵她。工作三年多的磨練，她已經可以獨當一面，成為急診室夜班護士的組長。她更加熱愛在分秒必爭中與死神奮戰，搶救寶貴生命的喜悅和成就感。看著她逐漸成長茁壯，從一個受氣受累的菜鳥小護士，到對自己的知識及技能信心滿滿，急診室專科護士。

　　2020年1月發現新冠病毒，2020年3月1日紐約出現第一位病例。我們目前的知識與技能，在這陌生兇猛的病毒前，渺小無知，苦無對策。每日都有新的發現，上星期學到的知識和治療方法，這星期發現是無效的。病毒不斷的變異，我們不斷努力研究找出對策。

　　3月中，紐約疫情突如其來大爆發，病人如潮水般湧入，現有的設備、人手均不足。醫院上下人仰馬翻，病房、重症室已擠爆，門診改為線上服務，我們被派到病房支援。口罩面罩層層遮蓋，保持安全距離下，同事間已失去了交流與關懷。醫院只剩下不停廣播

的急救代號和無形的病毒，急診室外的空地，擠滿了一排排儲存大體的冷凍櫃，令人怵目驚心。每日黃昏踏出醫院大門，慶幸及感恩自己能平安的回家。

希拉蕊更是首當其衝，每日工作十二小時，體力上的勞累，工作上的負荷已超過了所能承受的極限。對治療方法的茫然、恐慌被感染所造成的心理壓力，幾乎瓦解了她的信心。

我們晨間的短暫相聚，在口罩的遮蓋下，只剩下哀傷無助、互望的眼神，及希拉蕊隔著口罩低沉的泣訴，許多病人走進急診室，病情急速惡化，雖然盡全力搶救每位病患，但許多寶貴生命仍在手中流逝。引以為傲，救人的工作，竟然淪為只能無助地拔掉病人身上所有求生工具的管子，無奈的宣佈死亡時間。不停地清洗包裹著一具具沒有親人在旁，沒有道別，孤獨離世的大體。最後希拉蕊還是忍不住哽咽說，我也是人啊！

茫然無助的挫敗感，侵蝕著我們。多麼渴望擁抱彼此有溫度的身體，但在保持六呎的安全距離下，已成為奢侈的願望。

過了一星期，希拉蕊深怕把病毒帶給年邁的父母，住進了醫院安排的旅館。我們的晨間相聚被迫中斷，只能偶爾通電話，安慰及支持著彼此。

希拉蕊的父親一直不贊同她選擇護理工作，他希望他的寶貝女兒，每天打扮光鮮亮麗在辦公室工作。疫情後，他父親更加生氣希拉蕊當初不聽話的選擇。

希拉蕊最怕與父母通電話，不知如何面對生氣又心疼女兒的父親，及憂心重重的母親，只能半哄半騙，誇張得意的形容，這是百年難得可以發揮專長的機會。而且我們從頭到腳，層層保護像是太空人，百毒不侵，沒問題安心啦！她只能嘻哈搞笑一番，哄著年邁的父母親。有時真不知道是在安慰父母，還是安慰自己。

希拉蕊自認年輕體壯，不忍讓曾患過乳癌及氣喘的同事們暴露

在風險中，主動搶著照顧最嚴重需要插管的病患，在防疫設備短缺下，卻增加自己被病毒感染的風險。

4月初的一個夜晚，希拉蕊傳來「開始發燒」的資訊後，就失去聯絡。

我心中一直害怕的事情，還是發生了。疫情期間，無法探望，無奈地讓她獨自一人與病毒奮戰。擔心，恐慌卻又束手無策，六神無主的我，讀著《聖經》，唸著藥師佛心咒，求著各方神聖，不斷的替她禱告。

一個多月後，希拉蕊終於傳來戰勝病毒的資訊。但是呼吸不順，脫髮，腸胃不適，全身肌肉痠痛無力，荷爾蒙混亂等新冠後遺症，一直困擾著她，突如其來短暫記憶力喪失，更讓她害怕，焦慮。

希拉蕊不忍年邁父母的擔心，一直隱瞞自己的病情，獨自一人在旅館中情緒低落，噩夢不斷。

得知她已回到工作崗位，但希拉蕊把自己如繭般緊緊包裹，關閉了我們之間的分享，一旁的我，只能默默地祈求時間和空間，慢慢療癒她身心的創傷。

2021年大地回春，急診、住院的新冠病患逐漸下滑，加上疫苗問世，紐約從新冠的惡夢中逐漸復甦。

希拉蕊也度過了嚴冬，在春暖花開時，破繭而出，捎來平安的資訊。終於在7月的一個豔陽天，我們相約於曼哈頓的聯合廣場相聚。廣場上人來人往，人潮雖不及以往，但也感受到紐約自谷底再次崛起。

希拉蕊瘦了許多，她自嘲地說，這下不用減肥了！她曾幾度內心掙扎想放棄護理工作，但又為自己的脆弱感到羞愧。憶起自己不顧父親反對，堅持選擇護理工作的初心，及努力學習，所獲得的專業知識及技能。那份救人的使命感，征服了恐懼，她又鼓起勇氣重回崗位，發揮所長，繼續奮戰。

　　她平靜地說著，在高燒數日時，立下遺囑，交待了後事。但內心的不甘，不願放棄的意志終於戰勝了病毒。

　　在第一線抗疫急診室的同事們，大半都受到新冠病毒的感染，但只要燒一退，又回到前線接替下一批倒下的同事，這前仆後繼的勇氣及決心，一直堅守著紐約人健康的任務。

　　有位即將退休，服務三十多年的護士兼好友威廉不幸感疫過世，他的名字及身影將永遠被懷念！

　　希拉蕊又說正在申請調到加護病房，希望全方位的充實自己的專業。那滿腔熱血，充滿活力、鬥志，我所熟悉的希拉蕊又回到眼前。

　　她急著趕回醫院上夜班，我們依依不捨的道別，看著她，挺著腰，大步快速離去，迅速地走出了我的視線。不知是傷感，還是喜悅，我淚流滿面，但我知道，明天又是嶄新的一天。

潘為湘

作者簡介

　　潘為湘，原福建師範大學教育科學研究所研究員。哥倫比亞大學碩士，教育管理博士研究生。出版專著有《教育科學研究方法》（與李秉德，檀仁梅教授合著）。得獎散文如下：〈通往成功的荊棘之路〉、〈留學可以改變人生〉、〈白衣天使讚歌〉、〈大愛之歌〉。曾先後獲得賓州印第安納市榮譽公民稱號、美國NYSTROM國際教育獎、賓州印第安納大學國際教育大使獎。

大愛之歌

2020年早春2月，唐醫生獨自一人在車庫裡度過了整整十四天。

他可能在醫院ICU病房搶救病人時被感染。他在被核酸檢測測出陽性後馬上做出決定，為了最大限度防止病毒感染給同居的家人和他人，要在家裡的車庫實行自我隔離。

春寒料峭。車庫裡面沒有暖氣供應，他只能使用移動式電熱器供暖。他在雙人大車庫沒有停車的地方擺了一張很舒適的大沙發床。他與家人完全隔離。他只能用手機和電腦與外部世界，與女朋友聯繫和獲取資訊。這十四天是漫長而孤獨的。作為醫生，他平時很忙。這次意外來臨的隔離所帶來的孤獨和放鬆卻使他突然覺得這也許是上帝給他的一種安排和恩典。這種孤獨和放鬆好像是咆哮的暴風雨中的短暫的寧靜，使他有機會回想過去發生的一切並進行冷靜的思考。在白衣天使的光環背後，是疲憊的身軀和精神，是複雜的人際糾葛和醫患關係。每一天當他靜靜地躺在床上，他都在回憶和冥想。他首先想到他為什麼會被感染，他在ICU病房工作是受過嚴格訓練的，他已經非常小心了，但是新冠病毒真是無孔不入啊。可能是醫院的個人防護用品不足造成的吧？醫院要求醫生們要重複使用口罩和防護服。ICU又是重災區，感染的可能性最大……這時他覺得幾天來的低燒還沒有退去，他感到渾身酸痛，頭腦迷迷糊糊的。他還時而咳嗽，感覺有痰，卻吐不出來。醫生真不是普通人幹的職業，醫生要在第一線搶救病人，他自己也在與死神搏鬥，這可是玩命的職業。

他在自問：我為什麼會成為醫生呢？我還要繼續當醫生嗎？我能夠活下去嗎？他想起來了，醫生是他小時候崇拜的偶像，是他的

少年之夢。他記起來了，母親曾經告訴他，他出生不久，就得了一場大病。是醫生的高明醫術和護士的精心護理救了他。這個故事好像與中國唐代藥王，神醫孫思邈的故事雷同，他們一樣地因病而立志從醫。在唐醫生懂事後，父親對他說，古人云：「不為良相，便為良醫」，如果你無緣從政，從軍報國為民，那麼就選擇從醫吧。父親對他繪聲繪色講述的中國神醫扁鵲和華佗的傳說，以及張仲景、李時珍等平民醫生懸壺濟世的故事，還有西方的三大名醫——古希臘醫聖希波格拉底、蓋倫、歐利修巴斯的故事現在依然縈繞他的心中。他還記得與父母一起以及自己獨自觀看有關美國醫院、美國醫生的電影：William Hurt主演的《醫生》（The Doctor）、Beppe Fiorello主演的《窮人醫生》（St. Giuseppe Moscati： Doctor to the Poor）、《好醫生》（The Good Doctor），及Noah Gordon原著小說改編的《醫師》（The Physician）……這些有趣好看又意義深刻的往日電影現在一幕一幕地在他的腦海中重新上演了。

　　他還記得父母教育他，有意義的人生就是要從小立下遠大的志向，然後用一生的奮鬥去實現理想。就這樣，唐醫生從小就在嚴格的家教中立志成為杏林高手、醫學精英。他還想起了剛剛成為醫科大學的新生時，全班同學齊聲誦讀的醫德誓言——希波格拉底的誓言（Hippocratic Oath）：「我莊嚴宣誓為人類服務而獻身」、「我一定要把病人的健康和生命放在一切的首位」……他想起來了，在畢業典禮上，同學們再一次齊聲誦讀這個誓言，準備迎接未來。是的，就是這個「中心藏之，何日忘之」像愛情的海誓山盟一樣的終身誓言驅走了他心中的猶豫和恐懼，喚醒了他作為醫生的職業責任感，讓他充滿了對人類的愛和無窮的精神力量。他感覺到低燒和全身酸痛漸漸消失了。

　　經過十四天嚴格的全方位隔離，精心治療，充分休息，充分營養供應和適度運動後，唐醫生完全康復了。再次核酸檢測為陰性

後，他馬上匆匆告別家人，返回醫院，回到ICU第一線。

他依然擔憂病毒感染，依然擔憂把病毒帶回家，他不願意年紀輕輕就撒手人寰。但是擔憂並沒有使他臨陣逃脫。他清醒地知道一個宣誓過的醫生應該怎麼做。當前疫情形勢非常嚴重，醫院需要他，病人需要他！當他穿上白大褂，套上防護服時，就像一個戰場上的士兵聽到了嘹亮的衝鋒號聲。他此時心中只有一個念頭：衝上去，戰勝敵人！

醫生同事對唐醫生說，你大病剛好，留在家裡多休息幾天吧。他說，我的事業在醫院，我的生命離不開醫院。我想你們，我要和你們同在。幾雙戴著醫用手套的大手緊緊地握在一起。

他取消了原定在浪漫的「人間四月天」舉辦的大婚，他取消了嚮往已久的大溪地、峇里島和布拉格世界愛情聖地的蜜月旅行。從離開家裡的車庫到感恩節，他已經整整九個月沒有休假了。

2020年的感恩節，他讓其他醫生回家團聚，自告奮勇留在醫院值班。感恩節那天，他看到一位病人下床後在暗自哭泣，「我現在特別想我的太太和孩子……」病人喃喃自語。唐醫生走向他，默默無言把他擁入懷中。他感覺到不可思議的同頻率的彼此心跳，感覺到一股人間大愛的暖流把他們連在一起，他們一起靜靜地分享著分離的難過和悲傷。

看吧，這就是所謂的「人間大愛」。大愛是有別於小愛的。小愛有戀人之愛、夫妻之愛、母子之愛、手足之愛、管鮑之愛，它局限於情人、親人、朋友之間。而軍人、員警、消防隊員、醫生和醫護人員，在服務公職的時候，奮不顧身捨己救人，呈現出來的則是一種大愛。人間有愛，人間需要小愛，但人間更需要大愛。

大愛無私。大愛想到的是與親情和血緣關係無關的他人。唐醫生大病初癒，馬上回到醫院赴職，不是為了救治他的親人，而是那些素不相識的病人。唐醫生放棄了假期，推遲了婚禮。他把自己無

私地奉獻給病人。

　　大愛無求。大愛想的是盡心盡責，不求回報。唐醫生如此努力拚命，圖的是什麼？答案是他不圖什麼物質上的回報，他在追求精神上的自我實現。大愛在一般普通人看來是不可思議的，甚至是愚蠢的。大愛是一種高尚的個人主義，他要實現他所堅信不疑的個人價值觀。唐醫生追求的是實現希波格拉底的誓言，成為一個受人敬仰的好醫生。他知道有些醫生經受不了新冠疫情下在醫院工作的巨大壓力而產生了抑鬱症。有的醫生選擇了逃避，離職甚至自殺。只想享受醫生的榮譽和高薪但缺乏大愛是當不好醫生的。當一個人上升到了大愛的境界，他就成了一個高尚的人，一個高度文明的人。一個國家具有大愛的人越多，這個國家的文明程度就越高。唐醫生在隔離期間，每天都收到了社區組織送來的免費食物，他從視頻中看到許多志願者在美國的大街為人們發放免費的食物。這就是大愛啊。歌頌大愛，弘揚大愛，從小愛走向大愛，就是人類從原始的動物性向高級文明的人性的轉化。

　　大愛無畏。大愛渾身是膽，無懼刀山火海。唐醫生知道ICU是新冠病毒重症病人集中地，隨時可能再次染疫。但他明知山有虎，偏向虎山行。他的無畏來自他的大愛。

　　大愛無疆。大愛是沒有種族、地域、貧富的限制，大愛是一種博愛。他出生在美國，是移民之子，父母來自中國。但是不管病人來自哪一個國家，來自哪一個民族，也不管他的年齡、性別、經濟狀況如何，唐醫生對所有病人都是一視同仁，盡心盡力。

　　大愛無言。大愛就像杜甫〈春夜喜雨〉詩中的及時雨，默默地，深沉地潤物細無聲。大愛往往不是通過高談闊論來表達的。正相反，大愛往往通過無聲的眼神，無聲的動作來傳遞。正如唐醫生沒有發表驚天地，泣鬼神的宣言，就悄悄地回到醫院。當他與醫生同僚緊緊握手時，當他情不自禁地擁抱病人時，也是無聲的，但是

此時無聲勝有聲。他的大愛大到無以言表。在這無聲的緊緊握手、擁抱中，人們感到了溫暖，感到了關切，感到了自尊，感到了人性的高尚，感到了戰勝病毒的信心和勇氣，感到了對醫生職業無限的熱愛和崇敬。無獨有偶，2020年11月30日，《世界日報》一篇題為「醫師擁抱新冠患者，網路瘋傳」的報導吸引了眾人的眼球：

> 「一張休斯頓醫師的照片近日走紅網路，照片中，這名醫師在感恩節期間於新冠重症病房中擁抱，安慰患者。照片中的醫生叫Joseph Varon，他和患者的照片是在聯合紀念醫學中心（United Memorial Medical Center）的重症病房中被拍到的。」

唐醫生不就是千萬個Joseph Varon當中的一個普通的美國醫生嗎？

大愛無敵。大愛是神助的，它拉枯摧朽，無敵於天下。大愛是戰勝新冠病魔的強大精神武器。唐醫生欣喜地看到，在他和全體醫護人員共同努力下，一個個危重症病人被搶救過來，最後終於康復出院。在送別病人的那一刻就是生命對他的最高獎賞，也是他職業生涯中最幸福快樂的瞬間。

讓大愛之歌響遍大地、人間。

（〈大愛之歌〉原創在2021年5月，由美國世界新聞網、亞美醫師協會、親情健保共同舉辦的「戰勝病毒　堅強面對」徵文比賽中獲得第一名。）

梓　櫻

作者簡介

　　原名許芸，醫學背景，九十年代末移民美國。現任職新州州立大學生化與微生物系教學實驗室主管。作品發表於《世界日報》、《詩刊》、《文綜》、《格調》、《僑報》、《真愛》等四十餘種報刊雜誌，被收入三十餘種書籍。個人專著有散文集《天外有天》、《恩典中的百合花》；詩歌集《舞步點》、《就這麼愛著》等。獲得各種文學獎近二十項，曾獲「海外華文著述獎」首獎。紐約華文女作家協會會長；海外華文女作家協會與北美中文作家協會終身會員；紐約華文作家協會會員。

傳遞感動的母親節

　　美東的5月，是一年中最美好的季節，母親節便落在這個月的第二個週日。往年，這一天是我們家的「法定聚會日」，家族中兩代或三代母親一起過節，而自從女兒生孩子後，成為三代五家的母親一起過節，共用親情。

　　如今新冠疫情蔓延全球，禁足令尚未解除，只能通過微信、電話或視頻互送母親節的祝福。我從網路上給母親訂禮物；妹妹給母親訂購了玫瑰花；女兒通過視頻祝我節日快樂；我也祝賀女兒的第二個母親節快樂。母親的平安，是孩子們最大的心願。疫情中，多少家庭失去了母親，留下了陰影母親節，而養老院更是重災區。

　　想到這兒，我給在默里克護理和康復中心（Merwick Care & Rehabilitation Center）工作的Christine姐妹發了個電子賀卡。疫情期間，養老中心出現了醫護人員辭職，人手短缺和工作量增大的情況，Christine經過一陣子糾結，還是決定繼續留在工作崗位上，她覺得那些已經不准親人來探望的老人，太孤獨寂寞需要幫助了。

　　幾年前，Christine曾帶我參觀過這所猶太人主辦的康復養老中心。中心分暫住的康復區和長期護養的養老區，行政與護理人員達一百多位，常住的老人有兩百多位。Christine帶我巡房時，對老人家噓寒問暖，摸摸這位的臉，拍拍那位的背，時而像女兒，時而像母親。老人們拉著她的手絮絮叨叨，不願意讓她離開。Christine告訴我，她除了照顧安慰他們，不時還要充當調解員，老人也會鬧矛盾呢。

　　自今年3月起，默里克護理和康復中心規定家屬不得來院探視，也不得請工作人員轉送物品，只能每週至少一次，在工作人員

的幫助下讓老人與家人視頻。由於採取措施及時、嚴格，長住的百位老人中，僅有一位感染新冠病毒。全院三百多人，至今感染病例僅十一例，死亡一例，據稱是新州染病率最低的老人院。

想到老人兩個多月未能見到親人，Christine與工作人員決定在母親節這天，為老人們設計一個溫馨的見面會。她們用鮮花、彩球，裝點了有大玻璃窗的走廊，幫助老人聯絡家人、確定會面時間。老人們按時來到大玻璃窗前，藉著電話、隔著玻璃與親人彼此聊天問候，每十五分鐘輪流一家。看著老人與家人們開心愉快又依依惜別，在旁邊拍照的Christine止不住淚流滿面，她更感覺到自己的工作重要而有意義。

我也得知，一些年輕的媽媽，不甘成為疫情的局外人。幾天前，我接到一對醫生夫婦的電話，他們在布魯克林開兒科診所。疫情中，他們除堅持每天在網上給孩子們看病諮詢，還定時去診所給需要接種的孩子打針。因無法從經銷商訂購到防護品，他們正愁著如何解決防護品用罄的難題，幾位孩子的媽媽主動給他們打電話，向他們捐贈防護品。醫生夫婦感動得不知說什麼好，於是想起我會寫稿，特意來電話，要我有機會向所有樂捐的媽媽們表達感激之情，這種雪裡送炭和及時雨的公益行為值得提倡和表彰。

圖1：老人院的見面會

　　我聯繫上了捐贈物品的負責人曹麗，她是指甲店小業主，因疫情而歇業多時。我問她，是不是某個組織發起的募捐？她說不是，微信群裡的好朋友自動自發的。她們聊起疫情，都想為抗疫做點事情，於是說幹就幹，邊集資邊分頭找貨源，找運輸管道，辦理一應手續。她們從中國的不同廠家訂購了護目鏡、防護服、面罩、洗手液等，儘管經歷了一些曲折，等待了一個多月，終於等到物品全部到齊。接著，她們又分頭聯絡診所和醫院，親自把防護品送上門。新州北部的一家醫院，也得到了她們的捐贈。

　　曹麗的言語非常樸實，讓我感覺到這些完全不帶功利心的關愛，出自於母親的天性，也正是母親的偉大之處。我所知道的幾個捐贈團體，也是由母親們發起。有位母親從大陸疫情開始，就組織朋友尋找貨源，向大陸捐贈口罩。疫情傳到美國後，她仍然一直關注並尋找貨源。另一位母親，得知有一批防護品滯留在賓州倉庫，立即組織募捐，分批買下這些防護品，再通過私人關係聯絡醫生，把防護品直接送到醫院科室。

　　更有許多身為母親的醫護人員，仍然戰鬥在第一線，為病患帶去母愛般的溫暖和幫助。今年的母親節，是一個具有非凡意義的母親節。

　　母親節當天，我被一首優美的歌曲深深打動──〈孤單但不孤獨〉。當我得知，這首歌曲是由一位高位截癱的殘疾人演唱，禁不住要去瞭解她。她的名字叫喬妮・埃里克森・塔達（Joni Eareckson Tada）。

　　喬妮1949年出生於馬里蘭州的巴爾的摩。她從青少年起便像父親那樣喜愛運動，學會了騎馬、打網球和游泳。1967年夏，喬妮在跳水時不幸發生意外，第四、五頸椎骨折，引起高位截癱。

　　這個打擊，對於不滿十八歲的喬妮來說，無異於剛綻放的花朵，遭遇毀滅性的摧殘。在兩年的康復過程中，喬妮憤怒過、絕望

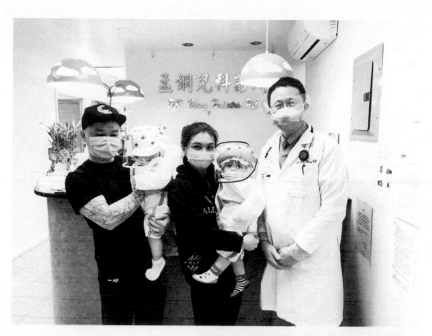

圖2（上）：疫情中的兒科診所
圖3（右）：曹麗捐贈給診所的防護品

過，甚至產生過輕生念頭。喬妮的父母都是敬虔的基督徒，信仰的種子從小埋在了喬妮心中。意外發生後，喬妮也曾懷疑過自己的信仰，最終她確信，上帝在她的生命中有特別的計劃。

喬妮學會了用牙齒咬著筆寫字、繪畫，學會了自己餵飯，但最基本的生活還是要靠人幫助。喬妮靠著堅定的信仰和堅強的毅力，完成了大學學業，開始寫作。1976年，她出版自傳《喬妮》（Joni），在書中記載了自己與四肢癱瘓和抑鬱症作鬥爭的經歷。該書被翻譯成多種文字，成為當年的國際暢銷書。1979年，喬妮的故事被搬上銀幕，影片名字就叫《喬妮》，在影片中喬妮自己演自己。她的勵志故事，激勵了千千萬萬的殘疾人，她也被譽為「輪椅上的畫家」。

1979年喬妮成立了「喬妮之友」非盈利機構（www.joniandfriends.org），旨在「促進全世界殘疾人的社區基督教事工」。多年來，以營會、廣播、培訓等方式，促進社區和教會關懷殘疾人的事工。2007年，「喬妮之友國際殘疾中心」在美國加州成立，事工擴展到全世界四十七個國家，為這些國家提供的輪椅達十七萬輛之多。喬妮也曾在「全國殘疾人理事會」和「美國國務院殘疾人諮詢委員會」任職。

2010年喬妮患上第三期乳腺癌，經手術與放療後治癒。2018年，喬妮曾經手術的部位發現了新癌灶，但她依然積極樂觀面對。如今，喬妮再次宣佈，她戰勝了癌症。

上帝眷顧命運多舛的喬妮，賜下一位日裔男子，成為她的終身伴侶。面對種種困難，他們在信仰中建造婚姻，成為婚姻家庭的榜樣。上帝也使用喬妮的多才多藝，激勵千千萬萬的殘疾人。至今為止，喬妮寫作出版的書籍近五十冊；繪畫充滿著生命的感染力，受到許多人喜愛；她還喜歡唱歌，錄製了好幾張唱片。

2013年，電影《孤單卻不孤獨》拍攝時，導演認為喬妮對苦難

與命運有深切的理解和感悟，特請她來錄製主題曲。喬妮說，這首
歌就是她的禱告，若不靠著上帝，她不可能做到。歌曲播放後，立
即被廣泛傳唱，也被提名為奧斯卡2014年原創歌曲獎。

　　百年不遇的新冠肺炎傳染病，令無數家庭受苦，讓無數人命懸
一線。苦難似乎是個無解、又隨時隨地發生的難題。在尚無有效治
療措施的當前，生命更顯脆弱和無助。〈孤單卻不孤獨〉這首歌，
帶給我們力量，也帶給我們安慰：

　　　　當我的腳步迷失
　　　　絕望地渴求方向時
　　　　我感到你的觸摸
　　　　你同在我身旁賜我安穩
　　　　我不是孤身受驚恐
　　　　我孤單，卻不孤獨。

　　今年的母親節，疫情把我們隔開，但感動仍在人間傳遞。豔
陽天，祝福卡，愛心行動，激勵人的故事和歌曲，再再都紀錄著這
不平凡的節日。祝天下的母親節日快樂！盼病患中的母親們早日康
復！願經歷痛苦的家庭得安慰！

（原載於《新州週報》2020年5月

本文圖片由作者提供）

王芳枝

作者簡介

　　王芳枝，自2001年起，任康乃爾大學紐約社區教學部社區教育講師，專門研究食品衛生、飲食生活與健康活力之間的關係。從事社區民眾教學，推廣營養健康知識。來美之前，為公關公司總經理。是台灣高雄市首屆元宵節愛河燈會執行長，被國際青商會選為高雄市十大傑出市民。也是資深媒體人。曾任《中國時報》、《工商時報》特派員，綜理《中時晚報》南台灣的新聞採訪與策劃。

芝麻開門

是美麗的春天，我宅在地下室。隔著半土庫的小窗，踮腳，仰頭，伸頸，向外瞻望。是的。商禽的那首名詩：〈長頸鹿〉。

原詩是這樣寫：那個年輕的獄卒發覺囚犯們每次體格檢查時身長的逐月增加都是在脖子之後，他報告典獄長說：「長官，窗子太高了！」而他得到的回答卻是：「不，他們瞻望歲月！」

再次踮起腳尖，向外瞻望。我在瞻望我的日子。十四個白天、十四個黑夜。我剛從發生新冠病毒的地區回來。

自我隔離「可憐亭」（Quarantine）

自我隔離，天天盯看疫情。疫情在擴散，病毒太猖狂。可憐啊！看到新聞報導，心都揪成一團。

能想像得到嗎？紐約皇后區的一家醫院，一天抬出十具病亡的。布魯克林一處殯儀館，堆疊了遺體上百。日暖風吹，民眾掩鼻捂嘴，哀、怨、怒、驚、恐、憂、懼。那樣的五味雜陳，將心比心，不言可喻。

中央公園是紐約市的亮點。公園中央的空曠處，搭建了臨時性的野戰醫院，收納日日急增的病患。食品廠的冷凍櫃貨車，權充靈車，急急駛向臨港的無人島掩埋。工作人員也歎息。病歿者不少是外地來的，不知姓甚名誰，可能是隻身到大都會打工，為的養家餬口，落此下場。孤獨的死去，怕是家人還在等著呢！

可憐無定河邊骨，猶是深閨夢裡人。這，情何以堪！

天涯溫馨口罩情

病毒無情，四處流竄，百姓無辜，手足無措。冒險外出買口罩，缺貨。極度的匱缺。

全球都在搶口罩。一架裝載口罩的遠程貨機，由亞赴歐，只在美國停歇加油，被硬迫卸貨，強搬奪買要口罩。擲下鉅款，揚長而去。有錢，果真鬼能推磨。又見一例。

然而，滾滾紅塵濁世，仍有多脈清流。彌足珍貴。

日本最先伸出援手，給疫情嚴峻的韓國大邱市，送去兩萬五千個口罩。還不忘在送貨櫃上，刷出漢字：「山川異域，風月同天」。這八字，源自中國鑑真和尚，當年渡海東瀛，傳播佛法時，親筆留給日人的精句。

義大利人，愛歌愛舞愛浪漫，疫情暴發，向鄰國徵購口罩，四處碰壁。中國大陸及時送暖，且引用義國朗誦詩人的名句：「咱們是同海的浪；同樹的葉；同園之花。」相信義國人內心深處，也能感受到來自東方的同理心。

遠親不如近鄰。韓國收到中國大陸的厚禮，口罩兩萬五千個。口罩箱上印的斗大的字眼：「道不遠人，人無異國。」正是老子《道德經》裡，上善若水的精義。出自新羅旅唐學者崔致元手筆。

患難時刻，施受之間，氣度、高度及文化底蘊、同理情懷，在此展現。

新的日常要適應

終於「可憐亭」的日子期滿。不必再伸頭引頸，仰望探看街景，欣喜化暗為明，高升到水平面上，由地下室轉移陣地在閣樓工

作。從此，俯看「天下」，視野開闊。黃白水仙，殷紅杜鵑花，賞心悅目，心曠神怡。日子過得飛快。

在家工作，省去通勤時間，減少交通花費。而時程緊湊，更加忙碌。

除既有的日常教學，還有新功課，每天午餐、運動，各三十分鐘。

飲食要控制得宜，每週自拍錄影一份。內容包括：食材準備，餐點構想，食譜製作，營養成分，作品呈現。求簡單、省錢、健康、安全為要。

疫情給個人帶來新的體驗，也給社區人們帶出新的課題。社區人的身心調適，就是新的研究方向。

飲食控制難，體重增加快，孩童滑手機，中年失業煩，心情易暴躁。獨居老人苦，憂鬱患者多，安眠藥的需求日增，還有，三餐不繼的，不知何去何從……種種話題，有待專業人士的觀察、歸納、分析與研究。社區工作者從旁協助，收集資料。

世上苦人原就多

週末，同事捎來鬱金香一束，說是怕我孤寂，贈花相伴，花香幽微。感激又暖心。

電話鈴響，頓生雀躍。幽居時節，常是靜默，電話響起，人氣來旺，當然歡喜。哈囉，哈囉！

一個學生說，要停學，父親當披薩外送員，交通事故斷腳掌，醫院治療中。她需找全職工，賺錢補家用。

黃昏，舊鄰居來電，探問怎麼辦。這單親媽媽，有個自閉症的孩兒，不見容於公婆，只能獨力扶養。她在美容院租個床位，專做美容按摩，兼修指甲。疫情逼得美容院拉下鐵門。孩子上課的特殊

教育，學校不開門。她的英語水準無法與孩子一起接受視頻上課。非常苦惱。

世上苦人原就多，新型病毒又加碼。

來自南亞地區的小靚，航空公司的空服員。馬來語、英、粵語都流利，簡單的日本話及西語也行。語言優勢，加上七年的空服經驗，她順利的在美國東西兩岸飛來飛去。

她是受暴虐婦女，在外州登記有案。她自己說的。隻身投奔紐約大都會，說白了，避難來的。偶而相約喝個下午茶。我愛聽她述說工作生活的點滴；她想學華語、認識中國字。挺能聊的。

她失業了。疫情害的。航班銳減，觀光業崩潰，旅遊公司倒閉，她成了航空業界土石流的災民。幫我找到工作好嗎？掛電話前，她說。

我不知如何接話。換成是我，我也著急。

打開電郵，公告上稱：自7月1日起，員工薪水縮減百分之十。因疫情，估算到明年度學生人數減少；為撙節考量，大家共體時艱，接受酌減時薪，待經濟好轉，再行償還差額。

唉！疫情啊！疫情。為什麼還不走啊？

在台灣佛光山，參拜佛陀紀念館時，走山徑坡道，有星雲大師的題字：「人家騎馬我騎驢，眼前看似不如人；回頭還有推車漢，比上不足下有餘。」

還能說什麼。不要埋怨沒鞋穿，有人根本沒有腳。

四十二街走一回

又是週末，出籠的飛鳥，跳上高速快車，衝到了曼哈頓。

布萊恩公園，與過往的年節一樣，攤位多，今年顧客少。溜冰場是熱騰鼎沸的灶鍋，整鍋熱烈翻擠不已，是真正的關不住的群

鳥，在冰氈上吱吱喳喳，展翅飛舞滑行、跳躍歡呼高歌。

　　樹蔭下的空曠，兩台乒乓球桌，殺得汗流浹背，排隊等候的，摩拳擦掌，早已技癢。還有，籬牆邊兒打盹的、拉琴的。看來，這兒沒有COVID-19的陰影。

　　四十二街，珠寶精品名店，櫥窗釘上木板，歇業中。保全人員正在巡迴張望。路上行人匆匆，口罩緊包嘴鼻。

　　百老匯劇場電影街，往昔車水馬龍，今日冷清淒涼。時代廣場昔日閃亮奪目，今日寂寞空庭。遊客三三兩兩，路寬人稀。那位終年花短褲裸上身的西部牛仔（Naked Cowboy），依舊頂寬帽，抱吉他，自彈自唱，忠誠的守護著時代廣場最後的尊嚴。也是疫情期間，暗淡的廣場中，唯一的可看螢光。

芝麻開門　快開門

　　這一年。讓它留在記憶裡。

　　感謝2020，就讓它去吧！

　　感謝病毒，讓我知道，它的存在與威力。

　　讓我知道，我可以抽離熙攘的人叢，獨自安度完整的春夏秋冬。

　　讓我見證新科技，使人天涯比鄰，對話談笑運動，甚至看診醫病，無所不能。

　　但是……

　　我懷念往日，在鄉野紫色花田裡，與人一起，吸聞薰衣草的芳香。

　　懷念除夕等待紅包前，圍爐話吉祥，驚呼「小心！火鍋燙呵」的溫馨叮嚀。

　　州長勸說州民，紐約還不解封，乖乖宅在家，不要聚會不開

趴；不要旅遊不離家。

　　然而，我要出去。還不解封？芝麻開門！

　　我要外出自由走動。我要享受日曬風吹，甚至雨淋也甘願！

　　我要與人寒暄、與人握手。我要與友結伴遊輪，攜親搭機探故里。

　　我不要親情變薄，友情轉疏，鄰里距離漸遠，城市印象漸模糊。

　　我再也不要中秋明月夜，斟上一壺上好高山茶，舉杯邀月對影只成三。

　　於是，我使盡全力，展臂吶喊，仰天長叫，芝麻開門！我要出去！我──要──出──去！

　　　　　　（2020年第一屆華美族移民文學獎散文類佳作獎）

吳麗瓊

作者簡介

　　吳麗瓊，湖北京山人，1948年生。文化大學畢業，曾任輔仁大學助教。
2009年自北美世界日報社退休，現為全職家庭主婦。

戴口罩的日子

2020年度一股突發的疫病襲捲全球，從中國地理中心首先發難，接著有如煙花，世界多個大城市也紛紛驚爆，一發不可收拾，感染之快範圍之廣死亡人數之眾，史無前例。

因為這病毒最早於2019年被發現，世界衛生組織給它定名叫Coronavirus 2019，中文譯名為新型冠狀病毒，簡稱新冠病毒，COVID-19。

來勢洶洶的新冠病毒不容等閒視之，紐約市政府公佈一連串嚴格規定，以保障群眾安全，出入公共場所必須戴口罩，與人保持六呎社交距離……

如臨大敵，我們先買足糧油雜貨罐頭及生活必需品，盡量待在家中，不逛街、不去娛樂場所、少與外人接觸，居家避疫減少感染機率。我必須取消已經預訂的旅遊計劃，和一些定期聚會，表姪女的婚禮也不得不改期，影響太大了！

銀髮族是高危險人群，為了安全，我的兒子媳婦和孫女，好一陣子不能來相聚，直到疫情稍緩，見面都得戴上口罩，避免擁抱和握手，真不習慣，但也要學著適應。

為了增強免疫力，每天運動健身和曬太陽，兩人最常繞著公園或學校走步，戴上口罩，並與路人保持安全距離。父親節那天陽光普照，祖孫三代備好野餐，到凱辛娜公園草坪上慶祝。秋高氣爽約老友張家兩口子去Alley Pond Park山徑漫步，又一次同往New Croton Dam哈德遜水庫公園登高賞景，一路都戴著口罩，小心防疫。

在手機上看各地區疫情報導，和親友聊天，相互關懷分享心得，欣賞文化娛樂節目，以無遠弗屆的資訊，一掃行動受限的孤

寂，這一年它是小兵立大功。

　　網路發達也改變了生態，許多上班族在家與單位聯線工作，不必穿戴整齊去公司，西裝襯衫乾濕洗都免了，街角那家開了幾十年的洗衣店沒生意可做，撐不下去已經歇業。曼哈頓辦公區一下子少了那麼多人，附近的商店怎能不受影響？

　　今年紐約的街景很特別，市面蕭條，「FOR RENT」招貼隨處可見，許多空置的店面等待新東家來租用。街邊冒出各形各色帳篷和小木屋，是紐約市政府應急規劃的戶外餐寮，避免餐館封閉環境染疫風險，讓市民到比較通風的戶外用餐。

　　我也曾去嘗試，第一家利用自己的停車場支兩頂大棚，四面通風擺些桌椅，很有古早味。第二家用的是正規露營大帳篷，有塑膠透明窗簾採光。第三家比較認真，在屋後泊車場方方正正蓋好一間中型木屋，粗木作柱鐵皮為頂，四周厚實透明塑膠布，捲起為窗垂下是牆，屋頂燈管電暖設備周全，一派打算「長期抗戰」的姿態。

　　街邊泊車位上的食寮相對簡便，車輛不時從身旁呼嘯而過，真不是理想的用餐地點，夏秋兩季棚寮尚可做生意，入冬下雪寒天就只能廢棄不用。無奈今年的餐飲業就這樣苦苦地經營著。那些大餐館店租貴開銷多更是難為。

　　很多人都在家自己做飯解決民生問題，疫情驅使人們進廚房，造就了新的廚藝好手，連帶拉攏了家人的情感。

　　逛街購物不方便，乾脆上網郵購，原本清靜的巷弄，不時可見到快遞卡車穿梭，穿制服的送貨員，捧著一箱箱貨物送到各家門口，從早到晚每週七天都看得到。

　　困居家中，大把時間如何運用？有人欣賞連續劇，一套接著一套，看得過癮。有人重拾繪畫、樂器、手工等才藝，亦師亦友的Sylvia傳來畫作鋼琴曲，功力精進一大步。我的尹學姊善用時間，最近出版了她的散文集。能在這些時日裡好整以暇地讀書、習字、

唱歌、烹飪，樂在其中也算一種福氣。

　　疫病無情地奪走我們周圍一些寶貴生命，造成無法彌補的遺憾與傷慟。健朗的百歲人瑞劉媽媽，因為新冠提早離開我們了。老同事武家姊妹最悲慘，疫病令她們先後失去三位親人。許昇德醫師（作家蔚藍），女詩人海鷗（麥瑛）都因疫去世，讓人不勝唏噓。

　　經過漫長的等待，終於見到曙光，世界各國醫學科學人士都在加緊探索，研製藥品和疫苗，2020年底已經有幾種疫苗可以投入量產，開始分批為人注射防疫。

　　盼望2021年撥雲見日，大家能快快摘下口罩，重享平安喜樂。

（寫於2020年底）

哀歌輕輕唱

輯三

趙淑俠

作者簡介

　　趙淑俠，生於北平。1949年隨父母到台灣，1960年赴歐洲，原任美術設計師，1970年代開始專業寫作。著長短篇小說和散文作品四十種，計五百萬字。其中長篇小說《賽金花》及《落第》拍成電視連續劇。1980年獲台灣中國文藝協會小說創作獎，1991年獲中山文藝小說創作獎。2008年獲世界華文作家協會終身成就獎。1991年在法國巴黎創辦「歐洲華文作家協會」。2002到2006年成為「海外華文女作家協會」副會長，會長。目前為世界華文作家協會榮譽副會長。出版三本德語著作。中國大陸於1983年開始出版趙淑俠作品，受到好評。並受聘為人民大學、浙江大學、華中師範大學、南昌大學、黑龍江大學、鄭州大學等院校的客座教授。

回憶似水

　　新冠肺炎如燎原大火，席捲了整個世界。紐約是重災區，為了防避疫症，人們都躲在家中，我已五個星期沒有走出公寓的門，日子過得甚是鬱悶，5月1日那天，像每天一樣的打開電腦，先看中文的國內新聞：「旅美華人作家於梨華染疫病逝。」什麼，於梨華病故了！她已不在人世了！……我愣愣的對著那些字，一時無法整頓情緒。

　　遷居美國已十多年，兩人之間沒有往還，若說彼此不相識嘛，當然不是真話，我們曾是同學，有過共同的少女時代，也曾是無所不談的密友，前後一算，相識整整七十年，比一甲子還多了十年，時間不可謂不長。

　　一九四九年初，在內戰打得激烈，國軍節節敗退之際，父母帶著我們一群孩子，逃難到台灣，基隆上岸後，立刻隨著一群同鄉朋友直奔台中。一家人住了三週旅館，便搬入購得的新屋，算是安定下來。那時我正讀高中，要立即找個學校插班，目標是台中最好的女子中學——台中女中，但學期中間不能入學，只能旁聽，於是我便做了班上唯一的旁聽生。位子就在於梨華的旁邊。她白衣黑裙齊耳短髮，拍拍旁邊的椅子，說：「你坐這裡！」她是我在台灣認識的第一個同學。

　　那時的台中女中全校只有五個外省人，梨華本是那班唯一的一個，加上我變成了兩個，她顯然為此十分高興，對我友善且照顧。她父親是台中糖廠的廠長，家就住在糖廠的大院子裡，從第一天相識起，她便邀我去她家玩，我很快的便真去了，認識了她的父母家人，她家孩子也不少，妹妹雅華和好幾個弟弟。她最小的幼弟大約

只有兩三歲,最為她所疼愛,喜歡蹲下來叫那弟弟親她的臉。她把臉轉來轉去,叫那小弟「親這邊」、「親那邊」,看來非常甜蜜。我家中也有個差不多大小的弟弟,回去也效法她那樣把臉轉來轉去,叫「親這邊」、「親那邊」,覺得非常有趣。

我初到台灣,不懂本地話,對很多事都弄不清,梨華很起領導作用。大環境在變,內戰已呈結束狀態,逃難的人大批湧進台灣,急需入學的學生每天在增加,為了安頓這些學生,學校建立了一套辦法,例如增加班次等等。梨華和我都上高三,但高三學生太多,要由一班分成文理兩班,梨華是理班,我是文班,兩人也曾依依不捨,還互贈了一張照片以為紀念。好笑的是文理兩班的教室並排而立,就在隔壁,走路只需三四分鐘,要見面容易得很,「別離」是強說愁似的假議題。事實是,少年人交朋友容易,沒過多久,就各交了幾個自己班上的新朋友,兩人間的互動,自然而然的就少了。女中畢業後,更是滄海桑田各有命運,斷了往還。

1949年就讀台中女中的趙淑俠。(趙淑俠提供)

1967年於梨華、趙淑俠、吉錚於瑞士。(趙淑俠提供)

　　我1960年到歐洲，很努力的打拚，想在陌生的歐洲爭取一方生存之地。那時世界表面和平，其實冷戰較勁的氣氛正濃，歐洲的社會風俗與我過去的生活環境大大的不同。這一切，都讓我這個台灣出來的青年女子感到震撼，尷尬、情緒抑鬱很不快樂。直到學成美術設計師，在工作上找到興趣，心情才開朗起來，自覺前途顯現了一線曙光。

　　那時我的全部精神都投注在工作和生活上，除了每月給台灣家人一信外，跟外界幾乎斷了往來。

　　1967年的初夏，突然收到吉錚從美國來信，說將同於梨華遊歐洲，想到瑞士看看我。緊接著梨華的信也來了，滿篇思念的話，闊別多年想要見我。其實吉錚與我並不熟，總共只見過數得過來的幾次，但她專程要來拜訪我，信寫得誠懇，懷舊之情躍然紙上，而梨華，曾是我同窗老友，有過密切交往，我當然是歡喜見到她的。我回信說：老朋友，我張開雙臂歡迎妳們。

　　那時我們正在搬家，從市中心區搬到綠林區的一棟老屋，其實房子本身很普通，吸引我的是前院門邊上的那棵紫楓樹，後來我索性就給她取名叫紫楓園。老屋更新頗像老人裝年輕，十分麻煩而不見有多大功效。光是裡裡外外的刷洗上色已折騰了好幾遍，然後還要換百葉窗，要重鋪地毯，各屋堆著大紙箱，新製的窗簾也還沒掛上，而後院要開闢菜園，工人正在掘土挖石的施工，說真的，真不是接待客人的好時光。

　　我在公司請了三天假，預備接待朋友。兩人依約而來，十幾年離別，終於在這麼遠的異國他鄉見面了。

　　吉錚穿一身淡綠色旗袍，頭髮挽在腦後，眼角眉梢間有掩不住的輕愁。只在見面的短短時間內，我便發現她幾乎已是另一個人。她溫柔厚重、態度坦誠，使我無法不喜歡她。

　　梨華也彷彿變了不少，我們同窗時的青澀女孩子氣沒了，代

之的是以前沒有的成熟和幹練，最沒變的是她爽朗的個性，見面沒寒暄兩句話就說：「我好餓，路上我就跟吉錚說：『不知趙淑俠會給我們吃什麼？』」聽她的話我才明白，原來她們已在歐洲遊歷了十來天，卻一頓中國飯也沒吃過。吉錚也說：「我的胃已經受不了啦！」我說：「在這裡要去中國餐館得開車兩個小時。我給妳們準備了中餐，來吧！」

三個人坐在飯廳裡，我端上早預備好的菜肴，吉錚高興的說：「四菜一湯、紅燒牛肉……真好！」於梨華問：「你先生呢？怎麼不來吃飯。」「他去西德出差了，後天才回來，你們這次見不到了。」「他出差很多嗎？」我說：「不算少。」見兩人吃得快樂，我又說：「你們來得太急促了，否則我可以發綠豆芽，做豆腐給你們吃。我會做豆腐，跟一個香港來的朋友學的。不過我做的豆腐只能煮不能炒，一炒就碎。」

吉錚聽得笑了起來，梨華停下筷子，看了我一會道：「先生經常出差，你就發豆芽做豆腐。趙淑俠很勇敢！」「這裡的生活就是這樣子，買不到中國食品。」我挺不在意的說。其實從她的表情上，我看出老朋友的關懷。

那晚上三個人聊天話舊，談到往事，故人，也談到她們的小說創作，兩人都有大計劃。她們也問到我未來有何打算？梨華說：「記得你喜歡文學，我們同班時你的作文是最好的。」我說：「我現在的目標就是做好設計工作，在西方商用藝術界佔一席之地。歐洲缺少一個華文文壇，將來有待努力……」我說了一大串有關對歐洲華文文學的想像。三個年輕女士器宇軒昂，直說到深宵三點。第二天我陪她們去蘇黎士，逛公司、看錶店、吃瑞士飯，本來還想乘遊輪繞湖一周，卻因走得太慢，晚了幾分鐘沒趕上，只得望湖興嘆。

三天很快的過去，我把她們送到機場，鄭重道別。第二年，就是1968年，我先生去波士頓開會，我也跟著來休假，看朋友，還在

梨華家待了兩天，認識了她丈夫孫至銳。覺得他們的生活滿和諧，真沒料到後來會離婚。更沒料到的是吉錚竟以自盡結束了她年輕的生命。

那些年，我一直努力而認真的生活，在歐洲的美術設計界Susie Chen不是陌生的名字，但我不以此為滿足，文學創作始終是我深心裡的最愛。真正不間斷的專業寫作，自1972年起始。那年我決心擱下設計工作回歸文學，發表了一連串的散文，短篇小說、長篇小說之類。我的作品在台灣、香港、新加坡、和美國、歐洲的中文報章雜誌上發表，由於很真實地反應了海外華人的心態，也就很引起讀者的共鳴，整個的發展過程尚稱順利。但我認為只有華人能領略其中含意是不夠的，我是多麼希望那些歐洲人也能體會到，他們國家內的移民們的所思所需，而能產生更深的瞭解與和諧。

1987年初，我的第一本翻成德語的短篇小說集《夢痕》（Traumsyuren），在西德出版，因為內容描寫的是海外華人的遭遇和情感動盪、寄居他鄉的寂寞、日常生活中的困難等等，使西方讀者初次注意到，原來這些移民來的中國人的生活和心理，並不似他們想像的那麼單純，在豐衣足食之外還有精神需求和家國之思，和必須面對的困境，乃至因西方社會對華人歧視而衍生的困擾。這使他們很出乎意外，立即引起廣泛的注意，瑞士的幾家大報都有評論和介紹，記者來採訪、電視來做專題紀錄影片，許多文化團體來邀請我做演講。通常的情形是：從主持人到聽眾全部是西方人，只有我這個主講人是東方人。後來又出了德文短篇小說集《翡翠戒指》，並把長篇小說《我們的歌》以德文本出版。

歐洲原是華文文學的沙漠，由於華裔移民漸漸增多，華裔作家也相對的多起來，但都是閉門耕耘，各寫各的，並沒有以文會友的機會。基於這種情形，我聯絡一些文友，大家熱心奔走，歐洲有史以來的第一個全歐性的華文文學組織，「歐洲華文作家協會」，於

1991年3月16日在巴黎成立。所謂歐華文壇，終於有聲有影的傲立於世。

這段時間我和梨華並無直接往還，只是偶在開會時遇到，也曾同台演講。1991年「海外華文女作家協會」在洛杉磯開第二屆大會，我遠從瑞士趕來出席，兩人相見談笑甚歡，梨華曾到我的房裡聊天，老朋友說的盡是陳年往事。但最後還是談到小說創作。我說：「你的小說寫得好。但如果走出海外華人的圈子，和當地人直接往還的故事，寫起來也很好。」她聽了顯然不太高興，道：「那樣就能促進不同民族更團結嗎？小說家的任務就是把小說寫好，不應對社會呀，民族呀，負什麼責任！」

有關這一點我和梨華的看法總是相異，她認為作家只管把文章寫好，別的不管，我則認為作家是社會一份子，不能說對社會沒有責任。

目前我的近況可說十分「安靜」。因健康關係，停止寫作已數年，不去旅行開會，不做演講，當罷休時且罷休，平心定氣的過著伴藥生活。但梨華大去，仍使我感到震動，不得不寫篇小文來送她。

梨華天份高，又肯好學努力，從年輕寫到老，從不懈怠。她著作等身，卓然成大家。如今譽載盛名，帶著飽滿的一生歸去，應無所憾了。但憶起前塵往事，我腦際仍頻頻出現那個白衣黑裙齊耳短髮的女孩，她拍拍旁邊的椅子，說：「你坐這裡！」回憶似水將人淹沒，七十年是何等的長，怎麼在感覺上竟是如此的短！回眸往事悲不自勝。梨華一路好走！

原載於《世界日報》2020年6月4日

陳　九

作者簡介

　　陳九，畢業於中國人民大學、美國俄亥俄大學和紐約石溪大學，碩士學位。先後任職美國運通公司及紐約市政府，並長期從事跨文化文學創作。代表作有小說選《挫指柔》、《卡達菲魔箱》，散文集《紐約第三隻眼》、《野草瘋長》，及詩選《漂泊有時很美》、《窗外是海》等。作品獲第14屆百花文學獎，第4屆《長江文藝》完美文學獎，及第5屆中山文學獎。

昨晚，湯姆叔叔跟我告別

　　今天早上天濛濛亮，對面的瑪麗嬸嬸就來敲我門，她不喜歡按門鈴，我家門鈴挨著大門不會看不到，可她還是把門敲得咣咣響，九啊，快起來，湯姆走了，湯姆走了呀！我一陣悲哀，非常濃縮的悲哀，缺氧似的壓得我不能動彈，我對著天花板大喊，知道了瑪麗嬸嬸，我馬上下來！

　　湯姆叔叔到底沒撐過去！

　　昨晚我去看過他，他家跟我家隔著兩棟房子。自他染上新冠肺炎後我們幾個鄰居輪流送水送飯，由瑪麗嬸嬸牽頭，她跟湯姆叔叔鄰居一輩子，感情很深。幾年前湯姆嬸嬸因肺癌去世後，她就隔三差五給湯姆叔叔送吃的。這次又是這樣，她來敲我的門，九啊，知道湯姆染上新冠了嗎，他一個孤老頭怎麼辦哪？我們準備輪流給他做吃的你加入嗎？加入加入，我加入，他喜歡我做的炸春捲呢！

　　湯姆叔叔是猶太裔，八十來歲，一輩子沒兒沒女。我叫他「叔叔」是跟著孩子們叫，日子一久成了習慣。他曾是《時代週刊》的攝影記者，上世紀七十年代初有一張著名的黑白反戰照片，俄亥俄肯特大學的草坪上，一個長髮女生摟著被子彈擊中的男同學哭泣，那就是湯姆叔叔的傑作。這張照片來美之前我就見過，沒想到竟和拍攝者成為鄰居。那年月的中國留學生很多都有類似經歷，有個朋友在長島石溪鎮買的房，幾天後碰到鄰居覺得很眼熟，定睛一看不是楊振寧嗎？湯姆叔叔後來因腿傷轉到紐約市政府工作，還是搞攝影，為政府的宣傳品拍照。幾乎與此同時，我也從美國運通公司調到紐約市政府做資料主管，所以三十年前一搬到這條街我就和湯姆叔叔成了朋友，我們乘同趟火車上下班，一路聊。

　　或許因為我是新移民，湯姆叔叔總愛強調他也是移民，只不過比我早來幾年而已。其實他出生在紐約，他父母小時候隨家人自歐洲來美，當時正逢美國的「鍍金時代」，用他的話說，那時美國非常像今天的中國，電力鐵路的普及，石油的發現，整個北美魔幻般高速發展，曼哈頓今天的格局就是那時定下的。於是大量歐洲移民蜂擁而至，湯姆叔叔說，我祖父母一家最早就住現在的唐人街一帶，當時那裡聚集著大量新移民，義大利人、愛爾蘭人、猶太人，和部分中國人，他們既沒錢又不懂英文，全靠出賣體力，我爺爺奶奶給人家縫衣服，每天早上承包商送來成堆的布料，他們沒日沒夜地縫，連說話時間都沒有。聽湯姆叔叔這麼一說，我突然想起在他家鋼琴上看到的一張老照片，一對夫婦坐在椅子上，女人手中拿著一件未縫完的衣裳。對呀湯姆叔叔，我看過那張照片，你奶奶幹嘛照相時都不肯放下手上的活計啊，她是故意那麼照的，就為紀錄下自己的生活，怕後人遺忘。

　　我下樓開門時，瑪麗嬸嬸戴著口罩已退至十步之外，遠超紐約州長葛謨規定的六英尺社交距離。紐約是新冠疫情重災區，也是美國乃至世界感染和死亡人數最多的大都市。該如何形容這種嚴重呢，紐約市衛生局搞過一個調查，在不同地點隨機抽樣做新冠檢測，結果查了三千多人竟有三分之一陽性！這下當局緊張了，馬上頒佈居家令隔離令，不許紮堆兒，不許聚會，關閉公園海灘博物館等公共場所，要保持社交距離六英尺以上等等。即使如此還是十分被動，很難立竿見影剎住成勢的病毒，比如湯姆叔叔，他說他是在超市傳上的，開始發燒時叫過救護車，附近的北岸大學醫院口碑不錯，幾天後病情緩解又回到家裡。瑪麗嬸嬸帶領大家給他送飯送水，我們穿戴齊全，口罩手套防護服應有盡有，都是我國內朋友寄來的。我們把做好的飯菜放在門口，由湯姆叔叔自己取用。就這樣好好壞壞，瑞得西韋、羥氯喹都用過，沒想到還是不行。瑪麗嬸嬸

要把他再送回醫院，他拒絕了。

　　瑪麗嬸嬸的眼裡淌著淚水，聲音也在顫抖。她比湯姆叔叔小幾歲，也是猶太裔，依然風采，舉手投足流淌著昔日的綻放。她是這條街的主心骨，什麼事都可以找她商量。美式英語有個詞叫「猶太媽媽」，指主意正、能力強、又有擔當的生育女性，瑪麗嬸嬸就是典型的猶太媽媽。她對我哭訴著剛才的事情，天沒亮她去看湯姆叔叔時發現人已經走了。她打電話叫來救護車，眼睜睜看著救護車拉走了湯姆叔叔。湯姆真不該這時候走，連說再見的機會都沒有！她不斷重複著，彷彿要把湯姆叔叔喚回來。瑪麗嬸嬸這樣做自有道理，按常情不少美國人都選擇在家去世，一般是先找一家殯儀館，由殯儀館保存遺體，安排追思儀式，直到下葬，殯儀館是送你上天堂那個人。而疫情卻把人生最後一場有尊嚴的告別抹去了。紐約市規定，所有因新冠肺炎在家去世的都必須叫救護車，由救護人員做防護處理後，出具證明帶走遺體，並交由指定地點焚燒，再通知家屬領取骨灰。湯姆叔叔已經沒有家屬了，他說過他有個弟弟，我們從沒見過，湯姆叔叔的墓地早就安排好了，在松樹陵園，湯姆嬸嬸旁邊。按說弟弟是間接繼承人，如果沒有直接繼承人，湯姆叔叔的房子應該就是他的，他會為哥哥舉行一場體面的安葬儀式嗎？

　　說起這座房子讓我溫情滿滿。這是一座斜頂獨棟建築，不很大，應該說是比較小的一棟。他叫湯姆，房子又比較小，老讓我想到斯托夫人那本《湯姆叔叔的小屋》，一部終結美國蓄奴制的偉大作品。我不好意思說出口，怕無意間傷害了湯姆叔叔，可不說又憋得慌，便試探著，破悶兒似地逗他：

　　　　湯姆叔叔呀
　　　　嗯哼
　　　　湯姆叔叔您有個小屋

　　湯姆叔叔的小屋，斯托夫人？

　　哇，您也知道啊？

　　我猜到你要說什麼。

　　我告訴他這本書是我最早讀過的美國小說之一，所以忘不了。他卻低眉昂首長長一歎，那個時代的美國一去不返了，自由已被金錢綁架，誰還顧得上同情弱者關注未來呢，而善良和同情是一切美好社會的源泉，沒有這些就沒有偉大。我知道湯姆叔叔是民主黨員，早年參加過民權運動，那張反戰照片就是他的青春寫照。我能想像那時的他是多麼激情狂熱，蓄著濃濃的鬍鬚，挎著萊卡相機奔走在風口浪尖之上。如果你看過電影《阿甘正傳》，就可領略上世紀六十年代民權運動中的美國是什麼情景，那是一場深刻的社會變革、民權運動、反戰運動、嬉皮士運動、性解放，都混在一起分不開，湧現出一代傑出的政治家藝術家，比如比爾克靈頓，比如鮑伯狄倫。我突然想起上世紀六十年代末，發生在紐約上州的烏斯達克音樂會，您參加了嗎湯姆叔叔？當然了，那是全世界規模最大的露天音樂會，五十萬人，標誌著搖滾樂從此走上歷史舞台，我們為和平而來，搖滾樂的靈魂就是個性和愛，可惜當時主流媒體基本不予報導，我還是照了不少照片登在《時代週刊》上。

　　如果你去聖佛朗西斯

　　請在頭上戴著花

　　如果你去聖佛朗西斯

　　你會遇到好朋友

　　我情不自禁哼起這首〈聖佛朗西斯科〉，當年流行歌曲的經典之作，這首歌也出現在電影《阿甘正傳》中。湯姆叔叔一聽激動得

兩眼放光，他叫起來，歐買嘎九啊，我才知道你有一副好嗓子，你怎麼不早告訴我呢，我認識這首歌的原唱斯格特，他來過我家，來過你說的這個「湯姆叔叔的小屋」啊！

清早的風徐徐地吹，5月的長島依然有些料峭。瑪麗嬸嬸問我，亨利回去了嗎？回去了，他太忙，看看湯姆叔叔就趕緊回醫院了。是啊，真是個好孩子，還專為湯姆回來這麼多天。瑪麗嬸嬸說的亨利是我兒子，在紐約上州瓦莎大學醫院做急診醫生。他一聽湯姆叔叔染上新冠肺炎馬上趕回來，還陪他去看了急診。亨利畢業於索菲大衛斯醫學院，他的同學尼克就是北岸大學醫院的急診室醫生，他們共同商量治療方案，竭盡全力救治，湯姆叔叔很快退了燒，肺部陰影也臨床消失了。紐約是新冠疫情重災區，很像中國的武漢，但紐約沒有足夠的醫療資源，沒有雷神山火神山那樣的方艙醫院，所有醫院的急診室都人滿為患，很多病人只能躺在走廊的救護床上。亨利要尼克為湯姆叔叔找一張病床，直到出院也未能如願，這也是湯姆叔叔一俟好轉堅持出院的原因，他一點餘地都沒有，兒子──他叫亨利兒子──我一分鐘都不要待在這裡，死我也死在家裡。他真不該提死這個字！

亨利臨走前特意給湯姆叔叔開了很多藥，退燒的、止瀉的，還有湯姆叔叔常用的糖尿病藥、高血壓藥、前列腺藥，一項項解釋給他聽，您出現這個情況就吃那個，出現那個情況呢就吃這個。湯姆叔叔說你趕緊走吧兒子，我沒事，到家就踏實了，走吧走吧你。湯姆叔叔管亨利叫「兒子」並不奇怪，按美國慣例，年長者叫年輕人兒子是一種愛稱。比如看到個小伙子把手機落在桌上，我會說，嘿兒子，手機是你的嗎？他一定倍感親切。但湯姆叔叔叫亨利兒子的含義比這要多。

我們搬到這條街時正處在人生最打拚的階段，我新有晉升，我太太的設計公司又創業不久，每天早出晚歸壓力山大。為此特意

請孩子二姨媽來美幫助照看兩個孩子，女兒愛琳卡和兒子亨利。每天放學做作業時，只要有問題孩子們都會去找湯姆叔叔，那時湯姆叔叔已經退休，他不厭其煩地回答各種問題，沒想到他的知識面竟如此之廣。有一回女兒愛琳卡複習社會科考試，美國初高中的社會科就是歷史加政治，對誰刺殺了宋教仁、阻礙亞洲建立第一個共和制的考題犯起迷糊，她問湯姆叔叔到底誰殺誰，是袁世凱殺宋教仁還是相反？這種問題你問一百個老美一百個不會，他們連誰殺了甘迺迪都搞不清楚還管你亞洲的事？可湯姆叔叔斬釘截鐵地告訴愛琳卡，當然袁世凱殺宋教仁，記住了，暗殺都是壞人殺好人，袁世凱和宋教仁兩人中袁是壞人，肯定是袁殺宋。下班後孩子們跟我聊起這件事，亨利好奇地問，幹嘛好人老被壞人暗殺呢？湯姆叔叔怎麼解釋的？他什麼也沒說。那我也不知道啊。本來這次愛琳卡也要回來看湯姆叔叔，她離得太遠，又在一個專利事務所做專案主任非常忙，只好讓弟弟代表她，兩個孩子對湯姆叔叔的感情比我還深。

　　為感謝湯姆叔叔的關照，我和太太經常做些中餐送給他和湯姆嬸嬸。他們非常喜歡吃炸春捲，每見必開紅酒，還要我陪他共飲。湯姆叔叔喜歡一款加州的黑鑽石紅酒，產自電影《教父》的導演考波拉的酒莊，它回口偏澀，但湯姆叔叔專好這個感覺，說像絲啦剝去一層皮似的。我們邊喝邊聊，我向他介紹最近榮獲的市政府年度科技大獎，市長朱利安尼親自簽發並將獎狀交到我手裡，還邀我陪他一同參加今年的國殤日大遊行。哇噻，這可是大事，是什麼項目？湯姆叔叔問道。一個監管緩刑犯人的大型資料系統，我們第一次將DNA作為資料類型加以存儲，這大概是獲獎的主因。一提到與科技金融相關的產業術語，湯姆叔叔就不無感慨，藉著三分酒意宣洩他的情緒，我這輩子啊，經歷了美國從浪漫的人權時代走向金融霸權的整個過程，從雷根總統「放鬆管制」開始，華爾街憑藉美元的壟斷地位，用利率、貨幣供應量、和股市這三駕馬車向全世

界收割利益。金融的暴利迫使製造業必須提高獲利預期，否則無法生存，這必然導致製造業流向遠東，以降低勞動力和各類資源的成本。暴利與揮霍成為生活的本質，文明不再是形而上，倒成為形而下的幫兇，我們正用赤裸的欲望焚燒著未來，這種無度甚至突破中世紀的底線，托爾斯泰的《復活》、霍桑的《紅字》，這些故事今天算什麼，什麼都不算嘛，關鍵是沒人在意這些了，暴利與分化讓人們失去思考的衝動，反而爭先恐後投入角逐。

自湯姆嬸嬸去世後湯姆叔叔就自己生活。湯姆嬸嬸生前不工作，裡裡外外忙著家務。她高高的身材，一條大辮子盤在頭頂，老是笑眯眯的。那天被確診肺癌晚期人一下就不行了，像積木抽掉最下面一塊，頃刻坍塌，一個多月便隨主而去。後來松樹陵園墓地的選購、儀式的安排，都由瑪麗嬸嬸和我們幾個鄰居操辦。瑪麗嬸嬸問湯姆叔叔要不要去養老院，起碼還有人照顧？但他堅決否定了這個選項，當時他就說過，死我也死在家裡。從此次疫情看，湯姆叔叔的決定不無道理。有資料顯示，疫情喪生者中三分之一來自養老院，有些養老院竟發生「棄護」現象，因為怕感染新冠肺炎，工作人員居然跑光了，很多老人由於無人護理，不能按時吃飯服藥而力竭而亡，結局十分悲慘。幸虧湯姆叔叔沒去養老院，雖然同樣是走向終點，湯姆叔叔是自己的抉擇，這本身就意味著生命尊嚴。

起初我有點不解，湯姆叔叔病情加重為何不返回醫院？我問瑪麗嬸嬸，她的回答很直白，這個倔老頭，肯定捨不得咱們唄。他們鄰里一輩子，從結婚成家到生命終結，這種陪伴別說是互動頻繁，即便點頭微笑也見證了彼此一生。跟瑪麗嬸嬸相比我是後來者，但非常慶幸遇到湯姆叔叔這樣的鄰居，我們之間心心相印的人文情懷、浪漫的理想主義色彩，他用畢生經歷和呼之欲出的鏡頭人物，那些可以聞到味道、聽到聲音的人生際遇，把我活生生拽進美國的文化之河，讓我將書本上的冷靜文字變成火熱生動的立體圖像，隨

風飄舞，「飄」這個詞老被解釋為隨風而去，並不盡然，同樣可以隨風而來，歷史就在我們頭上飛舞，一天都沒離開過我們，與歷史對話不能僅靠幾本書，絕對不夠，更要有情感溝通，歷史是有溫度的。

　　昨晚去看湯姆叔叔時就感覺不好。他又在發燒，入院前的症狀全面反彈，吞噬著他的機體。我們要打911，送他回北岸大學醫院，他卻再次拒絕了，甚至還飆了句德文「Du fandest Ruhe dort」。美國猶太裔很多來自德國，說幾句德語並不奇怪。我問瑪麗嬸嬸什麼意思？她說大概是海涅的詩吧？後來我查出這是德國詩人米勒的作品，還被作曲家舒伯特譜成套曲，湯姆叔叔說的這句詩正是歌曲〈菩提樹〉的最後一句，意思是「到那裡尋求平安」。小時候我跟母親學唱這首歌，當然是中文版，大學期間還在聯歡會上演唱過，它濃厚的悲傷與宿命色彩一直在我心底揮之不去，成為我情感表達的依據，沒想到在湯姆叔叔彌留之際再次聽到它，這是何等的巧合！當你伸開雙臂擁抱世界時，世界早在等你。

　　所以我堅信昨晚一面是湯姆叔叔在向我告別。我們隔著超過州長規定的社交距離，像往常一樣措施齊全，但無論相距多遠，包括口罩手套防護服，都影響不了我們的交流。他微微抬起手指向牆上的掛鐘，又在自己脖子上輕輕劃過。我知道他在說「我的時間到了」，英語裡這句話非常簡單，「My time is up」。我拚命搖頭，握拳的手上下揮動，鼓勵他一定要堅持住，頂過一天是一天。他緩緩地向我擺手，示意我快點離開。當我轉身時，他做了個美式軍禮的動作，手搭在右眼眉梢迅速切下，他做得很勉強，手在空中顫抖著。而恰巧這時牆上的掛鐘開始報時，發出噹噹的響聲。我猛回頭，只見湯姆叔叔正在微笑，甚至笑出了聲，旋律般與鐘聲合鳴著。我被這笑聲感動得也笑起來，只見那款黑鑽石紅酒在空中揮灑、女學生烏黑的長髮、烏斯達克搖滾音樂會、如果你去聖佛朗西

斯科的話，所有這些都在我們之間飄舞起來。死亡可以埋葬一具軀體，卻無法帶走充實的生命，絕不可能。

　　湯姆叔叔的弟弟後來繼承了湯姆叔叔的小屋，但他並未承諾舉行一場下葬儀式。瑪麗嬸嬸說等疫情過後她會籌辦追思會，給大家一個向湯姆叔叔表達敬意的機會。九，你加入嗎？加入加入，我加入，他喜歡我做的炸春捲呢！

　　我脫口而出，熱淚盈眶。

2020年5月23日紐約隨波齋
原載《散文》2020年第10期

石文珊

作者簡介

　　石文珊，出生於台灣，攻讀戲劇。現任教紐約市立大學皇后學院及聖若望大學。2014年來為新澤西州《漢新雜誌》文學獎擔任評審。發表小說散文於報章及文集。曾為紐約華文作家協會文集《情與美的絃音》、《人生的加味》主編之一。

行越關山訣別記

「如果你想來看她的話，現在是時候了！」渥太華的堂妹送來了簡訊。

我心緊縮了。二嬸終於進入彌留階段。一個月前醫生已經宣判只剩幾週了，現在來到關鍵時刻。我決定趕去見她最後一面。

新冠疫情期間，旅遊令人顧忌，國境關卡也形勢嚴峻。從紐約走，飛機不直飛，轉機旅程或有染疫的風險，下機後還要雇車去，算算要一天時間。丈夫願意充當司機，更機動性，這段路我們走過幾次，不塞車八個半小時可抵達。

老大聽聞，立即請假同行，怕父母長途開車體力不濟、視力不良。於是各自去做了新冠病毒檢測，並上網填報入境資料。出發前夕費城的老二知悉，二話不說，當晚也開車趕來加入，還花了百多元去做當日檢測。萬事俱備，但願二嬸能等到我們。

一早沿87號公路往北開，兩側林木越發蕭索，氣溫逐漸下降，五小時後我們經歷今秋第一場飄雪和冰霰，兩度碰上嚴重車禍造成的堵塞。遂叮囑衝勁十足的兒子們開慢一點、再慢一點。最後，車子滑進了千島群島的邊境關卡。

北國年輕嚴肅的入境官詢問了此行目的，審核了文件，沒有為難，眼見就要放行，突然遞過來三個盒子微笑說，恭喜中選！原來除了丈夫外，我跟兒子們都被電腦隨機篩選做自我新冠病毒檢測，二十四小時內必須交件。我等面面相覷，自嘲今日怎好運勢，四人中竟有三人中選，該買獎券！然而不得不佩服加拿大防疫做得小心徹底，這一點後來進一步得到證實——深夜上網由加國健康部的護士一板一眼從螢幕中盯緊我做檢測，「請將棉花棒再深入你的鼻孔

——再深一點！好，每邊各轉動棒頭15秒！」隔日早上快遞員便來取件，這是後話。

北國晚霞流淌出層層鮭魚紅時，我們的車子轉進了堂妹家。還來不及寒暄，她立刻帶我們去看二嬸，能見一眼是一眼。堂妹在加國的國防部擔任高階，這陣子真是蠟燭兩頭燒，一邊是繁忙的國家大計，一邊是二嬸每下愈況的病情。她稱呼二嬸為Erbomu，中文的「二伯母」，因為她是我父親三兄弟裡最小弟弟的女兒。二叔嬸沒有孩子，從小看著她長大，是最親近的晚輩。當我解釋中國人的稱謂給老大老二聽，他們都頭昏了，不知為何他們的Ershenpo（二嬸婆）怎麼有那麼多叫名。

堂妹叮囑，千萬別對養老院的門衛說我們來自美國，免得引起主管層的慌亂，拒絕探訪——美國的疫情跌宕起伏多次，讓加拿大人避之唯恐不及。院方一直嚴控訪客，目前還沒有老人感染過。進大廳後，堂妹上前簽名，門衛揚聲問我們是否在過去兩週內曾經「出國」，我們都使勁搖頭，便揮手放行了。電梯直上三樓的安寧病房。

病床上，二嬸雙眼緊閉，鼻管送氧，張著嘴吃力的呼吸著，喉頭有痰的呼嚕聲。她臉頰瘦削，面色蒼白，頭髮稀疏，被褥下面的身形乾扁得要消失了。堂妹握住二嬸的手，頭湊到她耳邊輕輕叫喚，撫摸她的頭髮、臉龐，溫柔輕快地問候。我也俯身告訴她我們一家都來了。老二是基督教徒，跟著來握住她的手禱告。二嬸對我們的聲音和撫摸似有反應，一度很努力地睜開雙眼，喉嚨也使力地發出幾個音節，但嗎啡的作用讓她力不從心，像是淹沒在水裡，怎麼也浮不出水面，兩手無力的滑動幾下，畢竟沒能抓住什麼地垂下了。護士進來加了嗎啡劑量，老人更是沉沉落入了幽暗的水底。

二叔和二嬸六十多年前在台灣的大學相遇。曾看到父親留存的黑白老照片，多麼亮麗的一雙璧人！兩人都是抗戰時的流亡學生，到台灣安定下來，就讀高中、大學，相遇後一起出國留學，就業、

結婚、定居加拿大，雙雙任職政府部門，直到退休。因為沒有孩子，晚年把大房子賣了，住進舒適的養老公寓。這就是二嬸的一生了——幾句話就能總結。

幸好我腦中留存了許多鮮明的細節，一召喚即浮現：豐潤開朗的慈顏，銀鈴般的笑聲，厚敦暖實的懷抱，寬容的好脾氣；福態的身軀靈巧無比，一下子擺出一桌菜還向客人抱歉沒啥好吃的，那口京片子真說不過她；我們臨行時她拚命往我袋裡兜裡塞進吃的喝的，彷彿離開她家就西出陽關了；回到家又發現孩子的小口袋裡塞了一隻大紅包。回憶讓人溫暖會心——這才是我恆久記憶的老二嬸啊！

堂妹說二叔每天都從六樓的家下來病房陪二嬸一整天，只在用膳時間才去餐廳。才說著，二叔的電動輪椅已低聲轟鳴來到。看到我們都來了，他臉上浮現驚訝和憂傷的微笑。

「我不知道她還能不能清醒。」他輕輕說。我們都向他肯定二嬸仍有知覺——看，她擠眉弄眼，頻頻向眾人打訊號呢。「你們真這麼想嗎？」二叔安慰的點頭。他說這週起二嬸清醒的時間越來

1950年代末叔叔石長盛與嬸嬸郝述先一起到加拿大留學

越少，這兩天已沒有進食，她的心和肝都在衰竭中。幾週前，二嬸決心不再接受醫療干預，只用嗎啡控制病痛。她好固執啊，二叔嘆息，卻又像是佩服妻子堅持讓身體自然走完此生的旅程。

臨走時，我看著二嬸吃力而掙扎的睡姿，似不忍離世，卻委實活得太累，便伏在她耳邊細語，「別擔心二叔，他會好好照顧自己的，我們也是，您放心！」

第二天早上，我們先到六樓的公寓看二叔。老大問起他怎麼跟二嬸遇見的，如何知道她是未來的牽手。二叔笑答，五十年代在台灣，如果男女生一起計畫留學，便心照不宣將與對方走上紅毯。然而，當年加拿大移民局不許外國學生伴侶一起留學，入境時，並由移民官詢問你將攻讀的專業，當場將你分發去某一所大學讀研。為此他倆裝作不認識，事先演練好一套說法，入境時移民官毫不懷疑地將兩人指派到同一所大學。他倆還故意錯開轉機抵達的時間，讓該校同一位教員辛苦地跑了兩趟機場，才接獲兩人到校安頓。二叔追憶這一齣人間喜劇，高潮迭起，笑點不斷，我們盛讚他倆默契好，讀書就業相扶持，結婚自是水到渠成。最初兩人在台灣初遇，二叔是台大農業所的助教，二嬸是特聘的生物系雇員，二嬸主動約二叔吃飯，爽利開朗的個性打動了悶騷型的二叔。

正午，二叔去用餐，我們也往病房來看二嬸。今天她臉色蠟黃，氣息微弱，喉頭呼嚕，眉頭緊蹙。老二用手機在她耳邊放了一段禱告文，我也趁著堂妹不在場，輕撫她的額頭低語，「您安心去吧，叔叔有堂妹照顧，會繼續長壽，您到天上跟爸媽團聚吧，放心，一路好走！」

堂妹驅車帶我們去妹夫擁有的森林地一遊，此刻真想在大自然裡紓解死亡的陰影。車窗外一片初冬的蕭瑟美，田園、雜樹林，一望無際，點綴著樸素的房舍。單線道公路迤邐曲折，民居漸少，森林在望，轉進一條泥土路，來到一個閘門口。進門後，車子緩慢爬

上坡，停在林間一座木屋前，這就是妹夫森林的營寨了。周圍還有自建的桑拿間、沖涼棚、戶外廁所，和一座很專業的木工坊。他在公餘的週末來此幹活，擴建木屋，劈柴曬木，野營築灶，用這裡的木料自製傢俱，並採集天然的楓糖漿。全是勞力苦活，卻是一個愛好野營者的遊樂場。

林中徐行，四野寂寥，只聞落葉在腳下窸窣作響，一步一個嘆息。堂妹順手採折枯萎的草莖，捆成一大束野趣橫生的乾燥花。這裡遠離人境，有鹿來訪，熊和狼也曾出沒。微弱的北國陽光下，微風在光禿的林梢穿行，似在細語，不如歸去，不如歸去。想到二嬸在這個幅員廣袤的國度過了六十餘載，她的精靈魂魄也會快活地在這片森林裡飛舞盤旋吧？恍惚聽到她柔曼的聲音，追隨我們的步伐……

二嬸是天主教徒，五點鐘一位神父會到病房為她做臨終祝禱，掐準時間我們趕去陪禱。車才開出山坡，天色便迅速黯淡起來，那黝黑宛如有體積似從天際壓下來，感覺車子很渺小，開不出墨霧的籠罩。再五分鐘就到了，堂妹註解性的說。她的手機突然響了，還來不及啟動車子的藍芽收訊，鈴聲斷了。怕是神父已經先到了，她說，復急急趕那最後五分鐘的路。一進療養院大廳，堂妹正要訪客簽名，門衛阻止她，溫和地揮手讓我們快進去。

堂妹在跑著，她性急地按電梯，似乎感到了什麼……我們緊跟上，只道是怕神父等不及，才踏進病房堂妹就喊起來，她走了！二嬸仍是張口閉眼的模樣，但鼻管尿袋已經卸下，舒舒服服清清靜靜的睡著。我們就差了五分鐘啊，堂妹不知向誰訴苦。老二臉皺起來，像兒時將哭的樣子──這心軟的孩子。二叔垂首坐在輪椅上，握著被單下二嬸的手。我暗暗驚心：二嬸真聽我的話走了。

一個矮小的墨西哥護工瑪麗亞走進來，跟大家打招呼，說自己是二嬸臨終唯一在場的目擊者。當時二嬸好像一口氣沒有跟上，然

後吐一口長氣就過去了。沒有掙扎，沒有痛苦，就像一個輕悠的嘆息。「很多老人家不願在家人圍繞時斷氣，等到獨自一人的時候，靜靜離去。」瑪麗亞說，「看，她現在多麼安寧！」

　　神父到了，即時為亡靈舉行了安息禱告，庇佑她得救贖，得永生。記得但丁《神曲》中描述凡人死後，按生前所犯七大罪行，包括傲慢、貪婪、嫉妒、色慾、暴食、憤怒和怠惰，發配地底的煉獄接受酷刑，懺悔滌罪後才層層升向天堂。二嬸一生跟這些罪孽無緣，願她不需受苦，直接去天界無憂無患處。

　　不愧是務實的堂妹，詢問護工該如何將二嬸大張的嘴合攏。瑪麗亞示範如何推緊她的下巴，讓上下顎合攏，直到肉身僵硬為止。於是接下來的三個鐘頭裡，我們輪流推緊二嬸的下巴。一個人手痠了，另一個人就默默來接手。不久，二嬸的外甥夫妻趕來了，這是二嬸在北京的大姐的兒子，多年前幫他辦來移民的。妻子催他去幫忙推下巴，後來連她自己也動手嘗試了。我不記得有哪個親人過世後，曾如此親密的碰觸其肉身，包括我母親、婆婆、保嬸等。但此刻我們都毫不遲疑地把自己的指印留在二嬸的下巴上，還一邊輕聲聊著：她手腳似乎涼了些，但頭臉還是暖的，看，九十歲的人皮膚還好細呀；幫她梳梳頭，她這輩子最在意頭髮整齊；她連出殯的衣裳都選好了，向來把自己的事情料理得服服貼貼，從不麻煩別人；唉，她總算解脫了⋯⋯

　　晚餐時刻，我提醒二叔去用飯，他彷彿入定般，沒有反應。堂妹衝去廚房，幫他帶來一份晚餐，勸說這是最後一次在二嬸身邊進餐了。二叔聞言，就對著二嬸乖乖的吃起來，把整盤食物吃得精光。二叔能照顧好自己，就是紀念老伴最好的方式。也因為二嬸，我們克服了疫情以來對遠行的恐懼，趕上跟她訣別。冥冥之中，她把親人都拉攏在一起，大家多年未見，卻立刻熟悉親愛，善意滿滿。這，就是二嬸遺愛人間的方式。

黎庭月

作者簡介

　　黎庭月，香港出生成長，從事編輯工作多年，後移民美國，曾當記者、任教大學，現從事翻譯工作。

別了，步行之星

　　7月5日，是委內瑞拉獨立日，也是委內瑞拉裔同事艾托的出殯日，喪禮在瓊美卡一座小教堂舉行，之所以選在那兒，是因為這是艾托生前常去的教堂。自3月居家避疫在家上班後，我第一次開車出門，離開我住的小區。

　　喪禮在上午九點開始，前幾天已在小區訂了鮮花，千叮萬囑花的用途，希望他們會弄得好一點。艾托是個做事認真的人，我也不敢怠慢。前一天黃昏，我去花店取花，肯定花很合意。

　　認識艾托已有十多年了，他是電台廣播員出身，聲音渾厚響亮，西班牙語本身已像一首悅耳動人的歌劇，由艾托說出來，更像一首懾人魂魄的神劇了。聽他說西班牙語，是一種享受，雖然我只聽得懂一兩句。舉凡我們所有西班牙語的錄音，都是艾托負責的，很多紐約人可能也聽過他的聲音。

　　他加入我們時，年齡已不算小，但仍很喜歡跟大家玩在一起。每逢春秋二季，同事們都會組隊打籃球和踢足球。艾托不會打籃球，也不會踢足球，卻會跟我們一起去球場，看著我們練球，有時興之所至，還拿起手機拍起照片來。有一次，他更裝作記者，拿著一個水瓶當是麥克風，走到一個踢足球的男同事面前做訪問，過程給錄了下來。他的聲音、神態、大家被逗樂的笑聲，充斥整段錄像裡。這一段錄像最後收在悼念他的錄像裡，附上我們全部人的輓詞，一併交給從委內瑞拉遠渡過來他家人的手裡。

　　後來，可能是年紀漸老，艾托的身體不像從前紮實，人瘦了整整一圈。但他仍堅持上班。每天早上，我們都在刷卡機前相遇，我用西班牙語跟他說早，直到後來，他聽覺開始走下坡，有時聲音不

夠大,他根本聽不到我那句「早」。他每次都抱歉地說,對不起,請原諒我漸漸不行的聽力,你得要大聲點,我才能聽見。

因為他對聲音反應的遲緩,大家開始少跟他說話了。但他仍堅持上班。

早上每次見到他,我大聲跟他說,艾托,早啊!他每次都感激地笑著說,早!

兩年前,公司為了鼓勵大家做點運動,就搞了一個步行比賽。每個部門組隊,在六星期內,看哪一隊走的步數最高,計分方法是每隊隊員每天的總步數除以隊員人數,累積步數最高的隊就算贏了。

艾托報名參加,初時各人都嫌棄他,擔心他會拉低成績。我力爭讓他留下,只是一個遊戲,何必如此較真。結果,艾托每天走的步數教人震驚,每天都有三萬步,普通人平時能走五千步已經是做了點運動了。

我私下問艾托,到底是怎樣走出三萬步來的。他說,很簡單,就是下班後從公司走回家,我愛走路。那是三個地鐵快車站的距離!他說每次都走三個多小時。我和他是隊中步數最高的隊員,要有三萬步,真的至少要用三小時的。他每天默默地走。最後我們入了頭十名。拍集體照慶祝時,艾托顯得特別高興。

今年3月,大家開始在家上班,艾托和我,還有幾個同事,堅持留到最後才撤走。居家避疫令最後通牒前兩天,艾托同組的所有同事都在家上班,沒有回來。他走到我面前問,每個人都必須在家上班嗎?我不喜歡一個人留在家裡,我會很不舒服的,我寧願每天回來這裡上班。我搖搖頭安慰他,是規定,大家一定要回家了。聽完,他非常失望地走回自己的座位。

最後一天,大家收拾一切,下班時,我們互祝平安,說幾個月後回來再見。那時大家都盼望暑假疫情消滅,大家可以回來的。艾托還把心愛的泰迪小熊放在辦公桌的咖啡杯內。

　　結果，一踏入暑假，同事傳來噩耗：艾托在家裡失足跌傷，進了醫院深切治療部。兩星期後，傷勢好轉。怎料再過一天，情況變壞。大家都不能去見他，包括他的親人。

　　第二天整個早上，各人為艾托祈禱，可是，有同事在下午一點十二分宣佈：艾托平靜地走了。自受傷入院後，他一直昏迷，沒有醒來過。

　　在喪禮上，我遇見幾位同事，連部門的主管也來了，靜靜地坐在最後一排。大家各坐一角，點點頭，沒有擁抱，只用眼神互報平安。教堂後方，架了線上直播的器材。

　　主持喪禮的神父一開首就說，我在這裡主持過數不盡的喪禮，都是不認識的，今天是頭一次為一位朋友主持。

　　儀式結束，我向放在教堂中央艾托的骨灰道別。他真的走了。我忍著淚，離開教堂後，抱著教堂外的欄杆哭了一大場才回家。天上的國沒有病痛，希望他可以安心悠然慢慢走他的路。

　　幾天後，紐約下了一場雷雨。黃昏，同事傳來一張雙彩虹照片，說艾托在天國很幸福，那彩虹是他的笑容。

　　　　　（2020年第一屆華美族移民文學獎散文類佳作獎）

蕭黛西

作者簡介

　　1946年出生於台灣台北市，祖籍河北北平。1973年婚後隨夫移民來美，定居紐約市皇后區，育有一子。曾任職東京銀行、德意志銀行和瑞士再保險公司共三十年。退休後喜愛旅行、攝影、園藝、看老電影，及閱讀各類書籍，包括《聖經》。現在加上試筆寫作。

庚子年的心路歷程

　　中國歷史上每隔六十年的庚子年，都經歷大事件，包括鴉片戰爭、八國聯軍侵華及1960年的大饑荒。2020年更發生新冠肺炎傳播，影響了全人類的生命安全。一年多來病毒非但沒有消失，反而變種來勢更兇猛，恢復疫前的生活似乎遙遙無期。

　　母親於2019年9月，在家人傷心不捨的陪伴下安詳回天家，告別已住了十五年的養老院，享壽99歲。全家人沉浸在失母的悲痛與懷念中，2020年初庚子農曆春節將至，更是恰逢佳節倍思親。就在此時中國武漢爆發傳染性新冠肺炎，很快地美國西雅圖市出現第一位確診者，歐洲、南美洲和亞洲各國也一發不可收拾，從此展開了全球至今仍持續的抗疫歷程。紐約市的新聞報導，養老院內確診和死亡的數據特別高，並不斷增加，因此取消家人前往探望的常規，我們感恩母親已不必受此疫情干擾。

　　2019年底回到闊別四十年的台北，主要目的是將中年早逝的父親靈骨攜來紐約與母親合葬。台北市容雖變化不少，但仍有與記憶中相似之處。往事只堪回憶，見到幾位久未謀面的親友很興奮，也同感嘆時光的飛逝。回到南京東路老宅巷口，母親的身影似在眼前，一陣心酸，止不住的淚水滿面。台北之行慶幸能在疫情發生前完成。

　　我們姐妹三人，年齡各相隔兩歲，大妹和我婚後移民定居美東，單身的小妹在台北陪伴母親多年，因此她倆感情最深。直到2000年才來美長住。母親辭世，小妹自然特別傷心，加上因2020年新冠疫情，每年回台料理事務一個月的行程被迫取消，心情更加鬱悶，身體也消瘦不少，我常開導她，當夏季來臨疫情會稍緩和時，

才似乎開朗些。

　　中秋過後10月底，小妹胃口不佳，體力更不如以往，雙腳腫脹又有內出血現象，因此進了醫院。檢查結果是嚴重的胃潰瘍，必須開刀。我渾身顫抖地簽了同意書，心中不停祈禱手術順利。

　　此時的醫院急診室，因疫情關係已不允許家屬進入陪伴。住院者每天只能有一人探病，大妹和我輪流去，停留最多四小時。進門要量體溫，還要回答些問話，諸如有無接觸過確診者等。我戴兩個口罩外加塑膠面罩，勤洗手和用消毒液。

　　經歷了大手術後的小妹非常虛弱，臉浮腫，雙眼緊閉，住進加護病房，全身上下插了大小不一好多管子，床旁顯示血壓、心跳和脈膊的機器，不時發出聲響，護理人員忙忙碌碌進進出出。主刀醫生告知除了潰瘍的部分，胃也割除了一些，希望輸進的血液沒有病菌，內臟要經過化驗來確定有無癌細胞，另外開刀的傷口癒合也很重要，所以仍處於危險期。

　　新冠肺炎是極易感染的空氣傳染病。到醫院時叫電召車接送，車子因疫情嚴峻中間裝了隔板，雖在寒天我仍將後車窗開啟通風，偶而輕咳二聲，司機也顯得緊張，可能知道我進出醫院頻繁，顯得人人自危，時生警惕。

　　11月的美國總統大選，投票率很高，我們也投給了心中的人選。只盼望領導人在這前所未有的艱難時刻，帶領國人早日度過難關。

　　醫院的化驗報告顯示小妹沒癌細胞，但是肺部因幼時感染過肺結核，雖然從沒發病，還是要送院外肺專科再驗。小妹的身體仍孱弱，但每天都有少許進步，臉部口和鼻內的管子已移除，白天三餐可吃些軟性食物，夜間再加強營養液由胃管輸入。加護病房護士只照顧兩位病人，一班十二小時，早上七點和傍晚七點交班，都很專業盡責。她的上身右側插了二條細管，連接著兩小瓶，流出手術後體內的液體，醫生由此可得知傷口癒合的情形。小妹從沒抱怨病痛

帶來的不適，默默地承受一切，我很心疼她可是代替不了，祈禱上帝看顧保佑。院內肺結核檢驗証實她不具傳染性，因此12月起，醫生將她轉到對街的安養院，一方面繼續觀察治療，同時開始做復健。

因為新冠疫情改變了很多規則，即使住安養院前檢測是陰性，頭兩個星期仍要隔離，不能與家人會面，只允許將衣物送到門口由警衛轉交。這期間能通電話，得知她已開始物理治療。兩個星期將至，我迫不及待預約與小妹隔窗見面十五分鐘。當天也不讓進入樓內，只能等待在樓外側面一扇窗前，護理人員將坐輪椅的小妹推到室內後，我才能用手機撥通屋內桌上的電話，隔窗相望通話。

開刀後一個半月了，她穿著便服顯得氣色挺好。我們聊了安養院的照顧情形，一切還能適應，但仍無法自己下床走動，心情難免沮喪。我勸她忍耐急不來，物理治療會有幫助，每星期只有一次的會面我必定到。其後目送護士帶離房間，轉出房門前她特地轉身，向我揮手，新冠肺炎出現前，家人探望可在身旁陪伴，並且不限定次數，我很難受讓小妹孤寂地一人應付這樣的新環境。

住到安養院的第十八天，主刀醫生來電話，依據剛收到院外肺病專科化驗所的報告，小妹需回醫院再做進一步檢查。此時正值冬季聖誕佳節前，新冠肺炎患者大增，急診室人滿為患，完全禁止家人入內，等待了四、五天後才移到單人病房。

再見到小妹時，她情緒很低落，因為停留急診室時，離她很近的病人去世了，引起驚懼感，整個人也更加消瘦。折騰了一星期，肺結核雖已確定沒問題，但全身無力，腳仍腫脹，醫生的解釋是由肌肉神經引起的，再次送回安養院觀察。

不料兩天後因身右側的管子脫落，必須回醫院修復，開刀的傷口仍無完全癒合，體內很多積水，多重器官受到影響。大妹家住麻州，週末來紐約陪伴小妹，對於病情起伏不定，我們心情也七上八下，很無奈但也無能為力，沒想到她病情此後突然急轉直下。1月

11日接到醫院來電，竟需要討論最後急救事宜，徵求家屬的意見，我們瞭解心肺復甦術、靠機器呼吸、插管等，只有更增痛苦，而且她多數器官已衰竭，家人商議後忍痛決定放棄急救。此刻我們體會到上帝已有安排，帶領小妹卸下世上一切的勞苦愁煩，她將與父母雙親在天堂相聚。當天下午小妹還能言語，並說想回家和看書，我讓她安心一定會回家的。

1月12日她都在睡眠狀態，呼吸已顯吃力。下午有兩管針藥經點滴瓶注入體內，這就是醫生所謂的安寧舒適沒痛苦離別。我在床邊百感交集，七十年的姊妹，如此短時間竟面臨死別，情何以堪，欲哭卻無淚，只有不停嘆息。相信聽覺是最後喪失的，我靠在耳邊呼喚她，小妹聽到還能睜開一隻眼望向我，但瞳孔已散，到傍晚六時就再無反應。醫生和護士很體貼地安慰並讓我多停留一陣，但不能過夜。當我必須離開時，小妹的面容看來很平靜，人生竟然走到終點，我們天人永隔，椎心之痛非筆墨能形容。醫院的記錄是1月13日清晨五點多去世，那天是庚子年12月初一。

因新冠肺炎死亡無數，殯葬業都應接不暇，葬禮也只許十人參加，火葬場日夜加班，根本不讓家屬送葬，我們只能在殯儀館門口靈車旁痛哭辭別。雖然日子還是天天過，但一年多失去兩位至親了，悲傷與想念將永遠存在，心中的空缺無法被填補，人生無常，莫此為甚。

庚子年這場瘟疫改變了世界和無數家庭的命運，許多人這一年活在喪失親友的煎熬中。醫護人員、公共交通人員等，直接面對危險和恐懼，日復一日赴湯蹈火，做出了非凡的貢獻。部分人士因宗教或其他意識形態，反對接受疫苗和防疫措施，此無知論調借名個人自由，不遵守政府衛生部門的規範，實則影響社會安全害人害己，可能讓全民付出代價。我們要相信並遵守科學研發的各項抗疫對策，如此才能克服新冠肺炎，早日恢復疫前的生活。

鄭衣音

作者簡介

　　鄭衣音，浙江紹興人，1950年生於台灣，政治大學西洋語文學系畢業，定居紐約，2017年自美國聯邦社會安全局退休。

不堪回首2020

2020才年初，發現有新冠病毒COVID-19的消息，中外媒體報導的內容和角度都各自表述，何實何偽真假難定。但疫情在美國擴散之後，在美華裔，心情焦慮，處境尷尬。當今白宮主政者，非但不以控制疫情為重，反而荒腔走板胡言亂語，草菅人命，死亡人數幾近世界之冠。

親家母旅遊回美確診

我們住在紐約市皇后區，是最早最直接感受到疫情的影響，也親身經歷了這場無煙硝的世界大戰！生離、死別、擔心、恐慌，生活步調過得戰戰兢兢，情緒起伏不定。

回顧這一年，曾因欣喜放心而泣，也幾度因痛心哀傷嚎啕大哭。

2月初，老大的岳母度長假經土耳其回美。剛開始以為玩累了，體力差還有點感冒。兒子媳婦前往曼哈頓寓所探望，媳婦還特別留宿一夜陪媽媽聊天。三天後，親家母病情加重急送醫院，確診感染新冠病毒。慶幸是在全美排名第四的醫院做隔離治療，因為是最早期的新冠病患，所以用到最好的醫療設備，受到高品質的護理服務。她是紐約州新冠紀錄中的第廿病號。但在那段時間，兒女不得探望，也無法視頻通話，任憑想像病情的發展，心驚膽顫。凡是接觸過的人，都得做檢測。不確定地等待結果，也是一種椎心的折磨。脫離險境後，第一次一家人在Zoom上相見，如隔一世，個個喜極而泣。媳婦有三位兄長，她是唯一的女兒，更是泣不成聲。雖然檢測報告都屬陰性，兒子媳婦已是驚弓之鳥，防疫工作更加謹慎

小心。他倆住在離我們只有十分鐘車程的森林小丘區，平時常常往來。兒子那天的那通電話，隔了好多個月了，還音猶在耳。他也是用中英文夾雜的口語：「Mom我們要keep social distance，我們不能來visit你們as often。」說完靜默了一下，語音有點哽咽而且聲音反常的輕：「Promise me你們會take care自己，I can't bear it if妳生病在hospital and我看不到妳。」我一向是儘可能地用中文跟他們對話，他們三兄弟都習慣在掛電話前，以「Love you, Mom！」為結語，我則常常是用中文囉哩吧嗦地多說幾句才罷休。那天，聽了他這番貼心的話，心裡覺得澀澀地，竟快快地用英文「Love you, too！」收了線。

到了3月，病毒擴散迅速，疫情持續上升，紐約市的情況更加嚴重。各地的上班族幾乎都被遣散回家。一時working from home/remote working成了常規。紐約州長、市長，天天呼籲大家stay home。兒子也規勸我們暫居康州，不必要就別兩邊跑。三年前買下的這棟週末度假康鬥（condo），小鎮人口不多，空氣也好，附近還有好幾處靠海的州立公園。康州州長允許居民去公園健行、去海邊放風。首要條件，就是要保持距離。我們在這裡，兒子說他們會覺得放心些。

痛別曾令寧學長

但電視上對紐約市疫情的種種報導，樣樣讓人匪夷所思。如醫院床位不夠、醫療設備不足、醫護人員防護口罩、手套、外袍，皆大量短缺。小兒子住的公寓，離最初紐約市死亡人數最高的Queens Elmhurst Hospital，只有十幾分鐘的步行路程。電視螢幕播放該醫院大門，有大排長龍等著求醫保命的病人，在醫院後門停車場，黑色的body bags堆積如山，大貨櫃車的巨型冷藏車廂，一排排地也調來

變相代用……真是慘不忍睹！

4月1日愚人節，真希望這只是一場被愚弄，又不靠譜的惡作劇！

曾令寧是我政大的學長，不同系不同屆不相識。廿多年前在紐約，是外子張彰華先認識他的。這些年在社區、在僑界、在社團、在學術場所，常見他倆的身影，忙裡忙外，是公認的最佳拍檔。一位溫文儒雅，低調內向。另一位，身經百煉，從不怯場，兩人台前台後合作無間。我嘛，是幕後隨從兼攝影師，最常的角色是充當司機。三年前，我退休後，成立了一個在紐約州登記有案的非營利「美華環境保護協會」。首先就是把他倆拖進來，做President和Chairman。張博士在美國聯邦環保署任職卅餘年，環保是他的專業本行。曾教授是財經專家，知名學者，博學多聞，而且桃李滿天下，人緣特好，又熱心公益，是位謙謙君子，從不論長道短傳是非。認識他的人，對他都只有稱讚，只有佩服。創會後，兩期出版的年刊，我特別從手機裡，選了一張做他的大頭照。這張具有親和力又帶點靦腆的照片，是他留給大家的印象。

我跟他還有另外一個交集，就是喜歡找不同的餐館吃飯，我們各有一張包肥（buffet）餐廳的優惠卡。

3月1日，我有事，沒空當司機。他們就自己去參加了一個包括午餐的聚會。當天他還特別打了個電話來，一本正經地提醒我：「有空去吃包肥哦，你的點數夠換優惠啤酒囉！」

這之後，他倆繼續保持日常通電話的習慣，聊些什麼，我也沒有特別去注意聽。

3月17日，我們在康州，樓下講話突然聲音大了起來：「趕快打電話問醫生啊！你還拖什麼？」接下來的變化，真是令人措手不及。第二天再通電話時，曾令寧已經住進了醫院。我這才知道事態嚴重。原來，前一個星期，他就覺得身體虛弱吃不下東西。他說反正學校停課了，想回台灣一趟，自己一個人在紐約，萬一真的生

病，不想麻煩大家。並說在台灣有妹妹，可以幫忙照顧，還想要打聽飛機票的事、出入境要不要辦特別手續等等，不過說明這只是每天聊聊的計劃而已！

疫情期間，家庭醫生大多口頭問診。一聽他說腳腫、走路無力、氣喘、拉肚子，立刻叫他直接進醫院治療。一旦進了醫院，就等於跟外界隔離，親友都不准去醫院探望。關於治病的進展，都問不出名堂，他自己也說不清楚到底情況如何。言語間頗為沮喪，心情沉重。我們能做到的，也只不過是每天給他打打氣、安慰鼓勵一下。問他要不要知會幾位親近的朋友，他都堅決不要。

住院一個星期後，腳不腫了，但下地走路還是不穩。醫院卻告訴他可以出院了。不過顧及出院後，他家裡沒人幫他做復健，所以將他轉到一所猶太裔成立的療養院去。我們上網看了一下，評價不錯，放心不少。心想醫院能讓他出院，一定是好了，還挺樂觀的，認為進療養院只不過是個過渡期。住定後，發覺他講話的聲音，反而比在醫院時還要弱。一問之下，他才說還是會拉肚子，常常覺得發冷，還說這裡的護理好像很忙，都不太理會他。彰華立即跟護理櫃台溝通，更常常打電話去，好讓她們知道，他是有人時時關注的病人。

我是3月31日那天吃晚飯前，跟他像平常一樣聊了幾句，還對他說：「你最近沒口福，等出院，接你去大吃一頓。」那天，他的音量比往常要大，而且還可以聽得出是笑笑地、好清脆的說了一個：「好！」我跟彰華都覺得是好現象。他倆又聊了一會兒，才互道晚安。

第二天，一整天都沒音訊，櫃台也只能留言。好不容易，挨到傍晚才接通病房的護士。萬萬沒想到，她一出口，竟是腦子一時無法理解的噩訊。她說夜裡發現病人氣弱，沒有反應，送回醫院急救，她還在值班就接到通知，病人不回來了，是4月1日清晨離世的。

手機久久忘了掛斷，眼淚一串串地流……到了晚上才慢慢回神，抱頭痛哭！

眼淚尚未擦乾，接到另一通電話……

怎麼可能？怎麼會這麼快？怎麼就這樣這樣輕率的永別了！

心痛心痛心痛心痛……

Agnes全家染疫

Agnes是我當年工作上的得力助手，性格開朗、靈巧聰慧。在十六年相處期間，我看著她結婚成家，生了一雙可愛的兒女。雖然1999年生意結束了，但我們一直保持一定程度的聯繫。每年聖誕節都會收到她一家四口全家福照片式的賀卡，每每在她附加的字裡行間，都能分享到她的快樂、忙碌、幸福、滿足。聰明乖巧和她一樣孝順的兒女，兩三年前，分別在外州大學畢業後，都找到理想的工作。

3月初因疫情嚴重，公私機構都差遣員工居家上班。兄妹倆一個從曼哈頓、一個從紐澤西都回到紐約上州的家。多年來一家人分居四處，卻因疫情，今年大家團聚在一個屋簷下。正覺得雖然擁擠、但很開心，殊不知，可怕的新冠病毒悄悄地進了大門。至今都不確定Agnes是怎麼感染上的。

Agnes的父母住在疫情嚴重的法拉盛。在1、2月期間，兩老都因身體不適，分別多次進出醫院，她得從上州長途跋涉過去照顧。她父親於2月底往生，但並不是因感染新冠病毒過世的。之後不久，她總覺得異常的累，還以為是體力過度透支，免疫力下降，所以常常有感冒的現象。

到了3月中，一家四口都有了症狀，做了新冠病毒檢測，結果不幸都是陽性反應！

　　當時疫情治療系統混亂，各方明確資訊缺乏，醫院床位和人力都不足。

　　3月28日Agnes病情加重，但被告知即使去了醫院也無能為力。住在隔壁廿多年的消防隊鄰居，破格的用隊上的氧氣筒給她救急，其他三人就只能各憑體能撐著。

　　3月30日夜裡，她沒跟因病情不輕、昏睡得不省人事、躺在隔壁房間、青梅竹馬的愛侶，也沒跟睡在樓上、都感染了病毒的心肝寶貝們說句話，就這樣就這樣就這樣⋯⋯走了！

　　今天是2021年10月31日，新冠疫情持續，病毒變種變異，疫苗接種繼續在推廣中。

　　2022年就在轉口。我們要有信心、更加努力，抗疫再抗疾。這場無煙硝的戰爭，一定會戰勝的！

麥　子

作者簡介

　　麥子原名麥啓淩,廣東台山人,六十年代畢業於廣州中山大學中文系,長期擔任中國新聞社駐美國高級記者,採訪過張學良、宋美齡、馬思聰、王洛賓、貝聿銘、吳健雄以及趙小蘭、駱家輝、陳香梅、安南等社會名流,1994年榮獲百人會「最佳新聞報導一等獎」,由美國副總統戈爾在洛杉磯頒獎。曾出版《鏡頭對準美國》、《大洋觀潮記》、《馬思聰最後二十年》,以及詩集《尋找遠去的夢》、長篇小說《懸崖上的愛情》等十多種。

一杯淨土掩風流──懷念海鷗

　　5月2日是我的堂姐海鷗（麥瑛）因新冠肺炎逝世一週年。海鷗的媳婦少娟駕車載我來到海鷗長眠的華盛頓墓園掃墓拜祭。

　　墓園座落於新澤西州與紐約毗鄰的Paramus，從紐約過了華盛頓大橋只有十五分鐘車程。走進墓園便看到一尊數米高的華盛頓銅像，墓園樹木蔥蘢，碧波蕩漾，清靜美麗，因為墓碑都平放在地面上，故乍看起來活像一個大公園。

　　我在海鷗墓前獻上鮮花，默哀致意，這時淚水已簌簌而下，透過淚水，海鷗慈祥美麗的笑臉又浮現在我腦海；她用心血凝成的《藍星夢》、《小花一束》、《天涯客》、《相約》……也像跑馬燈一樣掠過我的眼前。

　　海鷗是一個堅強不屈而又命途多舛的人。她剛出生，母親就大出血去世，祖母視她為剋星，把她拋入魚塘，幸好被好心人救起，才大難不死。海鷗十五歲參加抗美援朝，在冰天雪地和槍林彈雨中度過了整整三年，雖然萬幸地保存了年輕的生命，但兩條腿卻被凍壞了。轉業後在廣州少年宮組織了少年歌舞團。五七年反右期間，她當編輯的父親麥大非被迫自沉珠江，死前把一枝鋼筆遺留給女兒，囑咐她利用這枝筆，寫出人世間的苦難和悲哀。就這樣，文化水準不太高的海鷗，六十年來謹記父親的囑托，勤奮讀書，埋頭寫作，把省吃儉用下來的錢全部用於出版自己的作品。她說，讀書和寫書是我生命中的第一需要，也是我最大的興趣和幸福。

　　她二十歲結婚後生下兒子鄧鋼洪，不久丈夫卻英年早逝。由於父親被打成右派並且「自絕於人民」，一個本來是「最可愛的人」頓時成了最卑賤者。她被迫養豬煮飯做苦力，直到1983年，才再婚

來到美國。雖然丈夫是一個餐館的老闆，但海鷗卻堅持自食其力，絕不依賴丈夫，她在餐館洗碗打雜，把掙來的錢用於出版自己的著作。2014年，她第二任丈夫逝世，留下的錢和金器首飾，她全部歸還給丈夫前妻的兒女。可是禍不單行，海鷗七十七歲那年，獨生兒子鄧鋼洪又因腸癌不幸早逝，她只好含著眼淚，懷著一顆破碎的心，推著輪椅，孤零零地住進了布朗士的老人公寓。

堂姐心地善良，篤信佛教，每天晚上都堅持燒香、唸經、拜佛，遺憾的是神明沒有體恤她虔誠而報答她、保佑她，無情的瘟疫一樣奪去了她寶貴的生命！

記得2020年3月初的一天，海鷗與武漢友人通完電話以後，以沉重的心情悄悄告訴我，武漢疫情相當嚴重，死亡人數很多，醫院裡一床難求，病人只好睡在地板上……不過我有「雙重保險」，除了戴口罩之外，還塗上胡文虎的萬金油。面對疫情，海鷗的確十分小心，每天在老人中心吃完早餐，看完幾份華文報紙，吃了午飯便回家了。由於行動不便，每次都是托我到超市買一些蔬菜水果和肉類，為了省錢，她每次托我買的都是便宜的東西，例如買水果，都是買一元一個的蘋果，一來便宜，二來可以拜神。退休以後，海鷗每月的養老金連同救濟金才八百美元，除了每月要交二百元房租之外，還要省下三百美元為出書之用，由此可見她的經濟是何等捉襟見肘了！

面對瘟疫，海鷗即使謹慎小心，可無情的瘟疫不放過她！她感染瘟疫確定是護理員傳給她的，但她染疫以後，護理員卻不來了，我打了許多電話給老人中心和護理公司，也沒有任何實質性幫助，別說看醫送藥，甚至連買菜做飯也無人幫助，在此危難時刻，她的姪女麥雲把她接到家裡照顧她，不幸得很，麥雲的丈夫也因此而染疫……

海鷗在醫院頑強地與瘟疫纏鬥了一個多月，那時疫苗尚未問世，呼吸機也不足，甚至連親友送點湯水茶飯也不允許，最終因呼吸窒息，痛苦地撒手人寰！少娟在清理她的遺物時，除了書籍、衣

服和一些雜物之外，還有一本尚未完成的作品手稿，銀行的存摺也
只有幾百美元，還有一封寫給我的信，但還沒寄出。我讀了堂姐的
信百感交集，心如刀割。多麼可敬可愛的姐姐呀，臨終還惦記著
我，關懷著我！

　　在離開海鷗墓地回家的路上，我驀然想起了紅樓夢〈葬花吟〉
中的兩句詩：

　　未若錦囊收豔骨，
　　一杯淨土掩風流。

　　這正是海鷗的真實寫照。回到家裡我的心情久久不能平靜，便
又一次翻閱海鷗寫的〈相約〉：

　　如果有詩
　　請把文字化成花瓣
　　一路灑去
　　來日
　　我會沿著這條詩路
　　下山回來

　　如果有歌
　　請把音符化成清風
　　吹往渡頭
　　到時
　　我會追尋你的歌聲
　　過河相聚

海鷗，我親愛的姐姐，「下山歸來」吧，「過河相聚」吧！我們都在盼望你，等待你。

海鷗，我親愛的姐姐，你的「藍星夢」將永遠閃爍在廣袤無垠的天際，你勇敢堅強的身影將永遠翱翔在暴風驟雨中，永遠翱翔在人們的心裡。

2021 年 6 月 4 日 晨

馬慕玲

作者簡介

　　馬慕玲，廣東省台山市人，曾就讀於培英中學和台山市立第一中學高中，後在廣州南方大學就讀經濟系。曾任廣東省級單位公務員36年。從小愛好文學，喜歡參加紐約華文作協所有活動，例如文學講座、新書發表會等。獲得多位老師及歷任會長、會友們給予在寫作上極大鼓勵。夫婿游智洋（歿於2021年）曾是紐約華文作家協會資深會員。

追思海鷗的一曲悲歌

　　盼呀，盼！盼了三個星期，希望她能儘快痊癒出院。可惜，卻盼來了一個不幸的消息！我的摯友海鷗於5月2日與世長辭，享年八十四歲，永遠離開了我們，冠狀病毒奪走了她寶貴的生命，我感到十分傷心、痛心、萬分無奈——無可補償的失落！

　　她的丈夫和兒子於前幾年去世，只有她一個人搬入紐約布朗士老人公寓，她身體較弱，患有心臟病，腿無力，平常全靠助行器手推輪椅行走，她是紐約華文作家協會資深會員，同時也是詩畫琴棋學會會員，自從搬入布朗士老人公寓就很少參加這兩會活動，因為路遠，地鐵站沒有電梯，要參加一次兩會的活動很困難，雇用一趟電召車的車資要一百美元。儘管這樣，每年春節年會她一定參加，並交會費。她很愛讀書，並把大量讀書作為精神食糧。為了方便到圖書館借書，所以想辦法參加北方大道陽光成人中心，因為有車接送，免花電召車費，但由北方大道推著輪椅要走一段很長的路，到緬街的法拉盛公立圖書館確實很辛苦，於是她又想辦法轉到41大道的和美康成人中心，這裡更近圖書館及華僑文教中心（也是紐約華文作家協會常常開會的地點），這樣每次開會都能參加。

　　因此，我和她見面談心的機會變得多了。我們常相敘交談文學知識、學者心得，她也常給我指導，鼓勵我多看書、多寫作，我們之間的友誼親密，她稱呼我先生為大哥，稱呼我為大嫂，很關心我們，不時來電話噓寒問暖，下雪天提醒走路要小心。3月中，新冠病毒疫情突然嚴重起來，我非常擔心她：她住布朗士，護理員都住布碌崙，每天換一個，護理員每天乘地鐵，最近怕感染病毒，全部請假，保險公司又沒派新護理；加上和美康成人中心關閉，她所

居住的老人公寓絕大部分是非裔，只有三個中國人，一個正患感冒病，一個去女兒家；海鷗又不懂英語，我十分掛心，又幫不了她，她自己也很徬徨。其實當時她已經感染了新冠病毒，我不懂其症狀，她告訴我，身體沒有力氣，沒有胃口，不想吃東西，總想睡覺，很疲倦，整天口乾要飲大量開水，我提議她去見醫生，但沒有護理員陪同，身邊又沒有親人，她沒有發燒，以為只是體弱，她說不要緊，她認為自己只是患了憂鬱症。

我只好提醒她不想吃，也要喝點牛奶或稀粥，不吃點東西會暈倒，我還提醒她不要整天在房間睡覺，要注意外面走廊動態，有嘈雜聲要開門看，她不懂英語，如大樓通知撤出房子消毒，要隨大流離開，不要留在房間什麼都不知道，這很危險。

3月中下旬，我每天都和她通電話，知道她最後一個護理為她到藥房取藥，買好食物準備好幾天存冰箱，由她自理，沒有護理照顧，她日常生活將會很困難。

最後她告訴我，她有一個姪女也住在布朗士，相隔三十分鐘車程可到達，姪女答應暫時讓她去家裡住，我知道後才安心些。她到了姪女家和我通電話，那是最後一次，以後再也沒有聯繫了。後來的情況是她的堂弟麥子（資深記者、也是我的台山老同鄉）告訴我的，海鷗4月3日入住姪女家，11日送醫院一直搶救，最後連使用呼吸器都無法挽救她的生命，不幸於5月2日離世。

海鷗的一生是苦命的，她出生七天後母親因生她難產而去世。因此，封建迷信的祖母對她很憎恨，認為她是魔鬼托世、掃把星剋死母親，於是把她拋進水塘去，幸好被麥家傭人的兒子林滔把她救起來，當時她奄奄一息，送進醫院住了半年，才復活過來，到三歲才會走路。她童年時每隔幾天就被祖母毒打，常遍體傷痕，後在表姐、姑母、繼母的關愛下成長。

十四歲時，她父親安排她進入中央戲劇學院舞蹈團學習，後參

加抗美援朝，成為志願軍文工隊員。她勇敢頑強，也是團內年紀最小、身體最弱的隊員，幸得戰友的保護和關愛。幾年後她復員回到廣州，因身患關節炎，無法再回中央戲劇學院舞蹈專業，被轉業分配到廣州市少年宮，擔任藝術部門主管，成立了「海鷗少年歌舞團」。

她個性穩重，勤奮好學，經常創作詩歌散文集，參加詩歌朗誦，曾創作《小花一束》、《愛的旅程》、《相約》、《天涯客》等文集，勤於筆耕，終於用了二十年創作長篇自傳體小說《藍星夢》，我看了一遍又一遍──對於小說我很少看兩遍的──它吸引我因為小說寫得精彩動人，反映當年番禺市橋的風土人情、家族史實、典型人物很多，其中父親麥大飛才華橫溢，是香港知名導演與編劇，並成為大觀電影公司股東，1950年應廣東省人民政府邀請回國，作為國家民族愛國知識份子與國家專業人才，進入廣州省劇院擔任高職。

但在1957年整風運動中，麥大飛僅提意見關於「外行領導內行」，即被打成右派，勞改四年，後經陶鑄過問，調回劇院復職，然而1966年文革開始，即受抄家、戴帽、掛牌、批鬥，被定性為反動學術權威。他忍受不了殘暴野蠻的政治運動的批鬥，更不甘受辱，遂投江自盡。

原為麥家傭人的兒子林滔，曾經是海鷗的救命恩人，與大飛親如兄弟，由於出身好，得到共產黨的信任，向上爬，當上了劇院黨委副書記、文革小組長。他製造麥大飛家史罪行大字報，通過各個時期政治運動的批判鬥爭把大飛關進牛棚，打成「牛鬼蛇神」，最後把他逼上絕路。這個喪盡道德和良知的人物，由於政治運動讓人性變成獸性。

當時，海鷗因未與「反動父親」劃清界線而被送上批鬥大會，並被逼迫當眾砸爛父親的骨灰盅，來證明她與父親徹底脫離關係，這是多麼殘忍暴烈的鬥爭手段，這一段段血腥歷史絕不容其重演！

巫本添

作者簡介

　　巫本添，1950年生於台灣員林，輔仁大學英文系畢業、紐約大學戲劇藝術碩士、和電影電視製作碩士。曾和Michael Kirby合寫英文表演劇劇本和電影劇本。合創SoHo結構主義者工作室。曾榮獲中華民國兩屆電影金穗獎（夢幻與回憶、劇場情人）。著有：《剖影》（詩集1975）、《巫本添的各種風貌》（評論／短篇小說／詩／散文1990）、《四面是畫》（詩／散文2015）、《解析經濟大衰退2008-2009》。譯有：《慾望的堅持》。

　　預計2022年3月由台北唐山出版社出版四本舊作。5月也將在台北出版五本新書：《永遠的謝晉》、《偶遇／荒唐／即興／緬懷》、華文詩集《尚未熄滅》、英文詩集*Love and Survival*、《書癡的文學劇本》。

懷念永遠的義弟杜先哲

2020年4月中下旬間，我的長輩好友周勻之打電話給我，說杜先哲Jerry Du 4月中已經離世，周勻之知道Jerry和我的交情如同兄弟，所以聽到消息後，第一時間通知我。坦白講，我想寫這篇紀念他的文章，已經想了二十個月，但一旦開筆，我就忍不住掉下眼淚⋯⋯

2000年時，我已經擁有紐約州房地產仲介的執照，準備開始在自己位於百老匯和72街交叉口附近的店面，經營地產生意，可惜房東條件過苛，我乾脆把店一關，轉移陣地到皇后區的法拉盛展開新的事業冒險。

我把辦公室設在北方大道、靠近緬街的一棟商用樓的二樓，是向做貸款的黃啟源分租的，黃啟源的太太介紹Jerry和我認識，Jerry那時是《世界日報》工商記者，除了寫稿，尚要拉廣告，很自然地我也是他拉廣告的對象，我們一拍即合。還記得黃太太介紹時說：Jerry是《世界日報》的「名記」。我回答說「名記」指的是什麼呀？Jerry搶著回答說：大哥，不是江南「名妓」。

Jerry最喜歡的午餐地點就是當時的Flushing Mall的Food court，地方大也能臭蓋亂蓋。記得我向Jerry說，以前我有一個大陸北方來的員工向我說，台灣叫「臭蓋」，他們叫「砍大山」。從此Jerry常會向我說：大哥一起去Flushing Mall吃飯砍大山。他就是這麼幽默，這麼愛開玩笑，偶爾也會吃我的豆腐：大哥呀，霸王別姬，今天別姬在那裡？

地產公司開張月餘，我馬上接了一個大開發案。Jerry當然也接到相關的廣告，那時他已有紐約州的房地產銷售員（sales person）

執照，並仍在《世界日報》當工商記者拉廣告，雙重sales，那時他35歲上下，可能是畢生職涯的高峯期，2020離世時僅54歲。

　　緊接著我每星期都辦華語地產演講，Jerry從一開始就是我最忠誠的演講跟隨者。那天第一場演講是在台灣的華僑文教中心的舊址，我拿著英文的商用租約真正的樣本，分析樣本內容寫法對雙方的利弊得失，現場Jerry問了很多精彩的問題，他問我答，笑翻全場，突然有人問了一個針對我個人私事的問題，明顯踢館，Jerry很不高興，批評了此人。我即刻打圓場：各位，這就是所謂演講過程反應熱烈，這樣好了，請兩位暫時打住，等演講結束後，我們找個地方一起喝咖啡，輕鬆一點，再來一場會外會，希望大家都能參加，我請客。Jerry擇善固執的脾氣和我在他那個年齡的時候太像了。

　　我在法拉盛王子街和38 Ave丁字路口設了工地辦工室，另外的一個真正工地在王子街和37 Ave的轉角，將建九棟緊臨的住商混合大樓，各棟產權獨立，搞預售，拿買方30%到40%的訂金來當營建資金。Jerry幾乎每天都來問詢，甚至買咖啡早點來請我，有天建商林建倉向Jerry說，他和我是換帖的（台語，意思是結拜兄弟），叫Jerry也買給他，Jerry看了我一下，馬上很聰明的接下去：不知道林大哥也會同時到，失敬了。我接著叫助手馬上去買，保留了雙方的面子。這件事使得Jerry也有了新主意，想正式拜我為大哥，他上網並且也去翻資料，問我那一個才是江湖上最正統的拜把儀式，並且舉了香港電影的上海早期儀式模式當例子。我如此回答：心在，兄弟情就在。儀式沒有什麼意義。這句話是我老爸的遺訓。

　　Jerry緊接著有了生涯職場的轉變。他離開了《世界日報》，後來轉戰《星島日報》工商版，辦公室在曼哈頓中國城北面，緊臨SoHo，我也剛好接了法拉盛的幾個其他大開發案的銷售。2006年我兒子Byron回台十年後重返紐約，在長島大頸南高中讀九年級。Jerry住處離大頸高中不遠，時常參加Byron的課外音樂表演，Byron

在jazz band、pop music及musical都是鋼琴主奏，跟Jerry相處非常融洽。Jerry去世他也很傷心。

四年後Byron進入NYU主修音樂作曲和製作，大二那年的感恩節晚上，我帶Jerry兩人一起到Byron在NYU的學校宿舍去吃感恩節大餐，由Byron做牛排套餐。當晚我和Jerry開心詳談。當時我在法拉盛的地產仲介事業基本停擺，專心於我在格林威治村的開發案，和Jerry見面都是在格林威治村或他辦公室旁的SoHo，他說我的堅持樂觀是他學習的榜樣。那天他送給Byron一條綠色明亮的絲質大圍巾，他逝世後Byron轉送給我，真是睹物思人。

2014年底，我真正搬離了法拉盛，常和Jerry見面吃晚飯。那時我們都有心臟問題，看的醫生也都是法拉盛的胡清淵，但很少談病情。他知道我一直在台北的北醫看病，因緣際會，我曾經在紐約遇到北醫院長吳志雄，也曾專程飛回台灣讓他操刀動了兩次腿部靜脈手術。我勸Jerry也去給吳院長看看，他卻面有難色，似有難言之隱。他自尊心很強，驕傲獨立，不知道為何不聽我的話，我還說了他一頓。

2015年年初紐約市天寒地凍，我半夜心痛，昏頭昏腦，吃了北醫心臟外科曹乃仁開的緊急救心藥，恢復過來，這段經歷Jerry也知道，我告訴他我要回北醫根本治療，我再度勸Jerry同去北醫治療，即使懇求仍然無效。

2018年我終於把建築物完成，Jerry參加了許多我在物業內舉辦的慶祝活動，以及在同條街上的喬治亞餐廳、越南餐館、中餐館、義大利餐廳的聚餐，無論財務狀況如何，我是活在當下的人——Carpe Diem！Jerry跟在身邊，有點失落，他告訴我：大哥，我覺得一直跟不上你，大哥太厲害了，永遠不會放棄，我真的沒有你的毅力，十年不倒！我說我大他16歲，他未來有的是機會，大哥成功後不會忘了他。

　　Jerry也知道我因為當時合作的建商偽造帳單，深感為難，告也不是，勸也不是，吵也不是，根本束手無策，走一步算一步，共患難容易，建成了變成另外一個人。Jerry仍然認為大哥萬能，可以釜底抽薪，翻轉劣勢。我說希望如此，明年見真章，但是我覺得他似乎有點喪失鬥志。

　　次年3月我正式和合夥建商攤牌，透過律師不見面來談判，正式見面時，我不出面，由Byron代表我，像我父親叫我代表他去談判一樣，只是我當時仍然在大學時期，比Byron年輕。Jerry知道這段經過，我們也談了很多，但他的健康狀況已明顯下滑。

　　同年7月我回台，回來後在電話中和Jerry長談，他並不想見面。2019年年底終於完成分產，想告訴Jerry，卻聯絡不上。次年元月我再度回台，2月回來後也找不到他。

　　Jerry4月在醫院離世，我後來才知道一些細節。如果沒有台灣經文處的黃耀良組長，配合急難救助協會的羅淑華女士，他可能被送到哈德遜河的小島火化埋葬了！

　　以下是羅淑華女士的一段文字，紀錄Jerry死前的一些細節：

　　　　4/6星期一晚上九點，我接到經文處黃耀良組長電話……說台灣的家人已經有二個星期沒有聽到杜先哲的消息，請求經文處協助尋找。我立即多次留言在「杜先生」的手機，希望他能盡速回電和我聯絡。當晚沒接到他回電，我心中不安。星期二早上，黃組長親自到杜先哲Bayside家的地址查詢。鄰居說已經好久沒看到他。信件也有二個星期沒收。黃組長隨後到Bayside 111警察局報失蹤人口。我立即在僑社各群組登出，請求社區朋友們協助搜尋杜先哲先生消息。社區朋友告知《星島日報》3/25之後就沒有聽到他的消息，也得知他的朋友3/27開車載他回家，看到他身體不舒

服，叫他去看醫生，之後就沒聽到他的消息。

我立即打911報警，請警方派員進屋搜查。警方到現場沒找到杜先哲。進一步查出杜先哲先生已於3/30因病，自己進入法拉盛紐約長老教會醫院住院治療。他沒有和台灣家人或任何人聯絡。我和黃組長立即電話通知他台灣的家人報平安。家人也和他短暫通話。這幾天我每天和杜先哲先生通話，和醫院保持聯絡。鼓勵杜先哲，祝福他平安，早日康復……杜先哲先生於4/12/20復活節早上5:23，因心臟衰竭在New York Presbyterian Hospital往生。我已經電話通知杜先哲先生在台灣的家人。黃組長和我會繼續協助家屬處理後事……我們萬分不捨他的離去，杜先哲先生一路好走，家人節哀順變，大家都保重。

2021年10月我在台北見了Jerry的三哥三嫂，他們兩個代表所有家屬和我見了兩次面。一切的善後，我會在紐約協助他們辦完，而這本來就是義兄應該做的事。Jerry義弟，義兄懷念你。

疫中尋疫趣

輯四

王　渝

作者簡介

　　1973年在台灣創辦《兒童月刊》，鼓勵兒童創作，特別是對兒童詩的提倡。1975-1989年，擔任紐約《美洲華僑日報》副刊主編。從1991-2011年擔任海外發行的文學刊物《今天》的編輯工作。多年來曾為香港的三聯書店，上海的上海文藝出版社編輯詩選、微型小說以及留學生小說選集。翻譯則有《古希臘神話英雄傳》（*Greek Gods and Heroes*, by Robert Graves）。2009年開始為香港大公報寫小專欄。2017年出版小品《碰上的緣份》（大象出版社）。2017年出版詩集《我愛紐約》。

「去尋白馬酒吧」外二篇

去尋白馬酒吧

　　上個星期天，氣溫突然上升，春意盎然。這時奇逢來了電話，問我有沒有興趣出去逛逛。我問去哪裡。他說好地方，等下跟我說，叫我去樓下等他來接。

　　其實，我怕奇逢開車說話，一說話他準定迷路。可是我又盼望快快解開謎底。我上車坐好，他的話匣子就打開了：「我們去曼哈頓西村的白馬酒吧。」他不喝酒，怎麼專程要去白馬酒吧？這個白馬酒吧裡面必然有故事。

　　果然，他真的是要到這個酒吧裡面去尋找故事。這陣子他和王鼎鈞先生正為台灣一家報紙寫專欄。很別致的專欄，同一主題，由兩人各抒己見。他告訴我這家酒吧歷史悠久，一直是詩人作家喜愛聚集之所，例如「失落一代」的詩人和作家諾曼・梅勒，和諾貝爾獎得主搖滾樂手鮑勃・狄倫等等。威爾斯詩人狄蘭・托馬斯來紐約朗誦，更是這裡的常客。1953年11月初接近黎明之際，狄蘭・托馬斯從這裡回到住處，誇口說他破了紀錄喝乾了十八瓶威士卡，然後昏迷不醒，送到醫院，回天乏術，結束了三十九歲的生命。

　　西村的景觀令我眼睛發熱，視覺模糊，流出的淚水流進口罩浸濕臉頰。我像是穿越了時間隧道，回到了從前，回到了我熟悉的西村。街上熙熙攘攘的行人除了臉上多了口罩，一切如常，腳步輕盈，全身上下抖動著歡愉。酒吧、餐館、咖啡廳都坐滿了人。我們很快找到白馬酒吧，門口排了長龍。帶領顧客的女士說要先登記，

恐怕得等一小時才能有位子。我們沒耐心等，要求女士讓我們進去參觀一圈，她答應了而且帶領我們觀看。裡面很寬敞，但是座位之間保留安全距離，坐不了許多人。面對牆上掛著狄蘭·托馬斯的照片，奇逢佇立而觀。我則想起了舅舅巫寧坤。

　　巫寧坤是著名的翻譯家，他喜愛狄蘭·托馬斯的詩作，翻譯了五首。著名詩歌翻譯家黃燦然稱道巫寧坤的翻譯「字字緊扣，準確無誤，連節奏也移植過來了」。走出白馬酒吧，黃昏最後的一抹陽光還徘徊流連著不捨得就此離去。我想起這是狄蘭·托馬斯最後逗留的酒吧，想起了他的詩，想起了巫寧坤翻譯的那首〈不要溫和地走進那個良夜〉中的句子：

> 不要溫和地走進那個良夜，
> 老年應當在日暮時燃燒咆哮；
> 怒斥，怒斥光明的消逝。

2021年3月寫於紐約

奇蹟

　　燦爛的陽光吸引我到窗邊。雖然只能看到一方街景，我卻入了迷。街邊樹的新綠抹上我的眼瞳，處處春天。雖然我身無綵鳳雙飛翼，心卻漫遊無邊無際的時空。過去，現在，未來，聚集成此時此地。

　　兩個戴口罩的人，前後保持社交距離地走著，走進我的視界。他們一男一女。夫婦？朋友？陌生人？這一刻都無關緊要了。

　　我胡思亂想的這一會，一個年輕女子出現對街公寓大樓的門前。她沒戴口罩，四下張望，逕自笑了。然後她便轉身回到大樓裡面。

　　幸福感浸漫我全身。在這不自然設限隔離的時空，她展示出的無所遮掩微笑的臉，落入我的眼裡，分明就是一個奇蹟。

　　真的，就是一個奇蹟。

早安紐約

> 我正構思給你寫信
> 已漫溢釀造的噪音
> 這才不過清晨七點
> 昨日哽在心胸蠕動
> 渴飲下兩杯夜色的咖啡
> 不設防地展開漂泊很久的意識
> 我繼續構思給你寫信
> 沒有褪盡睡意的腳步
> 幾乎踏空晨光的恍惚
> 來不及關照的自己
> 魂兮歸來深色的玻璃體
> 光怪陸離的大城市
> 荒漠的眼瞳
> 囚困著一剎那的幾個世紀

劉　墉

作者簡介

　　劉墉，國際知名畫家、作家、演講家。一個很認真生活，總希望超越自己的人。曾任美國丹維爾美術館駐館藝術家、紐約聖若望大學專任駐校藝術家、聖文森學院副教授。出版文學藝術著作一百餘種，被譯為英、韓、越、泰等國文字。在世界各地舉行畫展三十餘次，並在中國大陸捐建希望小學四十所。

薜荔子

有一種植物，會攀爬、會結果，果子能吃，還能入藥，你從小到大可能每天看到，卻不知道它的存在。

每次我跟朋友這麼說，他們都露出將信將疑的表情，然後回問：「幾乎每天看到？」我點頭，他們就更不信了。

如果一年前有人對我說，我同樣不會信，直到最近發現它處處存在，而且觀察寫生甚至品嚐之後，才佩服它的高明。

那植物的名字是薜荔！

多半的人沒聽過薜荔，我過去也只在古詩詞裡讀到，像是柳宗元的「驚風亂颭芙蓉水，密雨斜侵薜荔牆。」還有屈原《離騷》的：「擥木根以結茞兮，貫薜荔之落蕊。」當年只知薜荔是一種會攀爬的香草，心想是屈原寫的神話故事，就沒多想。

直到去年因為疫情留在台北，每天傍晚到基隆河堤防外散步，有一天攀上堤頂再走下台階。一邊是基隆河的波光和對岸的燈火，一邊是高高的堤防和上面不知名的植物。那植物的葉子綠得發黑，長長的枝條從堤頂垂落，差點刮到我的臉。我好奇，停下腳步看，發現濃密的葉子間居然長了好多果子。因為果子的綠色跟葉子差不多，所以不顯明。

隔幾個禮拜果子變成暗紫色，總算比較容易找了，令人欣喜的是有些果子居然裂開，露出裡面淺褐色的種子，還引來好多小鳥啄食。

居然能吃？搞不好是甜的！我好奇，踮腳伸手摘了一顆。回家拍照上網查，才知道那是薜荔。網上說它除了可以像「愛玉」一樣作果凍，而且全株都能入藥，有滋陰補陽消腫祛瘀之效，還因為有

種跟攝護腺相關的成分，能治前列腺的疾病。它長長的根可以熬湯治跌打損傷，堅韌的枝子可以用來編織。這下我懂了！屈原不是胡說，「貫薜荔之落蕊」是用薜荔堅韌細長的藤蔓把花串起來。

薜荔雌雄不同株，公的果子裡比較空，是讓小蟲到裡面住的旅館，小蟲不必繳房錢，只要為主人傳遞花粉當紅娘就成了。母的果子裡面一大堆種子，活像無花果，成熟之後會裂開，讓種子散落，而且落地生根，成活率非常高。怪不得圍牆下、大樹上、堤防邊，處處可以見到它們的影子。就因為太平凡了，人們天天看到，只當苔蘚，視而不見。

其實薜荔深諳韜光養晦的處世之道，種子落進土裡，一冒芽就偷偷往上爬，有時候左一道、右一道，掛在牆上直直的，好像用簽字筆畫出的好多細線，線的兩邊長些小葉和根，根不粗也紮不深，但是一路爬上去，愈抓愈緊，也愈長愈結實。

薜荔能出人頭地，全因為那些細根吸收養分，當它爬到圍牆、堤防或樹木的高處，一方面累積了足夠的能力，一方面得到充足的陽光，才能脫胎換骨：細小的葉子逐漸變大，薄薄軟軟的葉片變厚變硬。原先微不足道的攀藤變成樹枝，而且由一扯就斷，變成強韌無比。裡面還有白色的樹汁，讓蝕葉的昆蟲退避三舍。

這時候，它開始結果。

一般水果在成熟時會轉為鮮豔的顏色，並且散發果香，吸引動物注意，但薜荔不一樣，它在低處不結實，必須爬到足夠的高度才結果，而那多半已經超出人們的視野。加上它成熟時是不鮮豔的暗紫，也不散發香味，所以明明就在我們身邊，卻很少人注意，只有能飛上去的小鳥知道。

但是自從在網上查到薜荔可以作果凍，我就很想一試，終於有一天摘了幾顆果子回家。

切開薜荔很簡單，只是才切完，刀上的白色樹汁就乾成橡膠的

樣子，用紙擦不去，用肥皂洗不掉，連酒精都對付不了。我只好先把刀擱下，用小勺子把薜荔果裡的種子挖出來。

它的種子跟愛玉很像，我去菜場買了作滷包的布袋子，再準備一個大碗，注滿清水，把薜荔種子放進布袋，接著把袋子浸到水裡，一遍一遍揉搓。起先沒什麼變化，漸漸有些黏意，又過一陣，水變成淡淡的橘色，我喝一口，不甜，但是有股清香，只是擱了一整天也沒結凍。

我把製作過程的照片放上微博，多半博友都說不知道身邊有這神祕的小東西。也有人說我一定是用了過濾水，必須用井水才行，還有人建議放點石膏進去就凝固了。最有意思的是有人說薜荔又叫「餓鬼」，因為道教「五道輪迴」的第四道是「神入薜荔」，薜荔者餓鬼名也。又說因為餓鬼多為飢渴逼迫，身處焰火之中，煩惱不堪，而薜荔有清涼解渴之效，所以仙人把薜荔果施與餓鬼，道教圖繪的餓鬼也多半身披薜荔葉。

我沒有做成果凍，因為不好意思再去摘薜荔，只是每次散步，走過堤防外的高架橋，都會駐足看看堤防內的牆壁，靠牆腳一片綠綠小點子，往上逐漸變得茂盛，終於到達堍頂，長成樹叢，生出果實。

我想，薜荔不是隱士嗎？他卓爾不群，偷偷吸收、慢慢成長、徐徐攀爬，到大家看不到的地方，才開枝散葉結實，還能嘉惠可憐的餓鬼，為他們療飢，給他們清涼。怪不得下面熙來攘往爭名逐利的人們，不知薜荔的存在。

我也想哪天給自己取個號，就叫「薜荔子」吧！

（曾刊於台灣《文訊》雜誌2021年5月號）

梅振才

作者簡介

　　梅振才，廣東台山人，畢業於北京大學外語系，1981年移居美國。業餘筆耕，以詩詞、散文為主。現任或曾任中華詩詞學會顧問，全球漢詩總會會長、名譽會長，紐約詩詞學會、紐約詩畫琴棋會會長，北京大學海外校友會總會長，東南大學、海南大學客座教授。編著出版有《百年情景詩詞選析》、《文革詩詞鉤沉》、《文革詩詞評注》、《蘭亭序集字詩書集》、《詩詞格律讀本》、《梅振才詩集》等多種詩詞文學專著。

宅家避疫好編書

　　一年來，新冠病毒肆虐全球，為避免感染，大家都足不出戶，避疫宅家。如何打發寂寞的時光？大概各人自有妙方。於我而言，少了外出應酬，多了時間坐在書桌旁，可以進行寫作編書。真是世事無絕對，事情總是一分為二。宅家避疫，竟圓了我多年來要出版幾本新書的心願！

《蘭亭序集字詩書集》

　　自古以來，常見「集句詩」，罕見「集字詩」。集字詩，是帶著兩副銬鐐跳舞，一副是格律，一副是集字，要跳出美妙的舞姿可不容易。我的第一首集字詩，是寫於2003年的〈賞趙淑俠教授散文〉。吾慕大作家趙淑俠教授之散文〈遠古的笛聲〉，意境深邃，文筆優美，故摘文中之字成一首七絕：

　　　　宇宙洪荒亦有情，文明韻律兩相生。
　　　　依稀遠古悠揚笛，吹出清泉天籟聲。

　　自此，我寫集字詩樂此不疲。可能是我孤陋寡聞，但據我所知，在當代海外詩壇，我算是鼓吹和實踐集字格律詩的第一人。
　　後來，我看到書聖東晉王羲之〈蘭亭序〉，其出神入化的書法技藝，如流水行雲的文采，令千載後人嘆服。〈蘭亭序〉全文共324個字，除去重複的字，實際上只用206個字。從〈蘭亭序〉中摘字成詩，可謂難上加難。然越難越激發勇氣，我試題集字詩作10首

（其中有律詩諸體和詞），作拋磚引玉之用，以請教大方。不料得海內外詩書名家熱烈響應，遂收集〈蘭亭序〉集字詩、詞、聯300篇，以及與之相應的字幅，主編了一冊《蘭亭序集字詩書集》。原打算赴紹興蘭亭開新書發佈會，卻因疫情影響，只好推至明年或後年。

此書在紐約出版，總算了卻一樁心願，遂賦一闋〈臨江仙〉以賀，這也是〈蘭亭序〉之集字詞：

> 癸醜山陰春暮日，風流盡覽蘭亭。
> 崇山峻嶺竹林清。
> 騁懷欣作序，足以不虛生。
>
> 俯仰人間雖世異，斯文觴詠猶聽。
> 錄之曲水樂其形。
> 今時修一集，永述昔賢情。

《詩詞格律讀本》

紐約詩詞學會辦了一個「詩詞講座」，每週兩小時，十年來風雨不改。我是導師之一，也是學員，大家互教互學，效果不錯。我參考了多本有關詩詞格律的名家著作，博採眾長，加上自己的一些學習體會，陸續編寫了一本教材，學員們反應很好，建議正式付梓出版。因此，積累多年的授課講稿和實踐體會，作了一些補充和修改，最終編成《詩詞格律讀本》一書，讓詩詞愛好者再多一本工具書，希望出版後能吸引更多讀者走上詩詞創作之路。

這本書稿，考慮再三，決定交由北京大學出版社出版。因為北京大學是我的母校，我對母校有著深厚的感情。而北京大學出版社

是一間有名的出版社，在2005年曾出版了一本我編著的《百年情景詩詞選析》。《詩詞格律讀本》書稿送去北大出版社後，我內心忐忑不安，總是擔心這本書稿能否為北大出版社所接納，畢竟這是一家大出版社。

終於傳來了好消息，北大出版社把我這本書正式納入出版計劃。然該社審稿極為嚴格，如對格律專業內容的闡述是否正確，所引用的所有詩文是否與原著吻合？這些問題，我們都認真做了細緻的審核。還有，此書有關常用詞譜部分，我選用了近當代詩人的作品為詞例，按出版社的要求，要取得作者的同意授權書，而去世不足五十年的詩人，要取得家屬的同意授權書。幾經周折，我終於取得了一百多份授權書。

此書終於付梓和發行了，喜而賦詩一首：

> 十年開講座，催化一書成。
> 深造研平仄，教程求簡明。
> 好詩須入律，雅韻總關情。
> 詞例堪珍重，永留師友聲。

《梅振才詩集》

在紐約華文作家協會文集《人生的加味》中，有我一篇題為〈詩味人生路〉，以這麼一段話開篇：「我是一個詩詞愛好者！詩詞，陪伴我走過人生的各個階段，從童年一直到晚年。此生最享受的，就是詩詞的滋味！詩味，使我的人生路顯得有情、有趣、有樂！」

因有先父的引領，我從台山一中初中一年級就開始學寫詩詞，後到北京求學，去唐山軍墾農場「鍛鍊」，回廣東工作，繼而飄流

至美國……轉眼幾十年了，雖然是斷斷續續，卻也始終沒有放下詩筆。很多詩友曾建議我出本自己的詩集，但始終是事務繁忙，一拖再拖。

至避疫宅家，時間多了，亦覺得年紀已大，時不我待，於是把詩詞結集的事提到日程上來。然大多是即興之作，一直沒有注意保存，自己也不知寫了多少。只好翻箱倒篋，尋找片紙殘篇，並打開電腦手機，追蹤蛛絲馬跡。經幾個月的努力，雖然有的舊作已尋覓不到了，但終究還是尋獲一千八百多首！

在翻閱詩稿之時，一齣齣悲歡離合、生離死別、新知舊雨、時代風雲的情景，又鮮明地浮上心頭。我二十六歲時曾自編了一本詩集《鴻爪集》，真是「少年不識愁滋味」，十分幼嫩。現在再編詩集，可說是《鴻爪集》的續篇，其實意旨一樣，如蘇軾所言：「人生到處知何似，應似飛鴻踏雪泥。」所寫皆平凡之習作，缺乏詩味，然雪泥鴻爪，亦堪紀念。

詩集即將由百花洲文藝出版社出版，已進入排版階段。完稿時，有感而歌：

> 塞翁看世事，禍福總相依。
> 厲疫橫行日，安心穴宅時。
> 閑臨千幅字，忙讀百家詩。
> 撿拾平生作，書成樂展眉。

《情繫三山》

一年來避疫宅家，編完了三本書。現疫情反彈，繼續宅家，於是著手把以前發表在報刊上的散文，選編一本《情繫三山》。十多年前，季羨林教授就為我三本書名題簽，其中《百年情景詩詞》、

《文革詩詞鉤沉》兩本已經出版，唯《情繫三山》未了心願。

從廣州飄泊到紐約之後，始終忙於謀生，有時忙中偷閒，也偶爾為廣州《羊城晚報》、紐約《潮流》雜誌、台灣《傳記文學》雜誌寫些稿子。但引發我寫作熱情的，是作家王渝。在1987年，她當時任《華僑日報》文藝副刊編輯，為我發表了兩篇稿子後，予以好評，並鼓勵我繼續努力下去。自此，我不僅繼續為《華僑日報》，並為《聯合日報》、《明報》、《今週刊》、《華週刊》、《綜合新聞》等報刊投稿，還成了《僑報》的「紐約客閒話」的文藝專欄作家。

我所寫的散文內容，有對往事的回憶，有對時事的感慨，有對胸中塊壘的抒發……然粗分起來，重點是台山、燕山（北京）和金山（美國）三個部分，以此概括我走過的人生道路，故以《情繫三山》名之。收集這些舊文也頗不容易，有些文章已散失了，幸好在網上還查到不少。這些文章，大多走筆匆匆，粗糙不已，收集起來出一本文集，算是敝帚自珍，為往事作個紀念。

《情繫三山》還在編輯中，且以〈水調歌頭〉記此時之心境：

回首雪泥路，鴻爪印三山。

台城京邑西岸，隨處作鄉關。

曲折尋師求學，跋涉披荊創業，從不畏艱難。

風雨一生後，頭白始清閒。

別離恨，飄泊苦，唱吟歡。

人間百味嘗盡，思緒似波翻。

羈旅奔忙道上，居宅工餘燈下，走筆寫心瀾。

且拾舊文稿，立卷記塵緣。

無憾

寫散文和詩詞，都是我的業餘愛好。我有自知之明，我的散文，難與大家相比肩，而我的詩詞，或算小有成就。《中華詩詞》雜誌社主編的《當代詩詞史》最近出版，發現在有關章節，肯定我對文革詩詞的研究成果，表彰我在海內外弘揚詩詞的努力，以及在「當代詩詞例舉」（選有127位詩人）竟名列其中。名留詩史，並能留下幾部著作，此生無憾！正是：

無奈新冠難斷除，宅家避疫好編書。
留名當代詩詞史，堪慰今生已不虛。

（寫於2021年8月）

周匀之

作者簡介

　　也用過周友漁和周品合的筆名。退休的媒體工作者,在台北、非洲、香港和紐約工作近半個世紀,翻譯和寫下了六本書,參訪和遊歷了四十多個國家和地區。

享受寂寞就不寂寞

寂寞是人的大敵，會對身心健康造成極大的傷害，但是學會了享受寂寞，也就不覺得寂寞了。人的一生中，其實很多時候是寂寞的，疫情期間生活受到諸多限制，尤其如此，迫使你不得不去接受寂寞。為了避免對身心的傷害，所以除了要學著去接受寂寞，和寂寞作朋友，並進而享受寂寞。

年輕時喜歡熱鬧，每當大夥在一起歡樂時，大家盡情的吃喝說笑，覺得無比的歡暢，但是到了曲終人散，收拾殘局，面對空曠的場面時，頓時感到有股難以形容的寂寞。那時我就領會到，即使處身熱鬧的環境中，也隨時會面臨寂寞的來到，而且熱鬧與寂寞的轉換竟是如此之快。我有時甚至想，如果是那短暫的快樂而換來的確是更長時間的寂寞，我寧願不要這短暫的歡樂和喧囂。

年齡稍長，生活和工作的壓力跟著而來，歡樂的時間少了，煩惱和寂寞的時間多了。因為寂寞，而使得生活更不愉快，壓力、煩躁和寂寞成了惡性循環。

方寸之間包羅萬象

師友告訴我，培養一種興趣或嗜好，不失為消除寂寞的方法之一，既可怡情，又可增進知識。有一天經過台北北門郵局，看見人們在大排長龍，原來是集郵者在買郵局發行十二生肖首張的雞年新郵，郵局還有專人在現場為郵友在首日封上蓋紀念郵戳。於是我開始了集郵，成了集郵的初學者，閱讀一些與郵政和郵票的資料，和集郵有關的趣事，發現這小小的方寸之地卻是海闊天空，舉凡天

文、歷史、地理、政治、文化、社會、藝術、軍事和科學，幾乎無所不包，大有學問。

郵友告知，集郵戒之在貪，而且要專，即使家財萬貫，也無法蒐集到自己所想得到的萬分之一，所以只能選擇一兩種，例如只集自己國家的，或花、草、動物、運動等。這些種類中，又只能選擇其中的一項，例如球類、飛禽、昆蟲、花草等等。也有人蒐集比較特別的項目，例如每四年一度的奧運或冬運會郵票，全球有上百個國家發行奧運郵票，這就要有巨大的財力了。

郵票的內容包羅萬象，在蒐集各類郵票時，為了要對這些郵票的內容有所瞭解，需要做些功課，增加這方面的常識。例如蒐集各國發行的生肖郵票，除了對生肖的文化意義之外，也要對這些國家的發行背景有基本的瞭解。記得台灣在發行第一套鼠年新郵時，以松鼠作圖，結果引起極大的非議，因為松鼠和老鼠根本不是同類。目前許多國家都開始發行生肖郵票，但要特別小心，豬年郵票千萬別寄到回教（穆斯林）國家。

集郵者非常注重郵票的品相（condition），就是郵票不能有絲毫的瑕疵，破了相的郵票不但身價大跌，甚至失去蒐集的價值。但是很特別的是，如果有變體的郵票出現，例如印錯了文字，或圖像的位置、顏色出錯，甚至因政治原因停止發行，那就成了極高價格的稀世珍品。一旦出現這種情形，郵局會立即設法收回，但仍然會有極少的漏網。能得到這種珍品的機會，比中樂透還難。

當時中華民國還在聯合國中，而且是安理會的五個常任理事國之一，台北郵局也出售聯合國的郵票。我蒐集到了聯合國發行的第一套郵票，直到我國退出聯合國為止。

到美國後，我還在台北郵局集郵組開了一個帳號，定期把新郵寄給我。現在我沒有精力照顧這些郵票了，交給兒子去處理。他一度迷上蒐集錢幣。

　　每個人有不同的興趣和嗜好，除了郵票，有很多種類的東西可以蒐集。財力雄厚的蒐集古董或字畫，我見過打橋牌的朋友，蒐集每副撲克牌多餘的那兩張。美國很多人蒐集球星的卡片和球衣，甚至他們穿過的名牌球鞋，以後都可以高價賣出。據我所知，籃球明星姚明和棒球明星王建民的卡片，都曾在大陸和台灣以高價賣出。

　　事實上也有人把集郵作為投資。

　　鈔票有人偽造，郵票是否有人偽造？我讀過一則偽造郵票的趣聞：法國有名藝術天才，為了考驗一下自己的造詣，偽造了一枚珍貴郵票，送到法國郵政當局請求鑑定。跌破眾人眼鏡的是，經過專家的鑑定，確定是真的。

　　集郵培養了我的嗜好和興趣，也因此交了一些朋友，增加了生活情趣，不再感到寂寞。

我心寧靜就是平安

　　從感恩節開始，街頭到處就開始響起了聖誕歌曲，大百貨公司的櫥窗佈置的五彩繽紛，甚至有些社區都裝飾的絢麗耀眼，迎來人們的觀賞。但在疫情的陰霾下，這些景色都遜色不少，梅西百貨公司2020年的感恩節遊行不辦了，百年歷史的紐約時報廣場2020-2021跨年的水晶球下降中斷了。

　　去年（2021）的感恩節遊行和水晶球迎新活動都恢復了，但人們對病毒的戒心仍未完全消除，我選擇留在蝸居，在平安夜靜聽世界各國人民，用各自的語言演唱聖誕歌曲和讚美詩，以及世界著名樂團的演奏。

　　最初我以為聖誕節是一個宗教節日，美國老師說這是美國的國定假日（National Holiday），雖然如此，但仍然脫離不了宗教的氣氛。不論信教與否，或信仰任何一種宗教，聖誕節的溫馨祥和氣

氛，都散佈在世界許多角落。獨處在靜靜的平安夜，聆聽安詳的音樂，內心有著無比平靜的感覺，油然升起感謝上蒼對我的一生作了最好的安排，讓我在垂暮之年，仍然能夠生活自理，過著雖不富足但卻不虞匱乏，以及濃郁友情關照和安慰的日子。

只要內心平靜，又有書聲琴韻的陪伴，就是平安，沒有寂寞。但願天天都是平安夜。

朋友是老的好

有人在退休之後，感到寂寞甚至失落。在職時每天忙進忙出，突然之間寂靜了下來，手機和家裡的電話整天不響一聲。

我非常幸運，仍然和一些老朋友保持著密切的聯繫。我們經常歡聚一堂，談笑風生，大家都不覺得自己老了。的確，辛苦了一輩子，退休之後要好好安排自己的生活，該是自己好好享受的時候了，不要被寂寞打敗。

李玉鳳

作者簡介

　　李玉鳳，新北市樹林區人。台藝大畢業。曾任職：光啟社電視節目導播、企劃、編審。台灣電視公司基本編劇。著作：台北市社教影片及電視單元劇、連續劇等數十部。散文：刊登於各報副刊以及《文訊雜誌》、《彼岸雜誌》、《朵薇叢書》、《我們的同溫層》、《西風回聲》、《紐約風情》、《情與美的絃音》、《世界週刊》等。現定居紐約。

夕陽仍舊璀璨

　　去年（2020）新冠病毒猖獗，世界各地紛紛傳出嚴重病情，人人自危的情況下，不得不禁足在家。今年春天，多數人完成兩劑接種，疫情控制得宜，政府准許小型聚會。4月的紐約風和日麗，百花齊放，是最美好的季節。週末，女婿告知黃君邀請我們到他家作客。自從有了疫情之後，這是第一次聽到的好消息！

　　回想一年多來，為了防疫病毒，與外界隔離，親友互不相往來，就連偶而相約便餐、喝咖啡的機會都被迫停止，生活變得閒散無趣，打開電腦想記錄一點生活點滴，卻很快被電腦催眠，有多少朝夕就在昏昏沉沉中溜失。黃君的邀請必有其特別的美意分享吧！也意味著春暖花開、旭日東昇、陽光必將普照大地。我翻出塵封已久的化妝品，細心粉刷門面，刻意逆轉時光，並以參加喜宴的裝扮興高采烈跟著女兒、女婿、親家夫婦倆一起赴宴。

　　黃府座落於海邊，後院沿著海灣，視野遼闊，遠離市聲人影，寧靜舒適。賢伉儷淳厚謙和，熱誠好客，每年總有一兩次邀請友好餐敘，觀賞美景、享受美食、還可以放鬆心情體驗漁翁垂釣的樂趣。這兩年來，黃府重新改建，硬體工程大致完工，正進行室內裝潢，僅只樓下廚房、飯聽暫且可以使用，真正入住還有一段時間。

　　我們圍坐在飯廳的長方形大餐桌，在座還有兩位早年來自台灣的女士，初次見面，年齡相近，人親土親，一見如故，話題離不開對家鄉的眷念。黃君的長公子夫婦兩人也跟著忙進忙出，端茶送水，親切有禮。黃夫人特別從現在的住家帶來煮好的陸海什錦冷盤、湯品、飲料、還有黃君親手調製的剝皮辣椒，另外還有日本餐館特製的海鮮定食，每人一份，精緻衛生，鮮美可口，很適合熟齡

層的我們，可見主人體貼用心，設想周到。「剝皮辣椒」原是台灣南部名產，遊客必買的伴手禮，久聞其名，無緣賞味。黃府特製的剝皮辣椒甜鹹適宜帶有微辣，果然佐餐聖品。接著又是茶、咖啡、蛋糕、什錦水果，每一道都很吸引人，只好照單全收。餐畢，大夥兒移步後院，舉目所及，晴空萬裡，藍天接連碧海，遠方點點帆船在寧靜的海灣倘佯。暖陽下，一字排開，坐在休閒椅上閒話家常。

「上個週末，我們全家族聚在這裡給我母親慶祝百歲誕辰。」行事低調的黃君邊說邊展示手機上四代同堂的大合照。大家才恍然大悟，果然是大喜的日子啊！黃君接著說：「今天她也很想過來跟大家見面，可是疫情的關係還是不敢讓她出來，留在家裡是最安全的。」老夫人胸前抱著可愛的小嬰兒，那是黃君的二公子不久前喜獲的小寶寶。百歲華誕，加上黃府第四代降臨，喜上加喜，雙喜臨門。老人家滿面春風，雍容慈祥，神采煥發。黃夫人指著照片道：「老奶奶的髮型可不是美髮廳的造型，也不是我們幫她剪的。自從有了疫情之後，她堅持要自己剪頭髮，也確實修剪得不錯，有模有樣，不輸美髮師的造型。」黃君解釋道：「這可能跟她從小到日本留學有關，必須學習自立自強，凡事不求人。」

我想起第一次遇見老夫人是在二十多年前。有一天，我走到A公司門口，拉開外面玻璃門正準備走進去時，一位身著咖啡色套裝，同色窄邊尼帽，淺黃碎花絲巾的中年女士從裡面走出來，我們四目相接彼此止步，雖然互不相識，她笑，我也笑，我扶住厚重的玻璃門表示敬老禮讓，她猶豫了一下，頻頻點頭哈腰才步出大門。中等身材，皮膚白皙，微捲的短髮下，一雙溫柔的大眼睛，臉上胭脂口紅，光彩奪目，舉止優雅，笑容可掬。她的形象讓我聯想到溫柔多禮的日本婦女。我豁然頓悟；不管年紀多大，都應當向她一樣有禮貌、注意形象、好好打扮自己，給自己多一些信心和鼓勵。

黃君的外祖父是著名的傳道人，也是留日名醫，兒女共有十一

位。黃君的宣堂高雅美女士排行老五，自小接受外國思想，跟著哥哥姐姐在東京求學，初、高中就讀於下關基督教創辦的女子中學，後來進入東京音樂大學專攻聲樂，多次登台演唱，無論在台上或台下，她注重儀表舉止，也偏愛服裝配飾，圍巾、帽子、首飾等都有獨到的眼光。日本人重視禮儀，婦女不化妝有失體統，是不禮貌的行為。每天起床第一件事就是對著鏡子塗脂抹粉，細心雕琢，無論是外出應酬，或留守家中，都需化妝打扮，也成了根深柢固的生活習慣。她在東京完成終身大事，夫婿也是留學日本的台灣人，在東京執業的辯護士（律師），婚後育有一女二男，家庭幸福美滿。二戰結束之後，一家人返台定居，夫婿繼續律師事業，她受聘台中靜宜女子大學教職。兒女大學畢業之後，學有專精，事業騰達，無論家世、學經歷都是令人稱羨，是引人注目的美滿家庭。

幾年前，她老人家身上長了帶狀疱疹（台語叫皮蛇），得過的人就知道，那是非常疼痛難忍的皮膚病。平時不吃維他命，不看醫生，皮蛇讓她在床上躺了好幾天，還是堅持忍痛。只好拜託醫生到家裡給老人家看診，醫生來到時，竟然找不到病人，原來她聽說醫生快要來了，立刻扶著牆壁慢慢走到廁所化起妝來。

老人家都喜歡逛百貨公司和跳蚤市場，五花八門的小商品確實吸引人，晶晶亮亮的首飾攤更是消磨時間的好地方。有一天，黃君發現公司裡的女職員不約而同戴著同一款式戒指，以為是保健或招財進寶的吉祥物吧。回家之後，看到老母親的手指上也有，好奇一問，才知道公司裡女士們的戒指都是她送的。黃君笑道：送人禮物也要選購好一點的！老人家說：首飾不過是一種配飾，喜歡就好，不在於貴賤，這個戒指好看又好玩，遇到冷、熱溫度的不同會改變顏色的，所以，特地多買了一些回來當小禮物。果然小姐女士們都很喜歡，大家高興就好。

黃府家族早已在紐約上州的墓園區買好了家族墓地，那裡山

明水秀，土地寬廣，花木扶疏，就像是管理良好的觀光休閒公園。
三十幾年前，黃君的尊翁就是安厝在那裡，他們家族成員三不五時
到墓園郊遊野餐，給花木澆水施肥，讓子孫緬懷先祖，又可以親近
大自然，一舉數得。有一次，老夫人異想天開，笑說，將來回到天
家後，肉體埋到墓地裡就看不到了，不如現在大家分開躺在自己的
位置上，拍照留念……一般老人忌諱聽到不吉利或跟「死」有關的
字眼，而老夫人完全沒有禁忌，家族都是虔誠基督徒，堅信生命的
美好，上帝對萬事萬物都有奇妙安排和偉大的計劃。她說死並不可
怕，病痛的折磨才令人無法忍受。

　　數年前，我在世報上讀到一篇有關老夫人的文章，作者描述
在台中靜宜大學求學時期指導音樂的高雅美老師：「她的人正如她
的名字一樣高雅美麗，說起話來溫溫柔柔，和藹可親的呈現她的學
養。」高老師在教唱〈沙喲哪啦〉歌曲時講了一段親身的體驗；
她小時候跟兄姊們在日本讀書，暑假才能坐船返台探視雙親。有一
年，暑假結束，要趕回日本繼續學業時，父親臥病在床，他們兄弟
姊妹漫不經心向父親搖手說聲「再見」就出發離去。當時父親臉色
沉重勉強向他們微弱地搖了搖手，回到日本之後，沒多久收到父親
去世的消息。那年代，腹膜炎是無藥可治的，他是醫生，當然知道
自己將不久於人世，那一別就是天人永隔啊。高老師的腦海裡深深
留下當年道別的一幕，她後悔沒有向父親珍重道別，也從未表達過
對父親的關愛和感謝，這是她的人生當中最大的遺憾。所以，她告
訴學生，要珍惜跟家人在一起的時刻。當你說「再見」時一定要認
真、誠懇、懷著衷心的祝福。因為，是否真能再相會就不是我們所
能掌控的。

　　黃夫人一講到婆婆，幸福洋溢在臉上，她說：「這一年多來，
雖然不敢外出，老人家每天照樣早起，照樣化妝打扮穿著整齊清
潔，疫情並沒有影響到她的生活習慣。平時就很樂觀、開朗、幽

默，話不多，只要開口，話中有哲理、有品味，令人玩味深思，也往往讓你會心一笑。她喜歡音樂、繪畫，五十幾歲開始跟隨名畫家也是畫荷大師張傑學過水彩畫多年，開過畫展，家裡牆壁上都是她的精心傑作。她是閒不住的人，每次看到孫子孫女們回來，就要煮東西給他們吃，看他們吃得高興，也是老人家最得意開心的時候。」黃府四代同堂，母慈子孝，兄友弟恭，一家人熱心公益，關懷弱勢族群，頗受社會大眾敬仰。

我們從黃府回來，太陽已經偏西，它的光芒仍舊像紅寶石般璀璨耀眼。高速公路上車水馬龍，彷彿疫情已經消失無蹤。

根據最新統計，2020年美國人口普查結果，全美共有三億三千萬人，其中九萬七千人是年滿一百歲的長者，黃老夫人就是其中的百歲人瑞。

「積善之家，必有餘慶」，可喜可賀！

百歲人瑞──黃老夫人雍容高雅。（黃府提供）

周興立

作者簡介

　　周興立，紐約哥倫比亞大學雙碩士及教育博士，台灣「校園民歌」詞曲創作先鋒，傳世經典〈盼與寄〉：「我把想你的心，托給飄過的雲；願那讚美的風，帶來喜悅的信。彈起想思的弦，低吟愛的詩篇；願藉心心相連，捎去想你的箋。」，膾炙人口。

　　他的經歷廣被推崇，包括教育諮詢、亞裔移民、中華文史。歷任紐約富頓大學、紐約市立大學教授，南威中文學校校長、法拉盛市政廳文藝協會亞洲藝術指導兼顧問及紐約立人學苑校長。著有《巨星的代價》、《民歌有情》、《民歌有愛》、《民歌有悅》、《唱歌學華語》、《我會寫一首詩》、個人校園民歌專輯CD《望》，及製作大提琴協奏CD《Merry Cello Christmas》等等。

來唱一首詩

就是遇見她

　　紐約疫情逐漸解封期間，我在曼哈頓，做了一件通常我絕對不會管的閒事。

　　那天，戴了口罩出門，走到地鐵站，下了樓梯，也許是列車剛剛離站，月台很空曠，等車的人很少，我站定了腳步，突然發現五、六呎遠的旁邊，有位風姿綽約的妙齡少女，她單獨一人，沒戴口罩，怔怔的凝視著鐵軌，當我聽到抽泣聲，才注意到她正傷心欲絕哭泣著。

　　突然一絲不安閃過我的腦際，當下不加考慮，提起勇氣，輕輕的問她：「年輕的女士，為什麼如此悲傷？我可以幫忙嗎？」她傳來令人心碎的眼神，突然淚崩如雨，我也不知所措，淡定之後，她接著幽幽的說，因為心愛的男朋友不要她了。

　　我看她有了回應，決心勸勸她：「你這麼年輕又漂亮，你的男友如此棄你而去，實在很不聰明！但是……他如果再想一想，若是真的能欣賞你，他一定會回頭的；否則……」

　　我繼續勸她：「這種不能夠欣賞你的男友，你沒有了他，也應該是你的福氣，你沒有損失呀！」

　　女孩看了看我，怯怯地擦乾淚水，露出一絲微笑，點頭說謝謝，我接著又說：「往前看！人生是光明的，你不會有問題的，挺住！」

　　車子來了，我們同時上了車，乘客不多，我因為只要搭一站，所以沒有就座，就站立在車門旁，她跟在我身邊，用柔柔的眼光看

著我，似乎若有所思，欲言又止。接著我到了站要先下車，瞬間她微笑，又謝了我一次。我說：「再見啊！上帝祝福你……」

　　出了車站，我走在人行道，覺得世間的「情」，真的是苦、是煩、是夢！年輕人尤其衝動，可以愛得死去活來，可以恨得天翻地覆；同時我又想到了那一對歷史上最知名的小情人，不就是因為魂牽夢繫，而留下千古遺恨？

　　我心中有長長的嘆息，回家後，寫下了詞，譜了曲……

　　〈羅密歐‧茱麗葉〉

　　樓窗意濃，美景朦朧；盼你溫暖，回眸也累。
　　露台芳蹤，倩影孤單；等我呢喃，驚鴻一瞥。

　　連理纏綿，地久天長，徘徊……
　　海誓山盟，永遠不變，雙飛……

　　既然兩情相悅，癡迷攜手無悔～
　　何苦空留虛偽，離別生死難追～

　　嘆息紅塵，舉杯又醉，
　　千古絕唱，淚垂～
　　可有魂兮歸來，遺恨最夢碎。

夜鶯與玫瑰

　　閒居偶而外出散步，就在晚冬剛過，春天漸漸到來的時候，玫瑰園剛有綠意，處處含苞待放，卻找不到盛開的花朵，當下卻意外

的發現，樹幹上飛臨了一隻落單的夜鶯……

　　稍作鎮定，突然想到十九世紀王爾德文學中有花有鳥的代表作，心中有點惆悵，尤其是他流傳的名作，耳熟能詳的《快樂王子》（The Happy Prince），我們小時候都讀過，那是雕像王子和小燕子牽牽扯扯的互動，以及悲情的結局，而這故事的開端，居然是因為王子的眼淚，滴落在歇腳的燕子身上，雙方因此走上不歸路，意深情重。

　　但是王爾德更令人震驚的成人童話，應該是他在1888年，和《快樂王子》同時出版的《夜鶯與玫瑰》（The Nightingale and the Rose）。這個故事，表面上展示了愛情的盲目和力量，過程及結果卻淒美無比，在他娓娓道來中，令人動容，不勝噓唏，獲得文藝圈高度讚賞，傳頌至今。

　　王爾德（Oscar Fingal O'Flahertie Wills Wilde）的戲劇及文章，許多是永遠的經典，他是愛爾蘭人，英國文壇「唯美主義」的代表，也是「頹廢派」的開山祖師。我用「淒美」來說他的創作，就是因為他這些童話的背後，都有一絲愁意，但不是「悲」，而是感傷，有不尋常的寓意，是一種可以直接闖入心坎的悸動。

　　簡述一下王爾德寫雕像王子的情節：他把王子身上的紅藍寶石及黃金葉片，要小燕子叼去救助窮苦的人家，劇終是王子本身的雕像毀了，燕子也力竭而死在冬雪下。王子和小燕子都是善良捨身，求仁得仁，但是接下來那童話中的夜鶯，羅曼蒂克的徹底表現，更令人驚奇顫抖，牠是因為崇拜愛情，寧願去死，故事是這樣描述的：

　　　　「一個年輕男孩愛上了一個美麗女孩，想要和她共舞，
　　　女孩卻要求男孩帶給她玫瑰花，但是在寒冬裡，男孩沒辦法
　　　找到紅玫瑰；一隻夜鶯夜夜為男孩歌唱，被他純真的愛而

感動，決心幫助他。夜鶯努力地追尋玫瑰不著，最後牠和玫瑰樹上的枯刺對話了，下決心用牠的心臟，往枝上的尖刺撞去，紅色的血液流到乾枯的玫瑰枝上，滋潤了乾枝，因而長出漂亮的紅玫瑰，夜鶯就是為了成全一個愛情，獻出了牠的生命……

男孩拿了玫瑰花去向女孩求愛，女孩卻拒絕了，漂亮的玫瑰花當然也被丟棄了。」

王爾德的愛情觀，只要是為了「情」、為了「愛」，任何「犧牲」都是理所當然。他把生命的存在與否，框在美不美得值得？滅亡只當是一個象徵，要去感受那個內涵與震憾，才能達到美的境界，而「死亡」卻是永遠的謳歌。但是，凡事顯然是很難兩全，男孩雖有對愛情純真的美，但是夜鶯用牠鮮紅的血液，卻也換不來女孩的青睞……

想到這裡，就是一個黯然的深思及失落，這確實不僅僅是一個驚豔難忘的童話故事！

夜深了……詞曲完稿：

〈夜鶯與玫瑰〉

我看著你～飛奔在那曠野的呼喚，
我看著你～跳躍在那山谷的風浪。

牽引夕陽伴隨你倩影，伸延在草原上。
採擷晚霞拂弄你身形，灑滿在田園旁。

你的輕笑～像那飛舞的花瓣，

你的細語～像那跌落的葉片；
飄揚在空中……散遍在林中……
蕩漾在水中……迴旋浮動……

你的留戀～就是彩繪的童話仙境，
你的期盼～就是衷心的玫瑰愛情。
只為了夏日最後的綺麗夢幻，
你獻出生命永恆的甜蜜芬芳。

綠野仙蹤

封城……

市區原來人潮蜂擁的景象，完全改變；社交接觸保持距離，也弄得人際之間的交流顯得陌生了。

但是……

紐約2021年的7月，城市完全啟封了，人們開始走出家門，大自然也重新登場，哈德遜河濱的公園曠野，因此熱鬧起來。

清晨，漫步園中小徑，淺藍的天邊有粉粉的桃色，好似淡淡的虹彩，白雲似乎忙著為晴空畫上音符，陽光居然不甚耀眼，倒是河風溫柔得不可思議；然而汽艇滑過水面的波浪，仍在搖盪擴散，三三兩兩的白鷗，也跟著浪漫的起舞。

溜狗者依然勤勞，不時傳來斷續的犬吠，伴隨遠方教堂的鐘聲，還有自行車的鈴響，爭先恐後的打破了寧靜，但也不覺刺耳，卻是生動活潑。

遍灑在草坪的露珠，閃爍著點點繁星，晶瑩有趣；我輕移微步，不期地撞見一大蓬鮮亮的穗叢，也不知是何物？畢竟它生機盎然，帶來了希望的喜悅。

　　看到翩然降臨的夏日風情，忘記了遺憾，那不經意中溜走了的春天，手中盈握跳躍的風采，雖然沒有聽到蟲鳴處處，鳥兒卻欣然在唱歌；雖然沒有看到蜂蝶紛紛，花兒卻綻滿了林間……

〈綠野仙蹤〉

清晨的精靈～灑遍了金粉，草坪繁星點點。
田原的花仙～翩然起舞影，綠野驚喜連連。
微風的歌唱～引領著葉片，林間細語綿綿。
流水的和絃～低吟在河邊，銀波夢想涓涓。

聽著那遠方的鐘聲，是不是呼喚著愛情叮叮噹？
看著那天邊的彩虹，是不是傳送著幻影朦朦朧朧？

黃鶯飛過那紅石的小徑，找尋那藍天的笑容。
白鷺落在那青穗的田間，伴隨那自然的芳蹤。

母親的兒歌：〈紅蜻蜓〉

　　早春，仍然在避疫期間，我走在人影稀少的河濱公園，驚訝地看到一隻不起眼的小蜻蜓，牠忽左忽右的飛舞，徘徊在小花初綻的叢中，突然一首兒歌闖入了我的腦海，那是在我們的童年，母親常常哼唱的日本童謠，優美易懂，歌名是：〈紅蜻蜓〉。

　　這首歌是日本人仍然統治台灣的時代，家母小時候學的歌。

　　記得母親說：這首歌雖然被冠上童謠，但是，它事實上是一首悲傷的歌。因為從前日本的鄉下非常窮困，家中若有女兒，都會趁早把她們嫁出去，通常丈夫婆家總是要翻山越嶺，路途非常遙遠，

所以，女兒出嫁後，就當作是永遠再也見不到面了。

　　歌詞在1920年代初創作，是作者的回憶，為了想念姊姊，寫下了這篇感人肺腑的詩句。他記得小時候，都是自家姊姊照顧他，有天黃昏，姊姊背著他走過鄉村的小路，他趴在姊姊的後背上，看到一隻紅蜻蜓，靜靜的降落在田間的竹竿上，給他留下深刻的印象，後來他姊姊十五歲出嫁，從此就斷了音訊，而那幅有紅蜻蜓停留在竹竿上的畫面，就一直烙印在他的心坎，永遠忘不了。

　　〈紅蜻蜓〉成為日本人耳熟能詳的童謠，也是世界知名的民歌，歌曲中就只有重複著兩段音樂，是那種人人都可以溫文地誦唸的歌。我在公園看到了這隻嬌弱的小蜻蜓，想起了已經離開我們的母親，內心激盪難平，垂淚寫下這首蜻蜓的歌；同時，我也把日本原曲「紅蜻蜓」的旋律，放進去這首歌裡面了，就是詞中的兩句：

　　　　「你那輕透薄翼，怎麼載得動豔陽的重？／你那嬌弱身軀，
　　　　怎麼守得住夕陽的紅？」

　　〈蜻蜓在飛〉

　　　就像那臨空起舞的葉片，晶瑩寧靜地滑翔在田間；
　　　靈巧浪漫的神祕倩影，帶來你的情牽和愛憐。

　　　你那輕透薄翼，怎麼載得動豔陽的重？
　　　你那嬌弱身軀，怎麼守得住夕陽的紅？

　　　沒有悅耳鳴聲，是否強忍心傷？
　　　沒有寂寞哀怨，是否淚痕已乾？
　　　沒有炫耀光芒，是否獨守孤單？

沒有花枝招展，是否懼怕摧殘？

翩然在飛旋，風也在流連；
只要想念，可願意留戀……

李秀臻

作者簡介

　　李秀臻，台灣輔仁大學大傳系畢業，紐約州立大學傳播系碩士。紐約華文作家協會會長、海外華文女作家協會永久會員。曾任報社記者、編輯；書刊及網站主編；曾獲海外華文著述獎報導寫作類首獎、紐約聖若望大學亞研所卓越貢獻獎等。作品收入多本文集，著有《風雲華人》、《藍海密碼》；合編有《縱橫北美》、《紐約風情》、《情與美的絃音》、《人生的加味》、《千里之行》等文集。

後疫時代　瑞士行旅

誰瘋了？

　　和好友艾瑪要去瑞士遊九天，不知是誰瘋了？有朋友聽到消息，說妳倆膽子好大；有的不解為何要在這時冒風險？有的則報以羨慕與祝福……

　　文友婉青在Line上回我：「是歐洲瘋了吧，迎接妳們兩位遠道而來的訪客。好好享受吧。」紐約作協裡，居住過蘇黎世四十年的趙淑俠老師和日內瓦四年的王渝老師，各在許多文章裡描寫過瑞士難忘的生活和情調。她們要我「準備好眼睛，把瑞士美景盡收眼底。」對我此行沒有任何多慮。

　　一年半前新冠病毒風暴捲起，全球累計的病歿人數達到五百萬人，染病數更不知何幾，絕大多數國家的邊境還封鎖著。疫情中的曙光始露於去年底疫苗的研發成功，各國政府積極鼓勵人民施打，幾個月來病例明顯下降，人們的日常活動也漸漸恢復正常，包括舉辦宴會、看球賽、回到辦公室校園上班上課、旅行度假等等，邁入所謂的「後疫情時期」。目前病毒雖未絕跡，人們已做好與它共存的打算，世界有少數幾個地方開了視窗，瑞士是其中之一。艾瑪和我在4月已打完兩劑疫苗，我們希望在遵守防疫規定、做好自我管理之下，追尋一次平安愉悅的旅行。

行前準備

9月初，聽聞好友艾瑪將在10月單槍匹馬到瑞士走走，我相信她一定查過資訊，確知瑞士是開放的，才會有此計畫。她曾在那裡讀過書、遊歷過，有著念念不忘的感情。瑞士則是我嚮往造訪的國度之一，如果有機會去看看，又有熟人帶路，就太好了。

艾瑪和我曾住在同一社區好多年，我們的孩子可以說一起長大，兩個媽媽之間有很多聊不完的話題，更有好幾次的家庭旅遊……前幾年，她的先生不幸離世，她和孩子們搬到波士頓，我們仍舊保持聯繫，偶爾見面。現在的我們，孩子都已獨立，時間多了，體力還行，這次她是否想嘗試一個人的旅行，不受干擾？我決定碰碰運氣，用手機傳訊息問她，是否介意帶我這個大行李，讓我當一個跟屁蟲？同時強調不希望她有一絲勉強而影響旅行的初衷。

沒想到艾瑪很快就答應了，她玩笑說，「這樣我可以訂比較高級的旅館了。」我開心地向她道謝。在家人也沒有異議的情況下，我上網訂機票。艾瑪計畫得早，訂到波士頓往返蘇黎世的機票只有四百多元，而我的紐約往返機票要七百多元，仍算可以接受的價位。

心底雖興奮，但多少還是戒慎恐懼，艾瑪訂了機票後，不時注意歐洲的疫情新聞。曾經一度以為去不成了，看到消息指歐盟在6月放寬美國遊客入境後，9月又考慮封鎖。後來進一步查證，才知瑞士這個中立國不屬於歐盟，它有自己的邊境規定。這一點倒是我們以前不清楚的。

瑞士人口只有860萬人，到2021年10月疫苗的接種率達六成四，美國則約有五成五。瑞士對入境旅客的要求是必須提供完整的疫苗接種證明或新冠的康復證明，否則必須提供陰性的檢測結果。登機前兩天我收到瑞士航空的電子信，要上網填寫健康聲明書才能

入境。健康的旅客入境後不需要隔離，是最大的利多。

細心的艾瑪，還買了新冠肺炎的旅遊醫療險，我也照做，多一分保障多一分安心。此時旅行的準備，比疫情前要繁瑣多了，但不減我倆的興致。各自準備足夠的口罩、消毒濕巾、乾洗手液，輕裝便履踏上旅程。

防疫新生活

飛機上乘客不多，相較8月時我和家人前往美屬波多黎各的客滿班機，落差很大。美國民眾利用各種交通工具在國內移動已經非常頻繁，朋友中也有人在暑假去了希臘、義大利、冰島等國，但此時我看來，國際航線不如想像的好，團客也仍未開始，旅遊業的春天不知何時才來。

七個多小時的航程，乘客們都戴著口罩，只有用餐或飲水時才暫時取掉。我的班機比艾瑪早四十五分鐘抵達蘇黎世機場，兩人約好在行李區會合，一見面，都欣喜地像個逃家的孩子。我們順著標示找到瑞士聯邦鐵路車站（SBB CFF），查看時刻表，並在ATM領了一些瑞士法郎當作零用。拿著出發前在網上訂好的瑞士旅遊通行卡（Swiss Travel Pass），前往第一站──琉森（Lucerne）。

從火車站出來，即看到前方的琉森湖及四周環繞的青山，濃鬱的歐洲風情迎面展開。戶外氣溫五十幾度，比紐約低十度左右。街上的人們已穿著大衣或厚外套。旅館不遠，走路十五分鐘即達。出發前艾瑪已查好每家旅館和車站的距離，建議我不要帶太大的行李箱。接下來的七、八天，我們幾乎都是搭乘大眾交通工具到各個定點，一張「旅遊通」可以免費或享折扣換乘火車、遊船、纜車、公車等等，很便利。

瑞士和美國一樣，規定在人多的地方包括車站、餐廳、商店、

旅館和舟車之上，都要戴口罩，更進一步地規定在參觀博物館和入住旅館時必須出示疫苗證，可見其防疫規定稍微嚴格。我們不僅入境隨「俗」，所到之處也見人們都很配合，這樣的後疫情生活似乎已成為大家習慣的常態了。

琉森（Lucern）

　　琉森有「通往瑞士中心地帶的大門」之稱，遊客除了來古城巡禮一番，也喜歡選擇從這裡出發造訪附近名山，如瑞吉山（Rigi）、皮拉圖斯山（Pilatus）、鐵力士山（Tilits）等。安頓好行李後，我們有半天時間到市區逛逛。

　　市區最醒目的地標，莫過於教堂橋（Chapel Bridge），這座有蓋的木製人行橋，名稱取自於附近的St. Peter's Chapel，它橫跨在羅伊斯河（Reuss River）上，建於十四世紀上半葉，是歐洲最古老的木製廊橋之一。我想初次見到它的人，都會忍不住上去走一回，我就是其中之一。

　　木橋兩邊的護欄掛置著整排美麗盛放的花朵，將這座具有滄桑感的古橋襯托得活潑朝氣起來。橋身紮實穩固，我們邊走邊欣賞兩岸街景，不經意抬頭瞧見頂蓋上一塊塊三角型面板，查看資料才知是十七世紀的繪畫作品，畫的多是瑞士的一些歷史場景，整座橋儼然是一件內涵與美感兼具的藝術品，也是遊客們最愛取景拍照的地方。

　　河岸有許多餐廳和商店，我們選了一家餐廳喝咖啡小憩之後，繼續循著谷哥地圖（Google map），步行到有名的「獅子紀念碑」（Lion Monument）景點。這座紀念碑是在天然岩石上鑿刻出一頭全身的獅子，讓我想起在美國多年前見到的南達科他州四大總統肖像（Mount Rushmore National Memorial），獅像沒有那麼高聳，人們

可近觀其細緻紋理與斧痕。這是為紀念1792年法國大革命期間為國犧牲的瑞士英雄而建。巨獅頹喪地趴著，沒有森林之王的氣勢，表情痛苦哀傷，令觀者動容。馬克吐溫曾形容琉森獅子為世界上最悲傷、最動人的岩石，一點不為過。

傍晚步回羅伊斯河畔，在阿爾卑斯酒店（Hotel des Alpes）吃晚餐，我的烤抱子甘藍栗子和紅酸菜佐義大利麵，搭配絕妙，艾瑪點鹽烤魚排，配上服務生推薦的白酒，我們吃得盤底朝空，心滿意足，為抵達瑞士的第一天做了美好的總結。

皮拉圖斯山（Mt. Pilatus）

起早後，在船塢邊的早餐店喝咖啡配可頌麵包，然後搭上金色環遊號（Golden Round Trip Circuit Dore）去皮拉圖斯山。乘客不多，我們很容易在船頭找到位子。遊船緩緩駛離市區，漸漸地我們被包圍在一片綠色世界中，大概是地球暖化的關係，10月初的瑞士，大自然仍是綠油油。阿爾卑斯山脈覆蓋廣闊，有人說在瑞士到處可看到山，我在此行見識到了。

山坡上散落的房子，多是尖頂木房，造型樸拙可愛，接下來的幾天，我常被這樣的房子吸引目光，它們看似一樣，卻每棟不同，屋外綠草如茵，鮮花叢叢，讓人感受到瑞士人對居住環境的美感要求。偶見放牧吃草的牛群，慵懶悠閒，頸上牛鈴噹噹作響，聽起來頗為療癒，忽與教堂鐘聲交錯相應，迴盪在山谷中形成美妙的樂章。湖水碧綠深沉，船上的我出神凝視著，渴望看穿它，它卻以更多的綠回報我。疫情曾使世界癱瘓，地球經過休養生息，能於此時來到夢中的瑞士，一窺「世界花園」是否無恙，我感到特別惜福。

下船後換乘「世界最陡峭的齒軌列車」登頂。這項鐵路1889年完工通行，坡度高達48%，這幾天艾瑪帶我穿梭山間各景點，搭過

好幾次的纜車、列車等等，對於瑞士前人開山闢路的冒險精神及先進的工程技術，感到佩服。而我原有的高空恐懼症，到最後竟也慢慢克服不少了。

　　從山下到山頂行車約半小時。它一米一米地離開地面，經過高山草甸和引人注目的岩層，乘客不時發出輕呼，拿著手機狂拍。到達一個高度時，車外一片白茫茫，什麼也看不到，有好一會兒我以為自己上了天堂。直到列車衝出雲層，到達海拔七千英尺後才下車，可惜雲霧太重，視野不佳，據說在晴朗的日子可以欣賞到73座阿爾卑斯山峰的全景，我們運氣不大好，但是山頂有名的旅館餐廳Hotel Pilatus-Kulm彌補了一些遺憾。廳內裝潢典雅，滿座狀態。艾瑪點了小牛排配蘑菇奶油醬，我點了烤牛肉配巴黎咖啡廳醬汁，頗合胃口，吃得盡興。

圖1：繫著牛鈴的牛兒太可愛。
　　　（艾瑪攝）

蒙特勒與西庸城堡（Montreux and Chillon Castle）

熟知如何善用瑞士旅遊通的艾瑪，建議調整行程，提早離開琉森到茵特拉肯（Interlaken），把行李寄放好後，換乘Golden Pass的全景快車（Panoramic-Express）奔向日內瓦湖邊的蒙特勒（Montreux）。

這裡是法語區，湖的另一端是日內瓦。艾瑪以前就讀旅店管理的學校就在那附近。可惜行程緊湊，我們最西僅能來到蒙特勒。瑞士風光豈能一趟覽盡，心底期許他日有機會能帶家人再來。

我們在日內瓦湖邊走走，然後艾瑪推薦去Fairmont Le Montreux Palace吃法國餐。面湖的五星級旅館有著宮殿式外觀，氣派十足。服務生特別介紹狩獵季的菜單，上面有鹿肉砂鍋、烤全鹿里脊肉、野豬頰釀鵝肝等，我們倆笑笑敬謝不敏。艾瑪點了酥皮蝸牛配奶油牛肝菌和皇家鵝肝醬混波特酒梅爾巴吐司派，我選了脆皮鯛魚片配玉米和羅勒，加上紅、白酒，及餐後的綜合莓果與霜淇淋，緩解了這天清晨即起、搭車四個多小時的辛苦，也讓舌尖有了一次精彩的邂逅。

飯後，我們前往附近有名的歷史建築——西庸城堡（Chillon Castle）。「Chillon」是「岩石平台」的意思。這個岩石小島，坐落於日內瓦湖與陡峭山麓之間，曾具有控制從歐洲北部到南部通道的戰略定位。有人形容它像飄在水上的城堡，在波光粼粼的日內瓦湖畔，藍天青山陪襯下，組成一道美麗的風景。我們參觀了內部14世紀的壁畫、地下室、臥室及長廊，又到中庭走走，感受歷史遺跡的存在，又有身處於電影場景的錯覺。英國詩人拜倫（Lord Byron）曾到此並寫下長詩〈西庸的囚徒〉，歌頌自由，為西庸城堡抹上一筆文學色彩。其中名句：「不管身上是否還有桎梏和鐐

銬，我已學會愛上了絕望。」頗為震撼人心。

　　晚上回到茵特拉肯，經過一家中餐館，裡面沒什麼客人，我們中午吃過大餐後，並不大餓，合叫了湯麵和炒青菜。老闆娘是福建來的，好心地為我們加湯不加錢。她嘆這一年多來，疫情影響旅遊業，餐廳生意也差很多。她想回大陸探親，更是動彈不得。得知我們隔天要去少女峰，直說我們運氣好，原本可能下雨的天氣，預報說已經轉好。而且後疫情期間人潮不多，我們玩起來會很省心。

茵特拉肯和少女峰（Interlaken and Jungfrau）

　　茵特拉肯是介於圖恩湖（Lake Thun）和布里恩茲湖（Lake Brienz）之間的城鎮，也是無數短途旅行的理想起點。我們的旅館溫馨舒適，早餐buffet應有盡有。不似昨天趕行程，我們從容吃完早餐後，展開當天的重頭戲──「攀登」少女峰。

　　少女峰（Jungfrau，德語），最高海拔達4,158公尺，屬阿爾卑斯山脈的斷層部分。與同斷層內緊鄰的艾格峰（Eiger，3,970公尺）和僧侶峰（Mönch，4,107公尺）巍峨聳立，相互媲美，2001年聯合國教科文組織把少女峰和這裡的阿萊奇冰河（Aletsch Glacier）列為世界自然遺產。

　　少女峰直到1811年才首次由Meyer兄弟征服成功，20世紀初鐵路修建完成，後人攀峰變得容易多了。我們從茵特拉肯坐火車到格林德瓦站（Grindelwald Terminal），搭乘「艾格峰快線」（Eiger Express）高空纜車，在艾格峰冰川站（Eigergletscher）再換齒軌列車，經過7公里長的隧道，抵達山頂的少女峰站（Jungfraujoch），這是歐洲海拔最高的列車站，3,454公尺，為少女峰贏得「歐洲之巔」（Top of Europe）的稱號。

　　走出列車廂後，我一時有暈暈的感覺，艾瑪說可能是高山症，

她也感到了。「不要想它就好。」她說。還好我們都並不嚴重。兩人迫不及待地向戶外走去，竟是一片冰天雪地。直逼眼前的是，峰峰相連遼闊無邊的山脈，美得令人屏息，大部分山體被白雪覆蓋著，露出的峭壁草木不生，看起來冷峻驚險。少女峰和艾格峰、僧侶峰連成一氣，氣勢磅礡，有那麼一會兒我靜靜面對大山，心胸大開，嘆個人如滄海一粟之渺小，俗世煩惱根本微不足道。感覺走出這裡，心境已經有所提升。

在「高原」（Plateau）觀景台看到了阿萊奇冰河，這是阿爾卑斯山區最長的冰河，達二十三公里，有直升機載人下去體驗在冰河上步行。天空清朗，氣溫約華氏三十幾度，遊客們穿著厚重衣物，戴了圍巾手套，口罩更沒少。這幾天看到出遊的多是退休族、年輕夫妻帶著孩子、或是好友結伴的。聽說疫情前，熱門景區人潮洶湧，不僅排隊久、坐車擠，鬧哄哄的人氣，有時也滿煞風景的，這個時機來訪，沒有這些現象，竟有小確幸之感。

少女峰站還有一個歐洲最高的洞穴以及冰宮，非常值得參觀。我們之後又花了一天遊訪附近的格林德瓦（Grindelwald）、克萊恩史德（Kleine Scheidegg）、費斯特（First）、哈德昆恩（Harder Kulm）等地。我們兩個中年女生，暫時擺脫家事俗務，沉浸於瑞士得天獨厚的自然環境，我們健行、追逐牛群、吃傳統美食raclette、cheese fondu，無憂自在。如果再年輕個幾歲，大概會嘗試滑翔翼、急速飛椅和腳滑車吧。

勞特布魯嫩（Lauterbrunnen）

到了「瀑布鎮」勞特布魯嫩（Lauterbrunnen）已是傍晚，費了一番工夫找到預訂的Airbnb民宿。這裡四周是山，一邊巨大的岩壁倒掛著兩條白花花細長的瀑布，環境清幽如世外桃源。這兩晚我們

的菜單是清粥小菜加炒蛋，一方面利用廚房設施，一方面也讓連續幾天外食的胃緩和一下，吃點清淡的。

主人特別留了紅酒和巧克力給我們，非常貼心。飯後我們添了外套，坐在陽台續杯聊天。天上的星星忽明忽滅，瀑布的飛瀉聲在夜晚聽得更加清楚，對面屋頂升起裊裊炊煙，裡面不知居住何人，黑色的阿爾卑斯山在夜幕中充滿神祕感，我有種不知身在何方的感覺。

「Lauter Brunnen」是德語「許多噴泉」的意思。這裡擁有72條瀑布，是瑞士最大的自然保護區之一。次日我們前往兩座著名的瀑布，一是特默爾巴赫瀑布（Trümmelbach Falls），它是歐洲最大的地下瀑布，也是世界上僅有的冰川瀑布。我們通過電梯、長廊、隧道和小路，慢慢探索地底世界。瀑布穿過大大小小的岩洞噴速撞擊而下，澎湃激昂，水聲如雷貫耳，令人嘆為觀止。另一座施陶巴赫瀑布（Staubbah Fall），從岩壁上懸垂約有300米，是瑞士第二高的瀑布。我們隨著遊人通過一條狹窄彎曲又帶點濕滑的小徑，亦步亦趨走到瀑布的後方，看到因暖風在瀑布周圍捲動，造成水花四射，珠飛玉散的景致，外面的山谷變得迷濛縹緲起來……

在山區流連數日，來到首都伯恩時，見到絡繹不絕的車輛，熙來攘往的人們和櫛比鱗次的建築，我竟一開始有點怕生了。逛了伯恩的舊城區，再回到蘇黎世，免不了看看瑞士有名的鐘錶、軍刀、巧克力等等。返美前一天在機場做了PCR檢測，帶著滿滿愉快的回憶順利回到紐約。

艾瑪不僅是位好朋友，好旅伴，更是一位好嚮導。後疫情當中，能隨她進行這樣一次行旅，感受世界的脈動，追逐美好的存在，衝破沉悶的桎梏，感恩這份幸運。合十祈盼世紀之疫早日翻篇。

（2021年10月31日）

圖2：在哈德昆恩用餐的遊客不少，可以遙望三大名峰：少女峰、艾格峰、僧侶峰。
（李秀臻攝）

隔離相思慕

章　緣

作者簡介

　　章緣，出生於台灣，旅美多年，現居上海。曾獲台灣多項重要文學獎，包括聯合文學小說新人獎首獎、聯合報文學獎等，已在台灣出版八部短篇合集、兩部長篇及隨筆。在大陸出版有長篇、短篇集、精選集等。作品入選海內外文集選刊，包括台灣《聯合文學20年短篇小說選》、《爾雅年度小說選三十年精編》、《筆會》、爾雅及九歌出版的年度小說選等，大陸各大文學選刊、《英譯中國當代短篇小說精選》、世界英文短篇研討會選刊（2010, 2012, 2016, 2018）。

我在隔離酒店

1

　　扣扣扣，有人輕敲房門，悉悉窣窣塑膠袋的聲響。敲門聲一戶又一戶過去了。布簾深掩的房間，只有洗手台的燈發出昏黃的光。下床，開門，走道上空無一人，塑膠袋裡的早餐掛在門把上。

　　差十分鐘八點，我躺回床上。昨晚淩晨三點上床，現在想的不是早餐。再次被敲門聲和量體溫的喊聲吵醒，九點。我連忙戴上口罩開門，眼前人是長寧區婦幼保健醫院的護士，從頭到腳嚴密裹著白色防護服，從護目鏡後看著我，額溫槍對準我，我順服地靠上前。

　　隔離第一天。

　　這裡是上海虹橋機場附近的酒店，專門供新冠肺炎流行期隔離之用。我把整面牆的布簾向兩邊拉開，發現只有靠左邊有一小扇窗，其餘是白牆。小窗開向一個長條形的窄天井，水泥台面上擺了一叢叢碧綠的假竹子。酒店房間呈回字形，昨晚被隨機分配到內圈，看不到外面景色，沒有陽光。

　　打開窗，拉下紗窗，二月的寒風撲面。即使是扇小窗，即使是假竹，聊勝於無。人不喜幽閉空間，不喜單獨監禁。自古以來，這是人類刑罰的兩大利器。

　　斜對面的房間亮著燈，一個人影一閃而過，是黎先生，飛機上的鄰座，我們是最後兩個沒趕上接駁車的長寧區旅客。

　　黎先生是上海人，美國海歸，大陸首批下海私募基金的一員，工作的緣故，以前一年要飛一百多趟。在飛機上，他戴著兩層口罩

護目鏡，閉目養神。送來的三明治和水，一概不碰。在機上沒有交談，下機後各走各的，沒想到誤了班車又遇上了。他隔離經驗豐富，上海依檢疫人居住區分配酒店，他認為長寧區酒店設備不佳，去其他區蹭酒店被拒，才會誤了班車。我則是沒想到班車有時間表，還排錯了隊，糊里糊塗錯過了，聽說下班車要等到最後一班飛機降落，旅客通關，是三個小時後的子夜時分，差點抓狂。黎先生態度輕鬆說「等就等吧」，這句話提醒了我：隔離期間諸事不可料，應當隨遇而安。

我先生T的工作基地本來在昆山，中美貿易談判破裂後，關稅提高，台商紛紛自大陸撤廠撤資，轉往越南，或回到台灣。T轉回新竹總部，每個月飛上海到昆山，去越南，自從疫情爆發，他所有出境的行程停止。分隔兩地九個月後，我返台探親，也就親歷了新冠疫情期的各種檢疫隔離。

防疫規定因應疫情發展一直在調整，時緊時嚴。返台時，是金秋十月。當時台灣不要求集中隔離，只要家有套房，沒有老人小孩，就可以居家隔離。我們在新竹有住處，但是T公司實施更嚴格的檢疫規定，不准員工跟檢疫家屬同住，甚至政府允許的接機也不可。到達桃園機場後，經過全身包括腳底和行李噴灑酒精消毒液後，我被送上了檢疫計程車，一人一車，一天一單，直達新竹住處，車費由政府補助。符合條件者，居家隔離一天有一千元的補助。

大陸和台灣的居家隔離都有相關單位監控。以我在上海的小區為例，隔離住家外會安裝探頭，大門上貼檢疫警告，大門裝偵測器，一開門就會驚動居委會。台灣的居家檢疫不能出家門一步，里長辦公室每日詢問體溫，甚至電話追蹤，手機必須維持開機不斷網，監管單位依此鎖定持機人所在位置。但是家人被允許同住，往往造成防疫漏洞。

T在我們住的公寓大樓前迎接，兩個人都戴著口罩。住所早已

安排妥善，匆匆安頓好我的晚餐，他依公司規定必須儘快離開，走前，不善言辭的他說了一句，終於看到老婆了。

　　每日傍晚，T會大包小包來探視，我們戴著口罩，保持安全距離。這是一種奇特的久別重逢。我在公寓裡，走過來晃過去，思緒飄來盪去，原本固定跳舞健身的身體，逐漸懶怠下來。這期間，做了一次雲端新書分享，開筆寫一篇小說，然後，兩個禮拜過去。

　　解禁的第一天，我好整以暇吃了早餐和午餐，不急著出門。也許這是一種自我的控制。看吧，即使不得不被關起來，我也沒有急著要出去。但是一下樓，抬頭看到一方藍天，突來一陣激動，深呼吸，淚水湧上。去附近超市買菜，只覺得超市越離越遠，久未活動，我竟然拖著腳走路了。

　　在台期間，我和T彷彿回到新婚那幾年的時光，他每天下班回家，都有熱菜熱飯，和一個時嗔時喜的老婆，假日攜手遊山玩水，無拘無束。新冠時期，相見時難別易難，如此，回程時間一延再延，最終定在了二月下旬。

　　登機前要做核酸檢測。春節往返兩岸的客流多，之前聽說各大醫院，預約檢測已經排到三月份。輾轉跑了幾家醫院，花了台幣七千元做了急件，終於及時拿到檢測報告。

　　全球疫情蔓延下，大陸和台灣都交出傲人的防疫成績，一個是嚴控，進進出出都要刷健康碼，一個是鬆管，靠民眾自主配合防疫政策。台灣需要有明確必要的出境原因和證明檔，才能去指定醫院付高額費用做核酸檢測，反觀大陸則有需要即可做，相當於台幣三百到五百元的收費標準。其中差異，令人深思。

　　年末過完，許多返鄉過年的台商台幹，已經踏上回大陸的旅程。工作人員穿梭在隊伍裡，檢查核酸報告，舉一個二維碼圖案，讓我們掃碼填寫大陸的健康申報碼。我站在清一色男性的值機隊伍裡，背包，平頭，三十到五十歲，他們討論著在大陸是不是要打疫

苗：如果打了疫苗就可以免隔離，那就打……打了疫苗有了抗體，會不會影響核酸檢測的結果……

有很多是回昆山去的吧，昆山是台商大本營。他們返台隔離十四天，七天自我檢疫隔離，總共二十一天行動受限，回昆山時，入境先在上海隔離十四天，到昆山再隔離十四天。檢疫造成的非常態開銷包括隔離酒店和核酸檢測，至少台幣五、六萬元。新冠期間跨境公司和職工的難處，不是箇中人很難體會。

臨行前的午宴上，親人再三叮嚀：不用機上洗手間，不吃飛機餐，不碰觸任何東西，最好穿上雨衣，避免頭髮衣物受污染……自從疫情如火如荼，再加上病毒可在物體表面存活若干小時的報導出來，保持距離和戴上口罩已經不夠，因為傳染源不僅是人，有可能是身邊任何被污染的物件。

什麼樣的防護才足夠？這是焦慮的源頭。無節制的消毒，只是污染地球，沒必要的恐懼，只是嚇壞自己。新冠改變了我們的思考方式。有時候，必須刻意召喚理性，有時候，理性也不管用。

抵達浦東機場時，因為要跟另一個國際航班錯開客流，避免交叉感染，等了快一個小時才下機。機場的出境通道，有一半封住，為數不多的旅客在用隔板搭建的臨時站點辦理手續。今昔之比，令人唏噓。

刷健康申報碼，測量體溫，填表，檢測核酸。台灣的核酸檢測是單鼻，護士棉籤探得很深，使勁一戳，酸得幾乎掉眼淚，之後一個小時仍感不適。心有餘悸，看檢驗單上寫著雙鼻，心裡忐忑。護士把棉籤探到還可忍受的深度即停，輕旋棉籤，感到酸麻，棉籤在鼻腔中停駐幾秒，如此完成。之後無不適感。我誇護士技術好，她有點不好意思笑了。這由防護服和隔板塑造的檢驗空間，機場裡蕭然的氣氛，在這一刻軟化了，我們不過是軟弱可親的個人。

深夜十二點半，接駁大巴駛離機場。無星無月，公路上只有

我們一部車疾馳。春節期間，從台灣返回大陸的旅客爆增，一天要出車十幾趟。一點半，車到酒店後門，上來一個全身防護服的工作人員，要求繳驗證件，刷碼填寫健康表，還有一式數頁的入住同意書。車上一片漆黑，我打開手機電筒照亮，枕著腿歪歪斜斜填著，填到航班號碼，那個之前已經填了數次的四位數，竟然記不清。腦子已經停工了。

等到表都填好，我們下車，隨工作人員走進一道門，沿著一個窄小黝暗的樓梯往上，六樓。前面一位大叔爬到一半停下來喘氣：「這什麼酒店，連個電梯都沒有？」

工作人員說：「電梯是給其他人坐的。」

「我們不是人？」

「你們的核酸結果還沒出來。」

我們還不是人。又累又睏，爬著樓梯喘著氣，身不由己仿如夢遊。從進了機場開始，我們的身分已被悄悄置換，而把這置換權益交在對方手上的，是我們在本應就地臥倒等待疫情過去的時候，不顧一切出境和入境，經由一再填寫刷碼中，確認了自己是危險份子了。果然，我手機裡賴以出行、進出公共場所的健康碼，已經由綠色轉為紅色。

黎先生一路上幫忙推拉行李，分享隔離經驗。我們互祝好運，各自進入房間。

房間應該是無毒的，因為酒店會消毒。兩口箱子都濕漉漉地像剛沖了澡，是消毒液。好，它們是無毒的，但是我呢？我的雙肩包呢？我以為會像在桃園機場那樣，從頭到腳消毒一遍，但沒有。

酒店給了我們一人一袋高毒性的消毒藥片，說明上要求每天把藥片溶解於水中，消毒垃圾和排泄物。房間裡的黃色大垃圾袋，是符合環保局和衛生局規定的醫療廢物專用包裝袋。我們身懷毒性的可能性，如此無庸置疑。

在渴睡狀態中，我還是小心翼翼把外衣外褲鞋襪都脫下來，衣物收進環保袋裡，紮緊，鞋子收到塑膠袋裡，置於角落。洗淨手，打開行李箱，取出乾淨衣物和盥洗包和酒店拖鞋，進浴室洗頭洗澡。我把隨手放在洗手台上的雙肩包移到角落，如果有病毒，這個跟著我到處跑的雙肩包最有可能。我用消毒紙巾把雙肩包接觸過的台面擦拭一遍，然後吹乾頭髮。

最後，留一盞夜燈，以免摸黑跌倒。這十四天不是生病受傷的時候，潛在帶原者的身分，會讓尋求醫療協助變得很複雜。鑽進被窩時，感覺非常舒適，立刻睡著了。

我已經離開台灣，抵達上海口岸，要經過兩個禮拜的隔離，才能真的回到家。在兩個家之間，是一片疫病的汪洋，已經離開，尚未抵達。

2

房費加三餐，每日合台幣一千五百元。三十平方米，兩張一米二的單人床，沖澡間和廁所，洗手台在浴室外。正對床的是牆上的液晶電視，靠牆一條兩米半的長桌子，一頭有把電熱壺，是茶水區。沒有衣櫃，牆上安了立式掛衣架。

我帶了一塊小毛巾，可以用來擦乾洗過的茶具，還有塊抹布，抹淨台面就靠它了。我在茶水區邊，電插座中心、照明最好的地方安置好電腦、iPad Air，還有一個閱讀架，打算在這裡閱讀寫作，看電影聽音樂。行李箱的空間有限，打包時簡直像選妃一樣，又要美麗又要賢淑，最怕就是帶來的東西用不上，徒占空間。現在這幾樣東西，各安其所各司其職，顯得非常之必要，但我最滿意的是另外兩件東西。

一是一張美麗的桌墊，把盒飯往桌墊上一擺，配上自帶的環保

鋼筷湯匙，手機放出喜愛的音樂，就有了點吃飯的情調。

　　另一個是瑜伽墊。房間是木板地，墊子一鋪，可以做墊上運動。為此，我把酒店房間地板抹過一遍，這可是我從來沒做過的事，做的時候覺得怪怪的，生怕看到角落裡不該看到的汙穢，但是擦抹一遍後，頓時覺得環境更加潔淨，安心多了。

　　酒店的軟配非常簡單，除了沐浴乳和洗髮乳，其他付之闕如。說也奇怪，它竟然配有兩個大蓋杯和一套白陶茶具，茶具有一壺兩杯。台灣盛產好茶，整理行李時，很多東西都捨棄了，但帶了文山包種、阿薩姆紅茶和蜜香紅茶，另外還帶了不含咖啡因的紅藜糙米茶茶包。其中的蜜香紅茶不灑農藥，經小綠葉蟬啃咬，製成茶葉後會散發天然的果蜜甜香，這甘美之味用攝氏八十度開水沖泡四十秒後完美釋出。酒店裡的這把壺，讓我的隔離幸福指數瞬間飆升。

　　從牆走到門，十步，從床走到廁所，五步或三步，看從哪張床。這就是我的生活空間，一天二十四小時，十四天。每天有五次敲門：三餐和量體溫，三餐可以任他們掛在門把，量體溫一定要本尊報到。吃過晚餐，把今日的生活垃圾收集在醫療廢品袋裡，七點前放到門外，外頭偶爾傳來工作人員用對講機溝通的聲音，關於外賣物品或住客的要求。他們聽命於一名女醫師，稱她「隊長」。

　　社交軟件和網路，讓我繼續跟外界保持聯繫，每晚跟家人視訊。從第一天起，我就聽到黎先生不斷在講電話。他是香港知名資產管理公司的高管，模糊聽到他在跟客戶或同事說明解釋，語氣有時果斷，有時激情。對門的女士會大聲嚷著什麼，斷斷續續，應該是跟親人在視訊。斜對面是一對上海夫妻，有時會高聲「吵相罵」。除此之外，這層樓出乎意料地安靜。噪音曾經是我最擔心的。想像大家電視成天開著，遊戲機和音樂，人人都需要喧囂去填補空虛。但是每晚，當我躺在床上時，四周悄無人聲，有一刻的錯覺，其實這裡只有你。

我似乎對這兩個禮拜有種期待，不是漫無目的地熬過去，而是振作精神把被迫中斷的時間，經由自主的布排和紀律，接續起來。但心思渙散，成效不彰，唯有一項是雷打不動，就是下午四點開窗做運動。第五天，收到兒子寄來的舞鞋，我在小小的空間裡，練起拉丁基本步。出了薄汗後洗浴，然後用餐。晚餐後，感覺一天就要過了，這時才六點多。

早上七點多，中午十一點多，晚上五點多是送餐時間。每餐都是盒飯，內容物每天不同，很少重樣。我每餐都拍張照片，發給T和兒子看。

盒飯的內容豐富。比方說，某天的早餐是包子、餃子、麻球、紅薯、火腿腸和雞蛋，配上一碗白米稀飯。午餐和晚餐是一葷兩素或兩葷一素配白米飯，一碗湯，元宵節的晚餐，還有一碗芝麻湯圓。據說這個伙食是相當好的，營養均衡不油膩，但我常吃不到一半就停箸。活動量不夠，加上盒飯溫涼，味道無功無過，難以挑動食欲。

對我的隔離伙食，兒子倒是非常感興趣。兒子好吃，只要一說起吃便眼睛一亮，去哪裡玩，第一個問有什麼好吃的。我的「牢飯」，他都能找出亮點。他嘴饞蛋餃，誇菌菇滋補養生，麻婆豆腐他今天也吃了，說我這食堂真不錯……常把我逗樂。他說自己是吃盒飯長大的，無限懷舊，其實他不過是中學時在學校食堂解決午餐。

出發前參考了台商團體發出的隔離教戰手冊，一長列的打包清單，鉅細靡遺，一副野營的架勢。行李有重量限制，我做好湊合過日子的心理準備。沒想到這個酒店竟然允許外賣服務！外賣快遞內容物可分兩類，一類是民生必需品，一類是食品。在這家酒店，原則上事先包裝的熟食、不需冷藏、不是新鮮調製的飲品，可以外送。

大家都在開小灶改善伙食。垃圾袋裡出現各種零食包裝袋，餅乾薯片都很平常，但有人買了海底撈小火鍋、糕餅，甚至雞蛋，這些就被攔截了。元宵節，黎先生在元祖訂了一打麻糬，但是過不了

關，只能讓前台服務人員分食了。

　　我買了礦泉水和水果，芝士夾心餅乾方便麵，榨菜和酒鬼花生下飯，辣椒醬蘸麵食吃。我下單讓外賣直接送水果給黎先生，謝謝他一路幫忙。第二天，他送了我進口的斐濟水泡茶。我訂了上海人愛吃的國際飯店蝴蝶酥送他，他又給了我台灣金牌花生捲……在無聊的隔離期間，我們不打照面地發展出難友情誼。

　　有一天，我收到一個灰藍色長盒，打開來，白藍包裝紙裡，十一朵香檳月季，被紫色勿忘我和白色小雛菊環繞。是T。嗅聞到花香，在新竹隔離期滿見到藍天的那種悸動，充滿胸臆。是的，清芬和色彩，生機洋溢，這就是這個空間缺少的東西。

　　沒有花瓶，我用橡皮筋繫住花莖底部，使其可打開但不會散開，插在酒店的白色陶杯裡。另外抽出若干花枝，插在礦泉水空瓶裡。白藍兩色厚紋紙，拿來彎折成形，圍住瓶身，繫上白色緞帶，擺在床頭。

3

七天之後，每一天似乎都在加速流逝。我跟前台詢問出關時間，安排接送，開始留意物流管理，避免浪費。酒店通知最後一次核酸檢測的時間。突然有種來不及的感覺。來不及做我想做的，在隔離酒店。

一直以來我有個夢想。夢想中，我被關在一個地方，一個荒島，或是山野間的小木屋，總之，是個安靜所在。被關的時間可能是半個月或一個月，每日三餐不愁，要做的只是寫作。有點像在寫作營，但寫作營還是太熱鬧，太多文學和創作的討論，鄭重其事的儀式，還有不可避免的社交義務。我要的比較像是靈修僻靜，彼此不交流，文思堵塞時必須堅持向前，寫得順手時不被打斷。

長久以來，有那麼多的靈感在腦裡如泡沫自生自滅，我只需要有那麼一段時間，不想其他也想不了其他，就能把那封口打開，讓裡頭的東西汩汩湧出。一篇兩篇，甚至三篇小說都可以在這段閉關時間裡成形。這難道不是最大的幸福，把來到腦裡的思緒，化成文字？

這個被關起來的夢，竟然有成真的一天，而且有那麼多人跟我一起。但我體會最深的不是文思泉湧，而是病毒如何製造恐懼，隔開了你和我。我好奇寫過《疫病的隱喻》的蘇珊桑塔格，會如何解讀新冠肺炎。

四個多月前搭車往浦東機場，司機是個憨厚的安徽小伙子，他說本來週末要回老家探望父母，哪知前幾天深夜，拉了兩個外國客人，上車才知道他倆剛結束隔離。他硬著頭皮把客人拉到目的地，立刻返回住處，在門口先告知室友不要靠近，把外衣外褲脫了丟棄，立刻洗澡洗頭，車子內外消毒。老家也不回去了，怕老人危險。

「有這麼可怕？」

「可怕啊，你說他隔離好了，能保證完全沒病毒嗎？過幾天萬一發病了怎麼辦？」

有很多地方，兩週集中隔離後還要居家隔離；有人主張，應該集中隔離三週、四週。不怕一萬，只怕萬一，付出任何代價都是應該。除非，你是被隔離的那一方。在防治新冠的統一戰線裡，集體的利益永遠會被置於個人之上。誰敢懷疑抗疫的正確性？它在過去一年裡，成為我們的使命，甚至信仰。

我不知道當我走出酒店，出租車司機是否會害怕或嫌棄我這樣的乘客。能確知的是，我就要回家了，能擁抱兒子和愛犬小寶，在摘下口罩的那一刻，冷冽的空氣會撲向口鼻，帶著自由的清芬。

趙俊邁

作者簡介

　　趙俊邁，文字工作者。雖大半生從事媒體新聞工作，熱愛這個職業，但不願被冠稱「資深媒體人」；「媒體人」基本上具有公正、客觀、獨立、正義等特質，是意見領袖，是社會大眾資訊的「傳道人」，更應有誠信感、公信力，是服膺於道德信念的「公共知識份子」。而今日所謂的「資深媒體人」很多很多自我弱智化、綜藝化、工具化，已然被貶抑如社會糟粕。因此，自許為「文字工作者」，容或還有一塊和平、良善、信實、節制的方寸之地得以繼續筆耕。

凡塵小插曲——別有疫境

　　廿一世紀大瘟疫，改變了世界，改變了人類日常生活習慣，也改變了傳統人與人之間的關係。尤其嚴重的是人心變涼變冷變冰了，變得像頑石般死硬。

插曲一

　　Richard自從居家上班以來，一方面慶幸不用每天一早擠地鐵進城上班，二方面卻發現自己少了和朋友以及陌生人的溝通機會，連點頭示意、嘴角上揚擠出笑容的簡單行為語言都失去了。

　　筆電和手機是他最親近的傢伙，必須靠它完成業務、和supervisor及同仁開會、和buddies扯淡聊八卦、Amazon網購限量鞋、Uber點餐，乃至看自媒真假訊息都依賴他們，少了這對孿生兄弟，他會失去視覺和聽覺。

　　Richard發現自己生活在科幻電影中，可以不用與人接觸、不用行走、不用語言，只需一台電腦就可以自給自足。

　　街上無人也無車，失去往日喧嘩、毫無生氣，整個城市寂靜如死，人類懼怕COVID-19而蟄居室內，對昔日的物質乃至精神上的需要，不再有所期求，也不敢有奢望，連伸出頭往窗外吸口新鮮空氣的念頭都沒有，當然更不敢隨意揉眼睛、挖鼻孔，深怕COVID-19會如異形怪物一樣濕不拉嘰、黏噠噠地從自己眼睛或鼻孔裡蹦裂而出！

　　日子就這樣一天一天的從他的指尖和筆電空隙中滑過，偶爾在Netflix或HBO觀影自娛，這天，Richard在電腦螢幕上看到男女主角

相約酒吧暢飲啤酒的畫面，隨之喉頭咕嘟一聲，乾嚥了一口口水，驀然發現自己已忘了酒的滋味啦，不覺間又聽到喉間傳出咕嘟一聲響。

站在酒莊櫃台前，雙手捧起半打啤酒的當下，Richard的雙眼已被淚水浸染得視力模糊，感動得不知所以，不是因這幾瓶啤酒，更不是因酒蟲得解。

他朝櫃檯後的Andreas深深一鞠躬，口中直說Thank you, Thank you！滿口突牙的Andreas早已笑歪了嘴，一口凹凸崎嶇的尖牙從Richard迷離淚眼看去，像似傾頹的希臘神殿殘餘的東倒西歪光禿柱子，柱子在那希臘仔嘴裡晃動著。

Andreas是很傳統的希臘名字，他是Richard所住公寓街口拐角巷子底的小酒莊老闆，與附近鄰居都相熟，這一帶是希臘族裔群聚區，Richard雖不是希臘人因經常光顧買酒也成了熟人。那天，是他倆於疫情封城後首次見面。

這之後，Richard三不五時溜到小酒莊買Budweiser，經常會遇到附近居民也來光顧，夾雜著滿足的笑意是他們互相招呼的方式，似乎是一種默契。

疫情減緩城市解封，人類如冬蟄後的動物蛇蟲鑽出洞穴四出游動。

在久別重聚的一個場合，Richard激情地向哥兒們訴說那天買啤酒的故事：

「萬萬沒想到，小巷酒莊沒有像其他商店一樣大門深鎖，Andreas居然守在店裡，像在風雪中等著故人來。」

「當我興奮地推門入店，頓時呼的一股暖流襲面而來，真的有如寒冬裡走進老酒鋪中那股暖呼呼溫馨，太舒暢了！」

「我問：『你店門一直開著？怎沒像其他店面一樣休息？』」

「他答：『我若關了門，你到哪買酒啊？』」

「我再問：『為了賺錢，不怕被傳染？』」

「他再答：『疫情期間哪賺啥錢啊，以往你們照顧我生意，現在我怎忍心讓你們被酒饞死啊！』」

「我笑說：『你是在回饋老顧客？這種人在追逐利益的當今可是稀有的保育類動物啊！』」

「他笑說：『哈哈！不值得保育，我只是在朋友需要的時候幫他留瓶酒而已。你可知我們希臘有個老祖先叫亞里士多德，他告訴我們，在順境中，需要的是高尚的朋友，而在逆境中，有用的朋友更可貴！』」

「聽到這話，我像被雷打到，原來，這冰冷的世界竟然還有人心是熱的！」

這群哥兒們對這個故事也感到震憾——站在酒莊櫃台前，雙手捧起半打啤酒的當下，Richard之所以淚眼婆娑，感動的是那個保育類動物在他眼前打的那記響雷。

後來，Richard在網上查到另一個古希臘人叫蘇格拉底的，是亞里士多德的老師的老師，他也有句名言：「每個人身上都有太陽，主要是如何讓它發光」。

Richard再三咀嚼這句話，體會著它可以給Andreas所傳述的「有用的朋友更可貴」做註腳。

在冷冽的疫情寒冬裡，小巷酒莊主人身上不正散發著太陽般的溫熱嗎？

插曲二

準備行囊去紐約，老康一邊把內衣褲捲成筒狀方便塞入箱子中空隙，一邊和老妻合計帶些小禮物送給徐平夫妻，兩年沒見了還真是想這他們，網上文章不是說，老酒、老伴、老友是銀髮族不老的良藥嘛。

老康打開酒櫃，把心愛的珍藏一瓶一瓶端詳著，要選一瓶夠年份而且高檔次的威士卡送給徐平以示心意。老伴計畫到機場免稅商店選購一瓶Elizabeth Taylor White Diamonds送給徐太太，她說這香水味兒很襯徐太太的氣質。

經過十三個小時長程飛行，年近古稀的康氏伉儷在兒子給他們訂的酒店安頓後，為調時差勉強撐著眼皮不敢睡，乾脆，先給徐平通個電話，希望明天就能見上面。

這場瘟疫浩劫，是大地的反撲？抑或《聖經》記載諾亞方舟大洪水之後另一懲戒人類的啟示？人們在超市瘋狂搶購的是衛生紙、口罩、消毒液，而不是搶黃金鑽石，這病毒改變人類原本生活上最切身的需要；剎那間，人與人不能再握手，最親密的愛侶也必須保持社交距離，出門要先戴上口罩，不能以本來面目見人，路上行人都帶著面具mask，彼此看不見真容。

是的，此行竟發現疫情威力竟連鐵打的交情都能摧毀至無影無形。即使還沒看到戴著口罩的徐平，老康已然覺得看不懂老朋友的面目了。

電話接通了，那頭傳來熟悉的口音，才兩年啊怎麼聲音也會變老？

「老康……你們到啦？好好好！」

老康興奮得有些迫不及待，盼對方開口邀他們明天上午去飲茶。

那頭，徐平頓了頓接著說：「嗯……哎呀，你們打了針了沒？紐約疫情這幾天又嚴重啦，可得注意啊！別外出趴趴走啊！我和太太都宅在家裡，不敢出門，這剛好我兒子才把孫子送來要我們幫著帶幾天……才四歲……」

人類對疫情的恐懼無條件投降，即使健康如昔且毫無所缺，但仍惶惶不可終日，對生命信仰幾乎徹底喪失，此時此刻人的存在多麼脆弱和貧乏？老康平靜的忖思，這難道是老天爺是給我們冷靜省思的機會？讓人類在危機中深刻思考，重新審視生命和生活的意義。

每天看新聞、朋友群組和網路媒體不斷跑馬燈似的閃爍「搶口罩」、「消毒」、「感染」、「死亡」、「隔離」、「疫苗短缺」、「病毒變種」、「航班取消」、「禁止入境」、「歧視亞洲人」等層出不窮的怪字眼衝擊著人類的眼球，侵蝕著人們的心靈。昔日的生活方式、生活態度被改變著，因襲成自然的倫理關係和普世遵循的道德價值也被扭曲著，且都是進行式。

老康被徐平的態度驚矇了，這世間還有什麼可以認真對待的？還有什麼可以相信不疑的？還有什麼可以保全無損的？

他理解，徐平的害怕及驚慌是源於生命感到到威脅，這疫情逼著人類直面死亡，面對生死無常，人人束手無策，軟弱無力。疫情是很嚴厲的老師，有效的教導人類透徹地看到生命的本質和人性的真容。

徐平在電話裡平靜地說：「希望老兄體諒，我們擔著孫子的命呢，他才四歲……我和老伴怕感染，這趟就在電話裡敘敘吧……千萬別見責……」

老康的目光不由自主移向攤開的行李箱落在衣物包裹著的那瓶藍牌約翰走路！

病毒沒有人類的勢利眼，不分貴賤、不論官民，對每一個生命都一視同仁，都是給予考驗和學習，沒人例外。

佛家子弟或許認為這是人類的「共業」，佛法云「如是因，如是果」，面對這世紀大瘟疫應該體悟出此乃人類對眾生的關愛不夠、傷害眾生得到的果報。法師會開示：眾生平等，人類要與大自然和平共處，與一切和諧相處，減少罪業與果報。

敬虔的基督徒或許會說：勝過試探的關鍵在於真正的謙卑與忍耐。有堅強的信仰和信靠，便不必生活在恐懼中。

老康的思緒從激動歸於平伏，他陷入了沉思，上蒼透過這災難要給人類什麼啟示？

他以前沒這般深想過這些問題，自己是不是該反思和檢視一番，到底什麼是真正需要的？什麼是真平安？什麼是真喜樂？

老康在水杯中緩緩注入酒液，琥珀的色澤再從杯口輕輕滑進口中，咂了咂嘴，陶醉且貪婪地企圖把那口藍牌約翰走路的醇香留駐在滿嘴黃板牙之間。

拿起手機撥通電話，他要告訴徐平，沒喝著這好酒是他此生最

大損失:「老徐啊,我們今晚半夜的航班直飛桃園機場,你可得好好保重啊!放寬心!病毒再可怕日子還是要過的呀!生死有命,老天疼好人,閻王爺懶得收你,且樂吧!別自己嚇自己啊……」

沒讓徐平回話,他連著說下去:「帶給你的這瓶酒我先喝啦,等你農曆年回台灣咱們再喝個痛快!台北見……喂!老徐,你可要自在快活的過日子啊……」

說完,他把手機扔在了沙發上;一旁的老伴靜靜地看著,她從頭到尾看著,也心知肚明剛才老康並沒有撥出電話!

劉馨蔓

作者簡介

　　劉馨蔓，台灣淡江大學英文系學士，紐約理工學院傳播藝術系碩士。曾任職專業公關、廣播電台中英雙語主持、世界日報記者。獲得過新聞報導獎、洛城文學獎、芝加哥文學獎、馬祖文學獎等。寫作擅長視覺風格，被定位為魔幻寫實小說家，著有《紐約的13種可能》、《遊紐約學生活》、《把世界收進行李箱》、《和平進行曲》、《傳奇再續》等。其獲獎小說《藍色燐火》曾改編為英文電影*Blue Fire*，入選第24屆亞美電影節。現定居紐約，任職美國體育娛樂World Wrestling Entertainment電視製作人。

如夢的一年

　　2020年3月起，我跌入重疊的時間和雙重空間中，冷眼看著世紀黑死病肆虐的同時，也遊移在幻夢般的生死迷離中，彷彿平行宇宙的兩個自己，相同的，卻也互異。一邊是台北的自己，另一邊懸著的是紐約的丈夫。

　　隨著新冠疫情失控，死亡與日驟增，紐約進入封城與宵禁，而總統大選掀起的爭鬥狂潮造成社會失序，族群分裂，人們的信任瓦解，加上疫苗研發遙不可期，使得我預計從台灣返回紐約的計畫被迫延後；不但如此，我的生活頓時全被打亂。

　　在台灣養病多時的我，4月起已羅列了一連串的旅程，訂好了機票與旅店，首先飛往印度喜馬拉雅山腳下的瑜伽中心，在該中心興建的醫院接受檢查和後續治療，為自己看似體健卻多病的身體找尋希望；結束後預計飛往加州優勝美地山區閉居一個半月，最後返回紐約。然而，這個讓人猝不及防的浩劫，讓這一切變為了不可能。

　　但這些都不是最急迫的，與丈夫分隔兩地，擔心他的安危卻無計可施，才是最大的折磨。

　　因為彼時，隔著半個地球，我憂心在曼哈頓家中獨居的丈夫如何應付接下來的災難。封城後的紐約，口罩、民生用品、以及食物取得不易，讓城市一度陷入狂亂，因此在台北的我選擇少出門，積攢每週兩片口罩的配給，並四處向親友募集，以快捷寄往紐約，多少解決燃眉之急，希望他能熬過一段時日。

　　不久，全美各大企業推出應變，讓員工居家上班，他也不例外，為了控管員工的蹤跡，他的公司禁止員工在工作期間離開美國國境，除非辭職或請長假，從此也開啟了我們長達一年多感覺不真

實卻是活生生的心靈交流。我通過每日的電話與網路，傾聽他的心路歷程與煎熬，想像他如何從享受寂靜，到承受孤獨，步入恐慌，生出憂鬱，終至崩潰。

居家工作，暫保了染疫的風險，剛開始的幾週，他因為省卻了通勤時間和每日面對面冗長的會議，反而感到無比輕鬆。對於外出，他以「微封城」自我控管，偶爾出門看看這個世界是不是還在運轉；街道人群少了，過去讓他厭惡的擁擠自動消失，走路空間頓時寬敞許多，行人們自動隔開距離，守住自己的方寸之地，讓他享有不被入侵的空間。

然而，隔著半個地球，與十二小時的時差，我通過網路聽他敘述每日發生的事，工作，飲食，去了哪裡等等，卻總聽不到他說著與朋友間的交流，一股隱憂在我內心生起。幾個月後，我擔心的事終於發生了！寂靜成了禁錮，安全變為疏離，對未知的無望引發了恐慌。

性格內向的他，朋友原就不多，甚至寥寥無幾，僅有的日常交流是辦公室的同事，如今那些面孔成了電腦畫面上靜止的照片，獨處在曼哈頓偌大的公寓裡，他每天舉目四望的，全是公寓內陰暗的四方水泥牆，門窗緊閉，深怕一絲風吹草動，窗外空氣中難測的病菌會鑽進來；過去人車喧鬧的街道，如今是不停歇的救護車與警車聲，隔鄰的十二層大樓紐約大學校舍，對街新思潮大學的校舍，學生全數被撤離，學生們過去肆無忌憚的歡鬧聲，曾讓他厭惡，現在反而讓他懷念起來，他被這個世界的死寂沉悶到快要窒息。

於是每日隔空的網路交談中，他的語氣從對新奇狀態的興奮，變成了苦悶的傾吐，外加無望和孤獨。除了我之外，與南半球的親友交談，成了他每日冀盼的時刻，那是他唯一紓解與釋放壓力的通道，他逐漸沉淪於深夜中，長久空間的隔離，晝夜難分的混亂，造成他失去了對時間的判斷，常處於迷亂與幻覺，許多時候甚至懷疑

自己究竟身在何處，處於哪個時間裡。特別是掛上網路電話後，他頓時感覺切斷了與這個世界的連結，陰鬱如小偷般，一點一滴侵蝕，等他朝他撲去。

而另一方面，當他回歸現實，聽到愈來愈多親疏遠近的友人或同事不幸染疫死亡的壞消息，驚覺到病毒仍在漫天飛舞，致命的病菌和死亡像獵食者，虎視眈眈等著吞噬他；社會的失序是另一個因素，不合作的人群、趁火打劫的宵小、隨機的暴力、新聞的疲勞轟炸，這一切的一切不知還要熬多久才會停歇。這一波波的恐懼浪濤，有時窒息得讓他喘不過氣，感覺自己就要滅頂。

終於，恐慌症找上了他！

他的心跳加速卻停不下來，血壓迅速飆升，頭部感覺如火球般的燃燒，一度他感覺自己可能即將離世，不是被病毒，而是恐慌。更糟糕的是，這個時期，醫院和診所成了最可怕的場所，他不敢去就醫，只能躺在陰暗的公寓床上，放棄了希望，等待死神對他進行審判。而隔著半個地球的我忐忑不安，深怕半夜響起的電話，是他的壞消息，乾著急之餘，在台北的深夜，我以電話向紐約的朋友四處求助；終於，他去了醫生診所，服了藥，緩解了因恐慌症飆升的高血壓與中風的危機。

慶幸的是，就在他面臨絕望之際，老天爺帶來了希望。一天，紐約傍晚七點整，居家工作的上班族下班了，丈夫也不例外，我這方電話一接通就興奮的對他喊著：「趕緊打開窗，開始了！」原來是曼哈頓居民發起了每晚七點向第一線醫護人員致敬的舉動，大家在同一時間大聲歡呼，敲鑼打鼓，那怕是唱歌吶喊都行。屋頂、陽台、與開窗的人聲連成一片，相互打氣與鼓勵，發起人用音響播放著經典的〈紐約、紐約〉，像一道清風，吹散曼哈頓下城的陰霾。一向冷漠高傲的紐約客在這個時刻釋出了少見的柔情與關懷，是漫長的疫情將他們冰冷的心融化。因為在死神的面前，沒有貧富貴賤

之分，死神的收割刀，隨時伸向自己、親友、熟識或不熟識的，對誰都不留情。

從那時起，對丈夫來說，支撐和安慰他的，除了南半球的親人外，每晚等待的電話，七點的歌樂，屋頂的人聲吶喊，成了他最大的慰藉，儘管那個救生筏只維持了數月。幸好，隨著疫苗展現一絲曙光，他的恐慌症逐漸獲得紓解，我也等待隨時登機飛回紐約家中。

2021年4月中，我終於回來了，班機抵達甘迺迪機場時已近深夜，機場空蕩蕩的，這是我第一次親身感受到疫情的震撼。來接機的丈夫，滿臉憔悴與倦容，兩鬢沾了霜白，可以看出過去一年多來他所承受的恐慌與身心折磨。回家的車上，我們一路無語，他閉目養神，我看著車窗外深夜的紐約，如夢般的不真實，直到冷風將我吹醒。

4月的紐約，逐漸進入「微解封」，走在殘破的曼哈頓街頭，空氣依然冷冽，然而大地逐漸甦醒，綠芽迫不急待的從樹枝中鑽出。人類一直用科技、醫學、貪婪的資本主義試圖控制大自然，總認為自己有權揮霍，殊不知大自然有它自己的標準，當感受到威脅時，便以人類難以阻擋的速度以災難為武器加以反撲。

原以為這場劫難會帶來覺醒，遺憾的是，回紐約半年以來所見所聞卻非如此。疫情將人類帶到了一個十字路口：一條路通向更美好、更包容、和敬畏大自然的世界；另一條路則導向了更加分歧、自私、以及人性本惡的暴力世界，人與人之間的不信任加劇，城市文明開倒車。我百思而終得其解，原來人類的寬恕與包容只是短暫的救贖，僅在無處可躲的集體危機中，從堅硬的內心破口處，流淌出一點，當一切逐步回歸正軌，人們健忘的本性又出現了，在災難面前，人們看似變得謙卑，原來卻是因為我們失去了反擊的能力，而非從內心深處的降伏，因此「永劫回歸」的歷史才會如輪迴的大車輪不斷重複。

　　人們開始下意識的遺忘才不久前不及埋骨的可怕時光，多數人關心的，是進入後疫情時代，如何補回那段時間失去的金錢與享樂，原以為會更包容的社會，卻更加失序，氾濫的槍枝，公園內隨處可嗅到的大麻菸味，騎樓和街角充斥著流浪漢，更可怕的是，無論是走在路上，還是地鐵內，隨時得提防突如其來的棍棒、鐵器、言語暴力和子彈。

　　對於這一切的悵然，我唯一能做的是把自己從雙重時空拉回單一時空，最欣慰的自然是丈夫儘管遭受身心磨難，好歹都度過了，夫妻也得以團聚，我們沒有如浩劫餘生後重逢般抱頭痛哭，而是淡然面對這一堂無常的課。而對於我個人而言，過去數年來一次次的重病把我拉到死亡邊緣，卻又放過了我，我並非以勇氣和無懼與死亡進行較量，而是深化了對生死無常的頓悟。

　　這如夢的一年，儘管被大部分人刻意遺忘，而在我的夢裡，是大夢初醒。我是幸運的，慶幸自己在雙重劫難的襲擊之下，仍然安好。我欣然的對自己說：能活著，就是最大的恩賜！

海 雲

作者簡介

　　海雲，本名戴寧，江蘇南京人。內華達大學酒店管理學士，加州州立大學企業金融管理碩士。現為海外文軒作家協會主席，是海外文軒文學組織的創建人。曾任職旅遊業、酒店管理、矽谷高科技公司，現專職創作。

　　作品〈生命的迴旋〉獲中國散文作家論壇徵文大賽一等獎；〈金色的天堂〉獲美國漢新文學獎散文類第一名；長篇小說《冰雹》獲得第三屆海內外華語文學創作筆會最佳影視獎，長篇小說《金陵公子》獲2017年台灣僑聯會文藝創作獎小說類第一名。長篇小說《歸去來兮》被改編成電視連續劇劇本；短篇小說〈父子的信〉、〈母女日記〉被翻譯成英文，收集在第十四和十五屆英文短篇小說國際會議的文集中；2017年長篇小說《金陵公子》和中短篇小說集《自在飛花輕似夢》在中國出版。

楓葉荻花落溝壑

前言：

　　疫情期間有太多的紛爭——種族間的紛爭、政黨間的紛爭、戴不戴口罩的紛爭、打不打疫苗的紛爭，還有華裔移民代溝引發的紛爭……

　　最後這一種紛爭在2020年美國總統大選前達到高潮。很多華裔移民第一代支持川普總統的政見，他們享受美國給予的機會和更好生活，更贊同川普維護美國人的利益，包括限制移民、禁止非法移民、以及對中國的強硬態度等等。而成長在美國的新一代華裔卻無法苟同父母，覺得同為少數族裔，華一代不該只順理成章地享受黑人民權鬥爭取得的權益，卻又高高在上俯視其他少數族裔，忘了自己也曾是移民，只想把同樣想尋求好生活的準新移民擋在國門外，這引發了很多家庭兩代人的紛爭。有一天我在美國中文報紙上讀到一篇報導，說有好幾對華人父母與子女在總統競選中因政見分歧，造成感情撕裂。由此寫了這篇小說，想表達由於兩代華裔移民成長環境和人生經歷不同形成的矛盾；希望藉著小說，能警醒海外華人對兩代之間文化溝通的危機。

　　10月，新英格蘭地區的楓樹的頂端剛剛出現了一抹霞紅，羅錦繡還沒來得及嘆一聲：秋了，就聽到手機「叮咚」一響，她抬手一看是女兒艾米的短訊：我感恩節不回家了，剛找到工作，很忙。羅錦繡本就有點失落的心情往下一沉，這死丫頭，自打上個月搬出去

自己住，就沒回家過，現在離感恩節還有一個半月呢，一個短訊就不回家了，真是翅膀長硬了！

　　情不自禁想起女兒小的時候，可是個非常乖巧聽話的好孩子。羅錦繡二十多年前在中國開了一家外貿公司，憑著一口流利的英語，和在外貿局工作幾年打下的關係網，公司做得不錯，賺了幾桶金，但是，好景不長，工商局的人來查，說她的公司沒有按照相關規定辦事，要交罰款，交完罰款之後羅錦繡就沒錢進貨了，生意一落千丈。她那時候也才二十八歲，跟丈夫感情不大好，女兒艾米才兩歲，羅錦繡決定離開中國，她申請了美國大學的研究生。羅錦繡後來總對女兒說：「我坐上來美國的飛機的時候，告訴自己一輩子都不用回去了。」

　　羅錦繡研究生畢業後找了家美國貿易公司留了下來，綠卡一拿到她就辭了職自己創業了，她利用自己以前做生意時的人際關係，把中國的東西倒騰到美國來，生意做得也有聲有色的，她離了婚，並且把女兒艾米從中國母親家接到了美國來。那時女兒已經八歲了，上小學三年級了。

　　艾米很懂事，也許是自小就住在外婆家，父母不在身邊陪伴，到了一個完全陌生的環境裡，唯有母親是她唯一的依靠，她也很崇拜媽媽，媽媽長得不算太漂亮，但是耐看，且學商的，能言善道，八面玲瓏。艾米從完全不會說英文到一口美式地道英語，還能糾正母親引以為傲的帶有口音的英語，羅錦繡從不服氣到慢慢才察覺到自己的英文永遠也不可能去除那帶有母語的特殊口音，她嘴上說：「我的英文在老中們中算好的了，別忘記你媽我可是外國語學院畢業的。」心裡其實挺羨慕、也很以女兒的純正英語為傲，人家都說十二歲之前學第二門外語的人，大多可以講得字正腔圓的，十二歲以後就總或多或少會帶有母語的口音，羅錦繡常以此為自己的口音開脫。

　　艾米和母親的感情一向很好，母親很會賺錢，她們母女倆生活得不錯，艾米高中畢業考取了美國一所著名的大學學會計，很讓羅錦繡臉上生輝。

　　可母女之間的矛盾好像也是從艾米上大學開始慢慢累積了起來，開始是一些小爭執，比如大學校園的party（舞會）和party裡的一些活動，羅錦繡覺得喝酒不好，女孩的貞操比命重要等等，說得多了，艾米以後就不大愛提大學裡的事了，羅錦繡問起，艾米就顧左右而言他，羅錦繡漸漸的發現不大知道女兒在大學裡的情況了。

　　艾米大學最後一年剛上了半年，正準備找工作，就碰上了新冠病毒全球大流行。3月底，學校關門了，她回家與母親住在一起，白天上網課，母女倆從開始幾天的團聚興奮過去之後，都發現爭吵日益增多。

　　每天晚飯桌上，母女倆常為了美國總統大人吵個不休，羅錦繡因為川普對於中國採取強硬政策才支持川普的。羅錦繡說，「我就是希望川普能伸張正義！」

　　艾米搖著頭，問母親：「媽，你知道嗎？Trump把新冠病毒稱為中國病毒！我的一名韓國朋友，在等公車的時候被人罵『Chinese virus（中國病毒）』，還被人吐口水。美國的種族歧視問題已經很嚴重了，Trump作為總統，應該儘量消除人們彼此間的仇恨，而不是加劇它。」

　　「Chinese virus沒有問題啊，西班牙病毒也沒見到西班牙人抗議嗎？以第一個發現病毒的地方命名，這是世界慣例，」羅錦繡說，「其他國家的人都沒有抗議，就中國人民不能接受。是中國人好面子吧。」

　　「可是媽，我見到我們學校有個武漢來的中國留學生，她對有些美國人稱武漢病毒感到特別受傷！」艾米說。

　　「我不覺得受傷，我也是中國來的，我覺得川普做得對！就

是中國病毒！就是武漢病毒！中國政府必須要為自己的瞞報付出代價！」羅錦繡振振有詞。她還替川普辯護道：「哪個總統在台上，都會是現在這個狀況。讓美國人出門戴口罩實在太難了。」「難道你出去不戴口罩嗎？」女兒問。「我不戴！我把話擱在這兒，我絕不戴口罩！」羅錦繡就差對天發誓了。

4、5月母女倆從春天吵到了夏天。

6月份，電視裡說川普政府針對國際留學生網上授課提出的簽證政策而憤憤不平，她要求母親和她一起參加希望川普收回命令的簽名活動，但羅錦繡拒絕了。母女倆又一頓好吵，艾米不明白母親也是中國大陸來的留學生出身，也是新移民，怎麼就對留學生和新移民沒有一丁點兒的同情心呢？她對川普縮緊移民政策拍手稱快，川普說要建一堵牆防止墨西哥人偷渡，她歡喜雀躍，她對川普簡直到了崇拜神的地步了，只要川普說的話，都是真理，可搞笑的是川普常常前面這樣說，後面有又那樣說，羅錦繡的立場和觀點也跟著總統前後左右的變化，艾米指出母親前後矛盾的說詞，還說總統就是一個出爾反爾的有性格障礙的人，相信這樣的總統的人自己也有性格問題，氣得羅錦繡對女兒嚷嚷：「你吃我的，住我的，用我的，現在卻反了你啊！你這白眼狼！現在敢批你媽了！有本事你自己賺錢養活你自己！別問我這有性格問題的人要錢！」

當晚，艾米就一摔門就跑去了中學時代的好朋友也是ABC的茜茜家。

茜茜與艾米完全不一樣，她一頭披肩的長髮，髮梢染著藍色，穿著露出肚臍的小背心，肚臍上有個小環環，在燈光下閃著金光，她聽見門鈴響打開門一看是艾米，就興奮地尖叫了起來，兩個女孩兒熱情地擁抱在一起，又叫又跳，她們也好久沒見了，快一年了，去年放暑假，兩個好朋友都從大學回家，與幾個中學同學出去吃冰淇淋，那以後兩個人又你在我家睡一晚我到你家住兩天，玩起了小

時候那種sleepover的遊戲，茜茜讀藝術學院，學音樂的，拉小提琴。

「我能在你家住一陣子嗎？我一找到工作就搬出去自己住？」「當然可以啊，我跟我媽說一聲，你住我房間。我猜你是不是又跟你媽講不到一起去？」茜茜猜道。「你肯定想不到，我媽現在變得不可理喻，整天川普川普的，就差沒把他供在神壇上！」「我知道，現在好多華人都這樣，我哥哥也是收留了他最好的朋友，你記不記得傑森？就是他爸開的那家湖南餐館！傑森跟他爸差點兒打起來，他爸報警了，然後就把他趕出了家門，傑森就跑到我哥哥公寓去住了。」「真的啊？傑森不是去讀法學院了嗎？哦，對了，現在學校都關門了，你哥哥沒回家？」艾米知道茜茜的哥哥在哥大讀研究生，住在紐約的曼哈頓的一棟公寓裡。」我哥說反正租金也交了，前陣子新冠在紐約不是特別厲害嗎，他被感染了，不過，沒什麼大事，現在早已好了，但那會兒他怕傳染給我爸媽就沒回家，沒想到沒多久傑森就跑去跟他住了，他有了朋友就更加不要回家了！」

那天晚上，羅錦繡看見女兒房間一直黑著燈，開了門進去一看才發現女兒不見了，她坐在女兒的床邊上的黑暗裡，血往頭上沖，心裡轉著幾個女兒可能去的地方：回大學宿舍了？出去走路散心了？到同學家去了？剛想到這裡，電話鈴響，是同鎮的鄰居茜茜她媽姚晴。

「錦繡，你女兒在我家，茜茜告訴我艾米和你有點爭執，想在我家住一陣子，我怕你著急就告訴你別擔心。我家威廉一直沒回來，茜茜在家都悶了四個月了，讓她們倆一起也好，互相有個伴。你暫時也冷處理一下吧，過兩天再跟艾米好好聊聊，母女間哪有過不去的？」姚晴說得合情合理。

「那謝謝你啊，唉，現在這些年輕的孩子們真是胡鬧啊！」羅錦繡本來可以到此為止的，可憋不住又說了下去：「你知道嗎，

他們搞那些網上連署、虛擬集會什麼的，都是這些身在福中不知福的學生們小打小鬧的東西。動不動就說有人歧視他們，我怎麼沒覺得？在中國的時候，不也有城市的看不起農村的，大城市的看不起小城市……被人歧視並沒有什麼大不了的，那些歧視別人的人，本身也都是底層的。如果自己足夠努力，有了足夠的經濟地位，有了錢就有了底氣，既不會、也不用在乎被人歧視。我就不在乎。整天跟我辯美國總統的問題，她一個大學生，讀好書就行了，總統她管得著嗎？再說了，川普對於中國的政策，那是在打擊惡勢力，是對全世界都有好處的，也會對未來帶來深遠影響……」羅錦繡一說就收不住。

姚晴聽到這裡，忍不住打斷她：「錦繡，政治立場不同可以理解，可是何苦要弄成親情的傷害？你知道嗎，艾米說她在家裡面對你，感到窒息喘不過氣來……」

其實艾米的原話更尖銳：「我媽對於川普的支持，本質來源於內心對中國政府的恨，她還翻出很多老帳，說她的太爺爺多少年前被槍斃，因為家裡有錢，還有什麼文化……對了革命，誰誰自殺了，可那會兒她還沒出生呢，可這些莫名其妙的仇恨讓我媽無法冷靜又理智地去看待這裡的現實。真正讓我生氣的並不是她的政治立場和我不同，而是她成為一個被自己內心的恨意支配著的人。和這樣的人生活在一起，真的太壓抑了。而且她不占上風不會停，就像川普一樣，會胡攪蠻纏地為自己隨嘴說出的言論辯護，根本不講理……」

姚晴輕描淡寫的轉述還是激起了羅錦繡極大的憤怒：「真是白眼狼啊！我花了這麼多的心血把這個女兒養大，她卻不聽我的。還這樣說我！我說的這些話，都是有我五十多年的經歷和體會啊！你告訴她，中國人有句老話『不聽老人言，吃苦在眼前！』她要住你家隨便她，你收她房租，讓她知道天下沒有免費的午餐，這些毛孩

子就是不知道生活的艱難，都是好日子過慣了，她以為他們遊行示威就會有麵包和牛奶嗎？……」

那天晚上讓姚晴讓羅錦繡好好宣洩了一下她恨鐵不成鋼的情緒，總算掛了電話，她走到女兒的房間，告訴艾米可以安心地住在她家裡，她媽媽知道這事兒了。

「姚阿姨，我媽是不是跟你說了一大堆？反正總歸是我不好，因為她是媽，我是女兒，我就該沒有自己的思想，我就得什麼都聽她的。她總是把我們因為政治立場的爭吵引到別的話題上去。她很擅長讓我愧疚，當她沒辦法用道理說服我的時候，她就會用輩分來壓住我，讓我服軟。」

艾米說著說著眼淚也掉了下來，茜茜見狀把媽媽姚晴往臥室門外推，並在媽媽耳邊小聲說：「好了，媽，你該去睡覺了。」再回到臥室的茜茜過去擁抱住好友，艾米趴在好友的肩上，哭出聲來……

一個月後，艾米在星巴克找到了一個咖啡師的工作，就搬出好友茜茜的家，她一直沒有回家過，平常偶爾會發個短訊給母親報個平安，她很怕回家，很怕再去面對母親那近乎瘋狂的政治熱情。

2021年春寫於日落湖畔

賀婉青

作者簡介

　　賀婉青，台北出生，美國企管碩士，曾任台灣的房地產版記者、大學講師，隨夫婿移居美國後，自新聞界轉進藝文界，作品散見於《世界日報》、《聯合報》副刊。由聯合文學出版的小說《三個月亮》獲2021年僑聯會華文著述獎文藝小說類首獎，曾獲美國的漢新文學獎、台灣行政院的桐花文學獎、吳濁流文學獎、僑聯會華文著述獎新聞寫作報導獎。《聯合報》繽紛版專欄作家，TOGO旅遊雜誌紐約特派。現居密西根，書寫中長期關注女性及移民的議題。

風雨中的扁舟

　　孩子在家上課已經第三天，發育中的兩個孩子吃光了葡萄、藍莓、香蕉，連袂扯嗓門：「媽，牛奶快沒了，蛋只剩兩顆！」自密西根州長宣佈本州進入新冠病毒疫情的緊急狀況，學校全面停課，餐飲、運動設施停業，生活進入慢轉模式，孩子的胃口仍然持續快轉。疫情讓日常成了亂世，僅僅滿足飲食已成壓力。

　　爸爸常說：「多子多孫多福氣，當初妳媽媽願意多生就好了！」當時我不明白，兩個都養不起了，為什麼還要多一些？

　　爸爸是跟隨孫立人將軍來台的青年軍，四十歲時，軍隊解除禁婚令，娶了小二十三歲的客家籍女子，生下我跟弟弟，六年後因個性差異太大離異。爸爸隻身來台，無親無故，成了一葉扁舟，我跟弟弟成了他在台灣唯二的乘員，雖然在航行起不了作用，但一定是秤砣，讓爸爸鐵了心在未知的迷霧中昂然前進。十歲的我，對同舟共濟的概念模模糊糊，但知道一家三口同在風雨飄搖的小船上，我的力量再小，也要努力划，爸爸才不會失去希望，課本說風雨生信心。

　　爸爸從大陸孤鳥來台，憂愁沒人分擔，難怪急著成家，自己造親人，從一變成二、再從二變成四，這當然是壓力。有一回爸爸派遣我南下跟阿姨借錢，一張手寫字條，上頭寫了彰化縣阿姨住家的地址，爸爸送我上火車，叮嚀出火車站，直直走不會太遠，就看到阿姨家，請她一定要幫忙，借我們幾千元。

　　爸爸渡海、我的南下，都為了找岸，港灣是岸、幾千元的支援也是。

　　我國小四年級，沒出過台北，一出門就到車程四小時的遠地，

我趴在玻璃窗，緊盯每一站的站名，深怕坐過頭；更怕借不到錢，爸爸賴以維生的計程車，無法從修車廠拿回跑生意，家計就陷入危機。

亂世已成往事，疫情不知何時方休？出門採買食物，車水馬龍的主幹道，杳無車跡，平常需見縫插針的龐大車流，從路表蒸發，我才察覺馬路是灰色的。

超級市場每個人都像蝙蝠，豎眼尖耳，各據領土，有人臉上一張白布，蓋滿鼻到下巴，嚇得人倒退三步。走道上一雙雙佈有血絲的八字眼左右地移動，避開熟悉卻又陌生的鄰居，不敢對眼，省卻打招呼的尷尬。轉角巧遇久違的老友，竟然有喜極而泣的感動，伸出的手又悄悄地縮回，不敢擁抱，遙遙地細聲問候，告別時苦苦地微笑，誰也不知道踏上人蛇雜處的超市戰場，會不會染上新冠病毒，成最後一面？

天雖然閃耀豔陽，空氣卻是冷的。

新冠狀病毒疫情，在漫天紊亂的新聞洪流中，紛擾滾滾，我的心卻如屋後結凍的河水滯留。回去我問先生，超市架上的蛋、奶都搬光了，美國確診、死亡人數，又呈倍數上攀，我們的財務能撐多久？他很樂觀的說這波疫情應該兩個月會結束。我再問了一遍，你要仔細估算若公司營運不下去，你沒有薪資，我們生計怎麼辦？

南下找阿姨的心情我還記得。地址一路緊抓，揉在手心，紙條打開又折回，線條被手汗糅和了，地址似佛號，台北唸到彰化，我相信誠心菩薩就會應許借款；或者擦著擦著，故事書的神燈巨人會出現允諾。當年從迷航大海逃出的爸爸，那個小水手，不願再隨樂觀的船長入險境，沒有僥倖的態度，「船到橋頭自然直」，如果橋頭後是斷崖，難道偕孩子一起墜落？

移民在異地沒有後援，喪身大海，就如大漩渦化成細沫消失在海平面，連影子都不留。我從台灣海峽經歷狂風暴雨，航過太平

洋，不就求個大港靠岸？此時風暴再起，小水手只想拴緊我的兩個小乘員，找個可庇護的小港靠岸，等風暴過去。

我的不安是有原因的。也在小學時，班導師在講台黑板寫字，從右到左，我們緊追老師擦掉新寫的速度，連氣都不敢喘。門外忽走進另一位老師，跟班導說話，大家有了歇息的時間。不一會兒，我被叫出來，同學詭異的目光送我走出教室，一牆的文字，像是倒塌的磚頭，砸得我抬不起頭，非議的聲音留在背後嗡嗡作響。

不知道發生了什麼事，不敢哭，也不敢問，一路低頭跟老師走。

爸爸遇到乘客坐長途車，不付車資，氣極出手，鬧到警察局。員警通知了在學的大女兒。進門看到垂頭喪氣的爸爸，我哇地一聲哭出來。長女，不過是名義上的，看到魁梧員警腰際的手槍，我顫顫巍巍地不敢靠近，員警蹲下問，家裡有大人嗎？爸爸單身在台的現實，都血淋淋，缺錢沒人借、緊急沒有親友幫，兩個小學生是他唯一的血親。

所以先生在疫情中，堅持出門處理非緊急的事務，我懇求他，「你染病住院，我去照顧你，孩子誰照顧呢？」小學生的恐懼一直站在內心深處，沒有散去，仰望員警帽上巨大的警徽，不知道爸爸會不會一去不回。抉擇可以取代宿命，往事不能重演，讓年幼的孩子站在磚牆邊茫然，當大人的救星？

王鼎鈞曾經說，壓力下，男人都變成孩子，妻子或女兒儼然是母親。中國當年天災多，記得父老相告，每一次大飢荒，都是女人找食物餵一家人。一個家庭，只要母親沒餓死，孩子不會餓死。只要孩子沒死，母親也不死。

春雷後雨水暴漲，蜉蝣來屋後的溪流產卵，成群結隊婚飛，孩子從小就怕接近河岸，頭頂密佈飛舞的小蟲。我解釋蜉蝣只有幾小時到一天左右的生命，它們不吃喝，跳婚舞，找伴侶產卵後死亡，它們生命的意義就是孕育下一代，可惜看不到未孵化的孩子。

孩子似懂非懂，「媽媽可以看到我們長大，還可以看到我的孩子長大。」

　　我沒告訴他們，稚蟲費時數月到三年，由卵孵化且蛻皮二十多次成為成蟲，成長的代價漫長且痛苦，它們願意熬，確認血緣延續後，即使無緣相見，也安心離世。

　　密西根漸暖，長達半年的冬天將過去，屋後的河水解凍，開始潺潺地流。

（本文曾刊於2020年4月18日《世界日報》副刊）

霏 飛

作者簡介

　　霏飛，畢業於福建師大。作品散見於北美《僑報》、《世界日報》和《文綜》等。小說和散文收錄多本文集，曾多次獲漢新文學獎。

貓生2020

　　在客廳緩緩行走，我環視四周，竭力想記住這裡的一切。茶几上還放著琳達起先喝水用的杯子。我對杯子情有獨鍾，把它當成我的吉祥物。

　　我是縮在杯子裡來到琳達家的。琳達是我的主人，確切地說，是我的新主人。2019年中，我和三個姐姐降生在原主人蘇珊家。雖然我性格冷傲，但有時也調皮，喜歡爬高，喜歡鑽洞，連小小的杯子都不放過。蘇珊家有兩個小孩，加上我一家五口大小貓，她忙不過來，遇上愛貓人士便慷慨相贈。那天，琳達一眼就喜歡上鑽進杯子裡扭動身子玩耍的我。於是，2020年初，我就這麼來到琳達家，開始了我離開親人獨自勇闖天涯的貓生。

　　蘇珊家的房子年代久遠，屋子部件之間常會發出各種摩擦聲。她家的兩小孩經常在樓板上跳啊蹦啊，孩子們每次一蹦，就跟交響樂似的，樓板立馬跟上節奏吱嘎吱嘎作響。在貓類中算是活潑的我，也頂不住這份嘈雜，我的小心臟跟著交響樂撲騰撲騰一陣亂跳。這種交響曲每天至少奏三遍。

　　琳達是蘇珊的朋友，和史蒂夫結婚不久，還沒有小孩。我來到新家，嶄新的三層貓爬架，裏著地毯，我可以隨意上下，自由自在，不必再和姐姐們爭地盤。但是我依然有點不適應，我想念姐姐們、想念母親、想念在幼小的短暫歲月裡的美好時光，甚至想念我一向很不喜歡的那個一天奏三遍的交響樂。但在想念過去的同時，我不得不開始適應新家。

　　琳達的家很新，什麼都是新的。客廳的傢俱在陽光下折射出微光，一閃一閃的，很好看，非常乾淨，這是我喜歡的。

　　我有著一種與生俱來的潔癖，所到之處，必定用我的舌頭清舔乾淨。經常掉毛是我的缺陷或者叫軟肋，常常讓我心懷愧疚。我希望他們抱我的時候，不要穿著黑衣服，最好是沒有任何暗色彩的淺白衣服，即使沾上毛也不顯眼，那麼眼不見為淨，我的世界就是清澈明淨，這讓我無比快樂。而黑色衣物上總是抹不去我的罪證，毛髮一旦沾上，每一根都非常頑固地依附在上面招搖，我不喜歡。我愛臭美，喜歡我那白中帶點灰的毛髮波浪般柔順。我一有空就用舌頭理毛，常常把毛誤吞進肚子裡。有一次因為吞毛過多導致嘔吐，琳達急得掉淚，為此常常為我梳毛，並定期送我去寵物店剃毛。慢慢地，我喜歡上了新家，喜歡上琳達以及她的另一半——史蒂夫。

　　史蒂夫也喜歡我，但他當然更愛琳達，確切地說，他是因為琳達愛我而愛我，但對這我一點都不介意。

　　他們給我起了很甜膩的名字，Candy。可能是因為雖然我看過去冷傲，但偶爾還是會撒嬌賣萌什麼的。他們在下班後一般都會和我玩一會兒，但我感覺我不是他們的最愛。家裡的電腦是我的敵人，他們總喜歡在電腦前敲著鍵盤滴滴答答。我無聊了會跳上去，站在鍵盤上，屁股對著電腦，看著他們。我左歪歪頭，右歪歪頭，我想知道他們為什麼可以長時間盯著那個閃亮的平面一動不動。我和他們對視，提醒我的存在，提醒我的軟萌。這時候往往會被一雙溫軟的手抱在懷裡，一起面對著電腦。好吧，跟他們一起欣賞這閃亮的東西也算是不錯的待遇。可是看了半天，除了一堆我看不懂的字，什麼都沒有。無趣，我還不如滾一邊去瞇眼更實惠一些。我「喵」了一聲，跳了下來，自顧自逍遙去了。這樣的戲碼經常上演，在和電腦的爭寵中，日子就這麼愉快地不緊不慢地過去了。

　　不記得哪天開始，總之忽然他們就不去上班了，然後天天窩在家裡，大多數的時間都在敲鍵盤。敲完之後，他們也不像之前那樣和我玩，而是彼此之間經常對望，鎖著眉頭，說著什麼。屋子裡沒

了以前輕鬆愉快的感覺，氣壓很低。我的糧食也低了幾個檔次，但我覺得這不算什麼。雖然不知道發生了什麼事，但我一貓生都會遇到一些變故，更何況人生呢，咱配合就好，沒什麼過不去的坎，一起捱吧。

可是有一天，我瞄了一眼他們的那個閃亮的電腦平面，極度不適。乍看，原以為是我的同類在街上睡著了，再仔細一瞧，那分明是頭破血流橫死街頭的畫面，而且還不止一隻。我飛速彈起奔回我的窩，小心臟一抽一抽的。聽見琳達嘴裡不時發著憤怒的牢騷：「太殘忍了，貓命不是命嗎？貓得新冠，所有的貓都得摔死嗎？那麼人得新冠，是不是也要直接滅了呢……」天哪！那些貓居然是被人類從高樓扔下去摔死的。

原來，這世上不知怎麼的，冒出一種新型的疾病。確切點說，是一種傳染病，其毒性和傳染性已經超過目前人類醫學科技的最高認知水準。

從那以後，我開始擔憂，我不思飲食，我在尋找出路。可四周都是牆，出路在何方？史蒂夫打那天起就再沒抱過我。我的毛髮一天比一天長，指甲也是，也沒人帶我去修剪。雖然琳達時不時還抱我，但總是一副心事重重的樣子。家裡的空氣都凝固了一般，為此，我惶惶不可終日。

咳咳咳，琳達是不是感冒了？斯蒂夫非常緊張，又看似有點生氣，怪琳達是不是又抱我了。「可是牠都沒出去過，怎們可能？」琳達很不開心，邊咳邊頂回去。「牠沒出去，可是我們偶爾會出去啊，帶回來的東西牠碰了不就染上了，動物命硬，牠沒事你也可能中彈。」

聽著他們的吵鬧聲，我萬念俱灰，縮到一旁。我不明白我到底做錯了什麼？琳達抱我怎麼還成了罪過。客廳嶄新的傢俱落了點灰，但依然泛著微光，一閃一閃的，冷冷的，宛若多看一眼便可能

會凍傷我。我別過臉去，我不願意他們找到我，我躲進衛生間的水箱底下，蜷縮在那裡思考我未來的貓生，我該何去何從。

史蒂夫堅持要把我送到動物收容所去，琳達不願意。這天，琳達又買了一包貓食回來，史蒂夫有點生氣，不是要送走了嗎？又費這錢幹什麼呢？琳達說我們沒失業，政府又給我倆各發了一千二百美元，我們差這點貓食的錢嗎？史蒂夫不開心地回說，這跟錢多少沒關係，是有必要和沒必要的問題。琳達和史蒂夫吵著吵著就哭了，然後似乎史蒂夫不停哄她並請求原諒。

不過對我而言，這都不重要了。我不想看他們這樣爭吵，我是一隻善解人意的貓，我要做一隻能給主人排憂解難的貓，所以我決定選擇成全。至少我不是被任何一個人類扔下去的，我是出於自願，這是我自己的選擇，和他人無關，這是我對琳達的愛的表達方式。

太陽快下山了，我走出客廳，跳到陽台的欄杆上。從七樓往下看，以前車來車往的街上如今冷冷清清，只有零星的車輛冒出來，昭示著這個世界還有著那麼一點人間煙火氣。我愛這個世界，但世界變化卻超乎我的想像。把一切美好就此留住，何嘗不是一種美，一種悲壯的美。

回想著過山車般的貓生2020，我心生無限感慨。我後爪發力，前爪騰空，準備一躍而起回歸大地的懷抱。這時耳邊傳來一聲聲呼喚，「Candy……Candy……」是琳達的聲音，顯得很焦急。

不辭而別總歸有太多遺憾，何不來個告別的回眸，彼此眼中留住最後的光影。我轉過身望向張開雙臂急切往陽台奔來的琳達。不知道是風太大，還是怎麼的，我的眼中竟然泛起一層水霧，閃閃的。我遲疑了一下，被琳達抱入懷中，她的臉不斷蹭著我的脖頸。史蒂夫也走了出來，摸摸我的頭，說Candy又調皮了，竟然爬高。我頓時感覺我的四肢軟軟的，再也沒了爬高的悲壯和勇氣。琳達抱

著我走進客廳,那嶄新的傢俱在暮色裡透著微光,一閃一閃的,像夜空裡的星星。

我窩在琳達懷裡,進入夢鄉,進入沒有病毒沒有恐懼的平和世界。

我想,我應該給人類多一點信任,希望一覺醒來,陽光灑滿整個窗台。

（本文曾獲2020年第十五屆PSI－新語絲網路文學獎三等獎）

趙洛薇

作者簡介

　　趙洛薇旅居美國三十餘年。是美國Licensed Acupuncturist，特考美國針灸醫師，懸壺紐約。曾任美國醫慈會理事醫師，為《美佛慧訊》撰寫保健知識。自小熱愛文學與音樂，1994年起寫些童言童語、兒歌、散文等，刊登在《世界日報》〈家園版〉、〈兒童版〉、〈世界週刊〉等版面，以及《華美族藝文文學》和紐約華文作家協會《文薈報》等刊物。並參加北美作家協會、海風詩社、法拉盛詩歌節等。美國紐約華文作家協會會員。

抹不去的記憶

　　2020年3月紐約的新冠病毒疫情一個勁的嗖嗖往上竄，女兒一直在電話裡催促我和老爸去新澤西州鄉下避疫，而紐約弟弟一家勸阻我們留在紐約那兒也別去，就近照顧。對我倆來說自然是家裡好。就這樣一天天挨到3月29日，染疫的病人與死亡數字節節上升，救護車呼嘯而過，整日伴著那刺激神經的呼叫聲，令人心慌意亂，誠惶誠恐！這時女兒又打電話來催，說再不走紐約封城就去不了。懸而未決，整天思索的是：「去鄉下，還是不去？」又是一夜無眠。東方露白時，我想明白了，還是去的好。為了給自己增添力量，又與朋友商量，他說按目前疫情狀況，還是鄉下好，出行雖不便，染疫機會減少很多，並說他可以開車送我們。我們終於決心去了。3月30日下午兩點出發，先生還是一臉不高興，朋友和顏說：「不用擔心，路不很遠，如果您住不習慣，我再接您們回來。」至此，他的臉上才有愉悅之色。

　　路上車輛極少，行車從未經歷的通暢，只在某個十字路口見到一位女交通警察，她孤獨的身影與臉上無奈的笑容，令人悲由衷來，莫名的哀傷充滿心頭。回神想到，如今路上還能見到員警，至少讓開車的人得到一些安慰。

　　猛然一個剎車，原來是遇上紅燈。人行道上錯錯落落散過來一些人，走近我們車前的是個年輕人，雙手拿著兩個小麵包，剛咬一口，見有車來，忙把麵包拿在一個手上，騰出一隻手，侷促地伸進窗來討些零錢。那是隻有白皙修長手指的手，順著手看到那年輕的臉，凌亂的頭髮和小格子襯衣，這標誌著曼哈頓的白領？再看遠處的那些人齊刷刷都是一個模樣。災情最初三個月中，人們都在迷

糊慌亂中度日，一切救災放糧、紓困金發放、失業金領取都還沒就序。這些年輕人，已在忍飢挨餓沿街找錢，令人感嘆！說也難怪，在他們的生命中從沒經歷戰亂、食物短缺，怎會有積穀防飢的意識、防患未然的遠見？

青年的身影和白皙侷促的手，深深烙在我的心上。無論是土生土長的美國人或外來移民，年輕或是年老，都受這世紀大災難突襲，誰能想得通，誰又能繞得過呢！

曼哈頓街道兩邊的高級服裝店、珠寶首飾店、名牌店，面街櫥窗都被木板釘得嚴嚴實實。許多被打砸搶過的店門大敞，門道裡流瀉出一地垃圾，一直流淌到人行道上……曾經由多少富豪、精英、芸芸眾生們，把古典和現代交匯，把典雅和時尚融合，多年努力打造成繁華錦繡的曼哈頓城！它是紐約州的座標，它是美國的標誌。此刻卻見不到往日情景，沒有摩肩接踵的人群，也沒有燈紅酒綠歌舞昇平。街路上五顏六色的紙屑垃圾隨風飄零，蕭條荒涼的巷道無遮無擋，一眼望到盡頭，此時，摩天大樓間狹窄的天邊掛著一個大大橙色落日……

挨黑我們到達了那座房子，一條寬寬的大路兩邊散落著十座房屋，相隔距離很遠，雞犬之聲難以相聞。後面第五家肖曦先生開車來，他戴著口罩，因為我們來自紐約重疫區。他為我們開門開燈開暖氣，留下大門鑰匙，告訴我們每週收兩次生活垃圾，有事打電話找他……

朋友幫助搬下車裡所有的衣物食品，一起巡視了樓上樓下，牆上掛著許多世界名畫，居家一應俱全，很漂亮的一座屋子。他說：你們安心的住下吧，有什麼需要打電話給我，臨走時又說：「亂世防歹人，小心門戶。」這句話深深印在腦海，使我們至此以後不敢踏出大門一步。

早晨被什麼鳥兒叫醒，方知道這一夜睡得如此深沉如此盡興，

多少個日日夜夜的煎熬，換來這一夜的好眠。馬上電話給姪女，告知昨晚已入住新澤西州，她對著電話生我的氣，說我沒有遵守諾言，我也的確是對她說過，哪兒也不去就留在紐約。現在她非常生氣，說這麼遠，怎麼照顧你們！此時，我才自省辜負了姪女一片孝心和愛心，按捺不住內心的愧疚和抱歉。第二個電話給女兒，說我們已住進她要我們住的家，她在電話裡長長的舒了口氣，還讓我們保證不要出門，這才安心地睡覺去了。說實在的，我們和女兒遠隔太平洋，在這病毒肆虐的非常時期，家書雖通，飛機已經停航，互相思念之情牽腸掛肚，時刻掛在心上。

掀起窗簾，藍天彩霞映著朵朵飄浮的白雲，霞光下泛白的那條大路，邊上的樹剛開始抽芽，一棵棵披上青紗，翠綠清新，裝扮著悠長遠去的路徑。樹下擠滿紅黃白色的花咕嚕，等待春天的到來。路上靜悄悄地，只有松鼠忙碌地竄上爬下。從此誘我早中晚樓上看三回，樓下看三回，每回景色變幻不同，感受也不同。其實，心底在尋找著尋不見的人影……美景令人陶醉，卻靜得令人失措。

疫情讓我們落在這人生地不熟的地方，感到份外的孤單，想做的事也停頓了，心底是深深的蒼涼。

每天傍晚，令我最害怕的警報聲響起，那急促拉得很長很長的聲音，令我想起小時候逃防空警報，母親急匆匆扒下我紅色的外衣，抱我隨著大夥跑進防空洞的情景。事隔幾十年歲月，再聽見依然驚心動魄恐怖萬分。新澤西州為何拉警報？聲音出自哪裡？怎麼又回到上世紀戰爭的年代？

現在全世界的敵人是看不見、摸不著的新冠病毒，史無前例又浩浩蕩蕩地肆虐人間。面對這生死絕境，全世界男女老少共度時艱，同心避疫。

溫暖沁入心脾的鄰居——肖曦先生四口之家，四位都是IT工程師，因疫情在家工作。肖曦工作之餘種花、植樹、養雞，花園裡繁

花似錦。春天，新摘的金銀花送給我們泡茶，蕩漾出滿屋清香，喝一口甜津津的潤喉清涼。他飼養七隻母雞每日下蛋，每一隻都有一個花名。小白最大，有一天早晨小松鼠爬上了雞籠正想往上竄，小白衝上前給牠一啄，突來的襲擊令牠大吃一驚，定睛一看，小白在前，後面跟著雞眾，個個昂頸挺胸，眾志成城，雙雙眼睛對著牠。牠緊緊趴著，不敢上也不敢下，當第二啄即將來臨，一剎間牠縱身一跳，重重的摔在地上，顧不上喘息，一溜煙逃跑了。肖曦把牠取名為「雞鼠大戰」，並全程錄像寄來，令我們開懷大笑，反覆觀看，輕鬆快樂了一整天。有一次他送來的雞蛋破出竟是雙黃，這好兆頭令我低沉的心緒昂揚不已。三個月裡竟吃了他家幾十個雞蛋，所有他家做的好吃的蛋糕、點心，發好的綠豆芽，收割的韭菜等，都成我們餐桌上美味佳餚。他若去中國市場買菜必會代買許多，一一放在我家大門外，通知我拿取。此生何其有幸，遇到善良的肖先生一家照顧，而我們深受恩惠卻不能當面感謝，沒有一次握手，也沒有一個擁抱……疫情讓我們以這樣的方式交往。

　　有了新鮮蔬菜食物，三個月裡我們從不缺乏食物，令我的廚藝也大有長進。肖曦先生還是一個詩刊的主編；他的詩句美麗富含耐人尋思的感情，一日不讀還真令人想念。避疫三個月，詩是豐富我們的精神食糧。

　　6月底，紐約疫情好轉，我們要回家了。我和先生第一次走出了大宅門，沿著大路走到肖曦先生家，他和太太預先在前院放好圓桌，上面有他新摘的玫瑰花和橘子，用來歡送我們。我們每人都戴著口罩，大家面面相視，相互問候，隔著圓桌，卻像隔著一條小河，那樣的熟悉，又那樣的陌生，無奈和沮喪湧上心頭。別情依依，我先生提議合唱《同一首歌》吧！我們齊聲高歌：「……陽光滲透所有的語言／風雨走過世界每個角落／同樣的感受給了我們同樣渴望／同樣歡樂給了我們同一首歌……」歌聲飄向大路的盡頭。

再看樹已成蔭，泛白的大路依然不見人的蹤跡。只見遠遠地草坡上鹿群悠悠……回程的路上，我又想起那雙白皙修長的手，想見到他，又害怕見到他。慶幸地，他不在那兒了！

2020年8月寫於紐約

黃天英

作者簡介

　　黃天英，筆名愛妮，原籍廣東。著有《黃天英自選散文集》、《黃天英自選短篇小說集》，文章散見各報刊。紐約華文作家協會會員、紐約詩畫琴棋會會員。

追憶我遠方的夢

世紀疫情，新冠病毒腥風血雨地帶走了萬萬千千的生命，令百景蕭條，聞疫喪膽，精神為之緊張。大街上眾人都戴上口罩防疫，人群中的美女帥哥們像是一道特殊的街景，如武俠小說裡美目盼兮的蒙面新疆美女，或是少數民族的未嫁娘；帥哥們則濃眉大眼，眉宇之間流露著一股正氣，像劫富濟貧的蒙面大俠。在夏季的豔陽天時，最好別碰上久未相逢的熟人，若是他們戴著口罩，一副太陽鏡再加上一頂闊邊或鴨嘴帽時，打招呼之前真的先要問：君是誰？只因叫錯了兩位熟人的名字，好不尷尬！

在這疫情蔓延期間，人們除了心裡恐懼及牽掛外，宅在家中也有悒悒寡歡之苦悶，惟有寄情於網路，互相慰問安好，並傳些正能量的帖子給對方來打發時間。前幾天收到一位老師傳來七位詩人的歌頌遠方帖子，他們的詩情意境令人陶醉嚮往。憶起自己前半生夢想的「遠方」，不禁有感而發，在此呢喃一番。

幼時，我的遠方是步伐蹣跚走向父親彎下腰來展開雙臂、笑迎我投入他溫暖懷抱、而被他高高舉起時，我所目及環繞四周的景色。

母親牽著我軟若無骨的小手，把我帶到一所高大的建築物，讓我拾級而上，腳步有些猶豫，更有點害怕地扁扁嘴回望母親，她站在原地不動，並揮揮手示意我繼續前進，眼見身旁的小男孩和小女孩也同樣獨自而行，這給我信心一步步地邁向正在等著我的遠方樂園，從此啟開人生新的一頁，浸潤在學海無涯的搖籃裡。

上高中時的英文課本裡，常印貼著西方國家的風景相片，其中我最喜愛的是紐約的時報廣場。每次打開書本都會去找它瀏覽一遍，幻想和憧憬著有朝一日到這遠方的國家去旅遊，嗅一嗅不同文

化的習俗，在摩登大廈頂樓餐廳呷一口咖啡，一邊觀望著千變萬化的彩雲，垂手可摘的星辰。遠方的夢啊！少女情懷總是詩。

　　1975年越南南北統一，經商的我們被列入資產階級的黑名單，在共產黨還來不及把我們驅趕到新經濟區時，家人便決定放棄一切擁有的財物，將生命和死神一賭，踏上偷渡逃難的不歸路。命運的逆轉使我們成為人們口中所說的難民或船民，前路茫茫何去何從？人生的遠方夢想更如塵埃般而隨風飄散。

　　幾經折騰——或許是上天的憐憫而命不該絕，我像種子般隨風飄飛，落在紐約這肥沃的地上開花結果，也實現了夢想。感恩蘋城再造一個嶄新的我，給我信心、有愛、有自由、有夢想和歡樂的人生。「遠方」仍然是我餘生追求的目標，繼續去探討、覓尋和享受。

　　初到美國時，很介意人們對稱呼我「妳們這些難民（或船民）」，可我們真的是在巨大脅迫下，不得已拿黃金和生命去換取這不堪的名稱啊。有的人更過分，知道我從南越逃亡而來，會撇著嘴角揶揄地問：「妳識中文嗎？」反而是生活圈內的異族美國人，很友善和給予援助之手，可能早期的難民不像今天那麼多，也或許是自己比較幸運吧。

　　猶記得1977年11月底，與家人偷渡離開越南，踏上一艘寬十八呎而長二十五呎的木船，它乘載著兩百多人，我們被安排坐在船艙下，空間擁擠得只能抱著雙腿而坐。選擇船艙下的原因，是聽從組織人的勸告，一旦遇上海盜，被搶劫或強暴的機會稍微少些。船行駛到公海時，開始搖擺不定，這使人們暈船而不停地嘔吐，從家裡帶來的乾糧和水都用完了，胃裡空空的更是嘔得難受。到了第三個晚上，遇上五級大風暴，船身像搖籃般地把我們拋來拋去，雨水、海水滲雜著船艙上的髒水和排泄液，把在艙底下的我們淋得周身濕透且冰冷得發抖，同時水手們不斷地喊著我們合作靠向左或右邊去平衡船隻，更加劇了我的嘔吐。最後，每一口嘔出來的都是黏黏的

帶腥味的……天！我知道那是血，喉嚨痛得如刀割般，並發著燒、冷得哆嗦顫抖。水手的高喊、人們的尖叫、孩子們的狂哭聲，簡直是人間地獄，讓人求生沒門、求死不能。我虛弱得再也無力堅持，感覺生命就此終結，縱有些不甘也無能為力，閉上雙眼等死吧！可當我將放棄的一剎那，如夢似幻地聽到一個聲音：「阿妹，加把勁！孩子，挺住！」是他，是父親！只有他才不叫我的小名而叫我阿妹。是他來接我走嗎？我哭喊著爸爸帶我走，帶我走呀！不想在這人間地獄多待一分鐘。佛教和心理專家不是常說人之將死，會恍然見到已故的親人來迎接嗎？為什麼您卻要我加把勁、挺住？哈！多諷刺啊！我張口嚎哭，卻發不了聲音，也流不出淚水。此時，一個浪頭，夾著暴雨，傾盆打在我頭上，嗆入我口中，我把那冰水嚥下，它流入我的咽喉時緩解了疼痛，再到胃裡也觸動神經，喚醒了求生的細胞，驟然間我體會到什麼是「滴水之恩」！我貪婪地一口口接住並嚥下這「救命聖水」，它激起我的勇氣和力量去面對這困境。於是，再次抖起精神，用微弱的體力隨著水手們的喊聲，虛弱地靠右靠左平衡船隻，也不清楚捱過了多久，朦朦朧朧中聽到水手們的鼓掌和歡叫聲：「我們的船安全了！」這掌聲和歡聲似乎從世界另一個角落傳來，死神仁慈地饒過我們了！便在不知不覺中昏睡過去。

　　第二天上午，家人喚醒我，哥哥端來一杯船員分發的稀米粥，微弱的陽光照進船艙，杯裡的米粒清晰可數，而這一杯粥水只供我們一家六口維生，每人只能輪流呷一口，但也不覺得特別餓。再挨過一天後，我們的船終於得到馬來西亞的海軍船舶救上岸，一隻強而有力的海軍手臂將我從黑暗的船艙下拉上甲板，離開這幾乎是我人生終點的小舟，迎著燦爛陽光，我知道黑暗已過去，開始人生新的旅途。在難民營裡暫居快一年，才來到紐約定居。也許我的遭遇對別的難民來說只是個小插曲，但它是一道傷痕烙印在我心上，永

不磨滅。每當憶起此事總止不住淚下，也許這是劫後餘生的幸運之淚吧！藉以下面一首詩留下陳年往事：

> 狂濤駭浪一扁舟，
> 誓要逃亡換自由。
> 含淚別離西貢市，
> 投奔異域另籌謀。

　　轉眼在紐約已有四十多年了。無疑，對於一個從地獄逃出來的難民，紐約是一個天堂。但近一年來，疫情的困擾使人坐立難安、百感交織，擔憂不在身旁的兒女們的安危，不愉快的往事油然湧上心頭。幸虧科研出新方，疫情稍得控制，緩解世人的驚慌和恐懼。期待在不久的將來，能把疫情完全控制，大眾平安無恙，安居樂業。紐約的自由女神高擎火炬，永遠照耀著追求自由人們前進的道路。

語言文學類　PG2774　北美華文作家系列43

行過幽谷 紐約記疫
——紐約華文作家協會文集

編　　者／石文珊、李秀臻
校　　對／黎庭月
責任編輯／石書豪
圖文排版／陳彥妏
封面設計／王嵩賀

發 行 人／宋政坤
法律顧問／毛國樑　律師
出版發行／秀威資訊科技股份有限公司
　　　　　114台北市內湖區瑞光路76巷65號1樓
　　　　　電話：+886-2-2796-3638　傳真：+886-2-2796-1377
　　　　　http://www.showwe.com.tw
劃撥帳號／19563868　戶名：秀威資訊科技股份有限公司
　　　　　讀者服務信箱：service@showwe.com.tw
展售門市／國家書店（松江門市）
　　　　　104台北市中山區松江路209號1樓
　　　　　電話：+886-2-2518-0207　傳真：+886-2-2518-0778
網路訂購／秀威網路書店：https://store.showwe.tw
　　　　　國家網路書店：https://www.govbooks.com.tw

2022年7月　BOD一版
定價：400元
版權所有　翻印必究
本書如有缺頁、破損或裝訂錯誤，請寄回更換

讀者回函卡

國家圖書館出版品預行編目

行過幽谷 紐約記疫：紐約華文作家協會文集 /
　石文珊、李秀臻主編. -- 一版. -- 臺北市：秀
威資訊科技股份有限公司, 2022.07
　　　面；　　公分. -- (語言文學類；PG2774)(北
美華文作家系列；43)
　　BOD版
　　ISBN 978-626-7088-75-3(平裝)

839.9　　　　　　　　　　　　　111006502